ハヤカワ文庫 JA
〈JA1440〉

日本ＳＦの臨界点［恋愛篇］

死んだ恋人からの手紙

伴名 練編

早川書房
8539

目次

日本ＳＦの臨界点［恋愛篇］

死んだ恋人からの手紙

序

SF作家 伴名練

『日本SFの臨界点［恋愛篇］』をお届けする。本書は、SFであり恋愛成分を含む作品を中心に、私の好きな短篇を集めたアンソロジーだ。

恋愛要素を絡めたSFは、長くに渡って愛され続けてきた。

一九五九年発表の、時間を越えて手紙をやりとりするジャック・フィニィ「愛の手紙（机の中のラブレター）」のアイデアは、SFジャンル外にまで変奏され続けているし、ロバート・F・ヤング「たんぽぽ娘」、梶尾真治「美亜へ贈る真珠」、小林泰三「海を見る人」のような時間SFロマンスはオールタイムベストの常連。

人造人間テーマの古典的作品である一八八六年のヴィリエ・ド・リラダン『未来のイヴ』は恋愛小説でこそないが、恋人に失望して理想のアンドレイド（アンドロイド）を創ろうとする話だし、タニス・リー『銀色の恋人』（ハヤカワ文庫SF）は女性側から男性型ロボット（アンドロイド）への恋愛を描き、特に女性の書き手に影響を与えた。

論理が支配する世界を描く小説において、感情が支配する恋愛のエッセンスは、広い読者を獲得する武器のひとつになったのだろう。

もっとも、このアンソロジーは当初の予定では、私の好きな作品の中で抒情的な作品を集めて『ロマンチック篇』あるいは『恋愛・抒情篇』とでもする予定だったものが、編纂中に少しずつ恋愛の方に重点が置かれていった、という経緯があり、収録作のうち全く恋愛でないもの一篇（しいて言えば家族愛）、恋愛色がそう強くないものも数篇含まれている。看板に若干の偽りありだが、人間の心の襞を書いた名品ぞろいではあるので、小説としてご満足頂けると思います。なるべく広い読者に届けられるように心がけたつもりだが、全作品個人短篇集未収録というラインナップなので、SFマニアの方々でも買って損はさせません。

先に収録作のあらすじをざっくり紹介すると、遠宇宙にいる男から恋人のもとに届く、何通もの手紙によって浮かび上がる物語「死んだ恋人からの手紙」、超能力者たちが暮らす東欧の小さな町に踏み入れた男が出会うファンタジー「奇跡の石」、人間が少しずつ生まれ、少しずつ死んでいく異世界の家族ドラマ（非恋愛小説）「生まれくる者、死にゆく者」、悩めるライトノベル作家を切実な過去が追ってくる「劇画・セカイ系」、中世から電話が存在した改変歴史ヨーロッパ幻想「G線上のアリア」、近未来のAR溢れる京都を舞台にしたガールミーツガール「アトラクタの奏でる音楽」、信号待ちの短い時間に男と女の間で起きる奇妙な現象を描く「人生、信号待ち」、数字にまつわる超知覚をもった少女の見る異邦の世界「ムーンシャイン」、竹取物語をベースに一九世紀末ブラジルで繰り広げられる求婚話

「月を買った御婦人」。前半に柔らかめの話、後半に歯ごたえのある話が多いです。

アンソロジーは前から順に読むべきという話があるが、別にどこから読んでもいいし、苦手と思った作品は後回しにして先に他から読んで大丈夫です。中学時代に買ったSFアンソロジーの頭二作が好みではなかったのでそのまま放置、やっと読み切ったのが大学三年でその時初めて非常に好みの作品に出会った――という私の経験を反面教師にしてください。

収録作はいずれも私が好きなものだが、中でも「他人にあらすじやアイデアを紹介しただけでも面白さが伝わる」作品が集まっているはず。私も大学SF研時代、会員からあらすじやアイデアを聞いて興味が湧き読んだ作品は無数にあり、そういう記憶は自分のSF体験の中でも大切なものだ。皆さんも、ぜひ周囲の人に作品を紹介し布教してみてください。

各短篇の前には、著者紹介を三ページずつとっているが、各作者の目ぼしいSF短篇についても紹介している。興味が湧いた方はそちらにもどんどん手を伸ばしてみて頂ければ幸いです。「そんなこと言われても掲載媒体がレア過ぎて手に入らないぞ」という短篇もたくさんあるが、そういうものについては、各社編集者の方がぜひ短篇集を出して手に入りやすくして下さい。先に予告しておくと、多くの著者紹介が、「早く短篇集を出してほしい」的な文言で〆られておりしつこいくらいだが、これは社交辞令でもなんでもなく、この本を読むかもしれない（早川書房含む）各社編集者へのメッセージかつプレッシャーである。こういう面白い作品がたくさんあるのに放っておくのはよくないでしょう。

そんな訳で、まずは作品をお楽しみ頂ければ幸いです。

死んだ恋人からの手紙

中井紀夫

女性のもとに恋人から届く何通もの手紙。それを通じて徐々に明らかにされる、恋人の置かれた状況と、異星人の奇妙な思考体系――初出は〈SFマガジン〉一九八九年六月号。『S-Fマガジン・セレクション1989』再録、短篇集未収録。現在の視点で見れば、アイデアや構成を含め、海外作家の某有名短篇が連想されるだろうが、あちらより発表は九年早いうえ、優れた恋愛小説であることで現在でもオリジナリティを保っている。

中井《なかい》紀夫《のりお》は一九五二年生まれ、武蔵大学人文学部卒業。デビュー前から評論誌『SFの本』に評論を寄稿していた。一九八五年、第十一回ハヤカワ・SFコンテストに投じた「竜の降りる夜」が参考作に。その後、「忘れえぬ人」が〈SFマガジン〉八六年六月号に掲載されデビュー。

長篇作品は、異能者がいる惑星でのSFウエスタン《能なしワニ》シリーズ、破壊者タルカスの誕生迫る世界の戦雲と混沌を描く神話的ファンタジー《タルカス伝》シリーズ（いずれもハヤカワ文庫JA）など多数。二〇〇一年の『イルカと私が歩く街』（EXノベルズ）以降新刊が途絶え、現在では、中井紀夫といえば何よりも傑作短篇「山の上の交響楽」の作者として知られている。

「山の上の交響楽」は、演奏に数千年かかる交響楽を既に二百年以上も演奏し続けている楽団の事務局員が、〈八百人楽章〉を迎える準備に奔走する――という奇想短篇で、第一九回（一九八八年）星雲賞日本短編部門受賞作となり、同題短篇集のほか大森望編『星雲賞短編SF傑作選　てのひらの宇宙』（創元SF文庫）にも収録されている。

初出：〈SFマガジン〉1989年6月号／早川書房／1989年刊

短篇集としての『山の上の交響楽』（ハヤカワ文庫JA）は、ボルヘスやカルヴィーノを愛好する中井紀夫の奇想が横溢する一冊だ。「見果てぬ風」は二つの壁に挟まれた世界で壁の果てを目指す物語（ハヤカワ文庫JA『日本SF短篇50』Ⅲ巻にも収録）。「電線世界」は、謎のヨーヨーじいさんに遭遇した少年の目を通して、電柱の上に登り電線を歩く、電線世界の人々のコミュニティを描く中篇。

『山手線のあやとり娘』『ブリーフ、シャツ、福神漬』（ともに波書房）は、〈SFアドベンチャー〉掲載の掌篇を中心とするSF／ホラー短篇集。『死神のいる街角』（ふしぎ文学館）は作風が奇想から日本的な〈奇妙な味〉にシフトした後の短篇を中心に集めている。なお、『山手線のあやとり娘』は拙作「ひかりより速く、ゆるやかに」に登場するが、これはとある収録作が「ひかりより～」に影響を与えた作品のうちの一つであるため。

『山の上の交響楽』刊行以降も〈SFマガジン〉に寄稿し続けたが、銀河の様々な異種族とセックスする絶倫男を描く《銀河好色伝説》シリーズは、九〇年から九三年に渡って六度掲載されたにもかかわらず書籍化されなかった。その他にも八本の短篇集未収録がある。人類が銀河に散らばった遠未来、様々な変わった生殖様式を持つ人類の末裔を調査してきた文化人類学者が、特殊な生殖方法を持つ種族の少女に好意を向けられる――という設定の中篇「花のなかであたしを殺して」（九〇年四月号）は、短篇集を新たに編むなら巻末を飾るべき作品だろう。「神々の将棋盤」（九四年三月号）は、巨大な木を輪切りにした野球場サイズの〈神々の将棋盤〉を大人数で持ち上げ支え続けている部族が主役。破壊者タルカスの接近で部族が滅亡の危機に陥るという内容の《タルカス伝》の外伝短篇だが、本篇未読でも（たぶん）読める。方向音痴が行きすぎた結果、ビルの壁面に立つようになった男の物語「絶壁」（九五年十一月増刊号『The S-F Writers』）は、徳間書店『現代の小説 1996』にも収録された。

九〇年代にはドラマ「世にも奇妙な物語」に原作を提供するなどホラーへの傾斜を強め、「絶壁」を最後に〈SFマガジン〉から離れて、《異形コレクション》を主要な短篇発表媒体にした。察しのいいエレベーターガールに一目ぼれした男の体験を描く「テレパス」(廣済堂文庫『異形コレクション ラヴ・フリーク』)を始めとする十三作だが、その全てが短篇集未収録。

他に、親や子供としての務めができない時に代理を派遣してくれる業者が普及した社会を活写する「Vファミ」(廣済堂文庫『SFバカ本 リモコン変化』)などの、書き下ろしアンソロジー掲載作。ある男の前に突然現れては殴り合いを始める、奇妙な二人組の謎を解く「殴り合い」(〈SFアドベンチャー〉一九九一年十二月号)、巨大な水槽めいた〈水ビル〉が林立する町の姿を幻想的に映し出す「水水しい町」(〈野性時代〉九三年一月号)、両親に、交際中の彼氏である象を紹介しようとする娘を描く掌篇「象が来る」(〈小説club〉九七年一二月号)などの雑誌掲載作。諸々含めて、発表されたきりの短篇は四十作を超える。SF度や奇想度の高いものを精選するだけでもいいから書籍にしてほしい。また、《能なしワニ》《タルカス伝》及び既刊短篇集四冊はアドレナライズで電子化されているので、まずは『山の上の交響楽』からどうぞ。できれば紙での復刊も。

＊

あくび金魚姫。

変わりないですか。

こっちはクァラクリが死んでから、なんとなくさみしい毎日です。

きょう、クァラクリの遺品をうけとりました。クァラクリが生前、ぜんぶぼくに渡すように、上官に言ってあったらしい。時計とかペンとかポケット版の本とかそんなものです。そのなかに、彼の幼いころの写真がまじっていた。両親といっしょに写っているもの。両親はすでに亡くなったと言っていたから、その思い出に持っていたものだろう。

彼は、五つぐらい。両親の足元で、ちょっと照れたようにからだを傾けて、にやにや笑っている。それが、幼いけれども、なんだかいかにも彼らしい表情なので、見ていると妙な気分になります。

遺影というのは不思議なものだね。

どう言ったらいいのか。死をさかい目にして、一枚一枚の写真の持っている意味が、微妙に変わってしまうような気がするんだ。

クァラクリが生きているあいだは、いまぼくの目のまえにある、この幼いころの写真は、「むかしの」クァラクリの姿だったわけだ。いまの彼の姿ではない。彼の姿を写したものにはちがいなくても、それはいまの彼とは異なる彼、むかしの、過去の、彼の姿なんだ。

ほんものは、目のまえに現実にいる彼、満面にあふれるようなにこにこ笑いを浮べてぼくを見ている彼の方で、写真はあくまでも、過去のある時点での彼の姿、いわば仮の姿だ。現在の彼にいたるまでに、彼がある一時期、一時的にそういう顔をしていたという記録にすぎない。

ところが、彼が死んだとたんに、事情が一変する。「ほんもの」はもはやどこにも存在しない。残された彼の写真は、それが彼の二歳のときの、まだ髪の毛がぽやぽやしていて、よだれかけをして、あどけなく笑っているものであろうと、結婚したときの、盛装をしてちょっときどっているものであろうと、生まれた息子を抱いて父親然としているものであろうと、そのすべてが、彼の姿だということになる。

すべてが彼。どの時点のものであろうと、すべて「彼の写真」なんだ。「むかしの」という限定をつける必要がなくなってしまう。いまの彼とむかしの彼ということが、もはやない。どの写真も、彼の姿であり、そのすべてを合わせて、彼という人間の像ということになる。

彼の死を悲しみ、彼を忍ぶ儀式を行なうときに、彼の写真を飾るような場面を考えてみれば、もうすこしよくわかるかもしれない。そこに飾られる写真は、たいていはできるだけ最近のものが選ばれるわけだけれども、それでも死の瞬間の写真ということはありえない。死の何か月かまえのものであり、場合によっては何年もまえのものが飾られることになる。

何年まえのものまでを、人々が「最近の」彼の姿だと認めるかは、まったく恣意的で基準はないだろう。それならば、それが二十年まえ、三十年まえのもので、彼が小学生のときのものでも、赤ん坊のときのものでも、かまわないということになりはしないだろうか。かまわない、というよりは、小学生のときのものも、赤ん坊のときのものも、そして死ぬすこしまえのものも、まったく同等に、「彼の姿」であるわけだ。

ある写真に写された、ある年齢の彼の姿を見て、いまの彼とはずいぶん面差しがちがっているなあ、とか、むかしは彼は痩せていたんだなあ、といった言い方はできなくなってしまっている。

ある写真で、彼が痩せて写っているとすれば、それは、「むかしは痩せていた」ということではない。彼は、人生のある時期に痩せており、べつの時期には太っていて、その両方とものが、両方ともを合わせて、「彼」であるのだ。

どうもうまく言えないけど、いまクァラクリの写真を見ながら、まあ、そんな不思議な感じにとらわれているんだよ。

あるひとりの人間の、一生という時間を通しての全体像というのは、いったいどのようなものなんだろうか。なんて、がらにもなく、哲学的というか感傷的というか、へんな気分になってしまったりしている。

この星域にいると、だれでもそんなことを、つい考えてしまうみたいです。

つまらないことをながながと書いてごめん。

ククラクリの例の特徴的なにこにこ笑いが、いまも脳裏にあざやかに浮かぶ。どこかでふっと出会いそうな気さえする。死んでしまったなんてとても信じられない。

このつぎは、もうちょっとたのしい手紙を書きます。

ククチルハーでの戦闘に、われわれの部隊も加わることになるようだけど、前線に行ってもなんとか手紙は書く。ククチルハーは激戦地だとの噂だ。なんだかちょっと怖いような気がする。

それでは、また。

愛してるよ、あくび金魚姫。永遠に、変わらずに。

ほんとうに、永遠に、変わらずにと思っています。人の死は、人の愛をかきたてる作用があるようです。

ツォイイラにて　TT

＊

あくび金魚姫。

あいかわらず、金魚みたいなかわいいあくびをしてますか。

わが戦艦イチカンシホはこれからティエムトンに向けて出撃するところです。ティエムトンはここから十五光年ばかりのところにある惑星で、以前からケツァルケツァルの自己増殖建造物が多数存在することがわかっているんだけど、そこをたたくことになったんだ。

出撃にさきだって、すこし戦闘員の配置替えがあって、ぼくは新しい相棒と戦闘艇に乗り組むことになった。

最初にひきあわされたとき、そいつは満面にあふれるようなにこにこ笑いをうかべて握手をもとめてきた。握手をしおわっても、その笑顔は顔にはりついたままで、ずっと変わらない。

あとからわかったことだけど、彼は飯を食うときも、便所に入るときも、その笑顔をうかべているんだ。たぶん、寝るときもじゃないかな。へんなやつだよ。

ふたりで乗り組むためのシミュレーションをやったときも、シミュレーション装置のなかで、彼はにこにこ笑いをうかべつづけていた。こんなやつといっしょに飛ぶのは、いやな気がしたけど、でも、操縦の腕はわるくはないみたいで、ちょっと安心した。

ブズリ・クァラクリ。それが彼の名前だ。火星生まれだそうだ。顔形からすると、ぼくやあくび金魚姫とおなじモンゴロイド系の血がかなり濃くまじっているようだけど、先祖はアメリカから火星に移民してきたんだそうだ。

さて、これからまたシミュレーション・ルームへ行って、出撃まえの最後のシミュレーションをやらなきゃならない。

ここツォイイラ基地は、昼夜なしの三十時間単位の体制で動いているうえに、シミュレーション装置を遊ばせないために、びっしりとスケジュールが組まれているから、こっちのからだのつごうとしては、これから夜で眠気をもよおしているようなときに、予定がはいっていたりする。いまもそれで、ほんとうはこの手紙を書きおえて、あくび金魚姫、きみのことを考えながらベッドにもぐりこみたいところなんだけど、そうはいかない。

ああ、クァラクリが呼びにきた。例のにこにこ笑いをうかべて、ドアのところで待っている。

行きがけに、この手紙を出すことにしよう。

それでは、また。

愛しているよ、あくび金魚姫。永遠に、変わらずに。

ツォイイラにて　TT

＊

ポポラに来ています。

一八〇時間の休暇です。

部隊の仲間四人といっしょにたのしくやっています。クァラクリも生きていればいっしょだったはずで、そのことだけが、ちょっとさみしいけれど。

ここには海がある。日の出と日の入りがあり、潮の満ち引きがある。色のついた時間が流れているような気がする。それはとてもすてきなことだ。

あくび金魚姫。きみは海が好きだったね。タヒチへ行ったときのことを思いだすよ。考えてみると、きみとふたりで旅行をしたのは、いままでにあれ一回だけなんだな。兵役がおわって地球へもどったら、もっとあちこち旅行したいもんだね。

この星域でケツァルケツァルと戦っていると、自分が地球で生まれ、そこで暮していたということが、なんだか幻のように思えてくる。きみの金魚のようなかわいいあくびや、子猫のようにまるまって眠る姿や、タヒチへ行ったときのセクシーな水着のことが、うまく思いだせなくなってしまう。

それが、この地球によく似た、海のある惑星にくると、いくらかあざやかに思いだせるようになるようだ。

夜と昼があって、惑星に固有の時間が、ずっと連続して流れているというのは、とてもすばらしいことなんだ。

ツォイイラのような惑星軌道に浮んでいる基地では、時間は夜や昼という区切れ目なくだらだらと流れるし、あちこちの恒星系にちらばっている戦場を転戦するときは、亜空間航法と冷凍睡眠のために、時間はずたずたに分断されて、きのうと感じている日が何十日もまえのことだったり、そのきのうときょうのつながりぐあいがよくわからなくなったり、その結果いろいろなできごとの起こった順序が把握できなくなってしまったりする。

人間は、生まれてから、というか、ものごころついてからずっと、順番に年齢を増やし、いろいろな経験をした結果として、ここにいるわけだから、時間の順序がそういうぐあいにばらけてしまうと、自分というものがあやふやになって、非常に不安な気持になるんだよ。

そういえば、この手紙も、いったいどういう順番で、あくび金魚姫、きみのところへ届いていることやら。亜空間通信というのは、おそろしくあてにならないものだからね。でたらめな順番で届いているんだろうな。

この宇宙の背後にある混沌とした高次の世界へ、情報をいったん送りこんで、必要な場所でそれをふたたび取りだすというやり方で、光の速度を越えるのが、亜空間通信や亜空間航法のやり方なんだけど、情報がこの宇宙に再出現するときに、時間と場所が不確定になるらしい。

時間を特定しようとすれば、場所が不確定になって、現われる可能性のある場所が非常に広い範囲にわたってしまうし、逆に場所を特定しようとすれば、過去から未来にわたる長い時間の流れのなかのどの時点に現われるかわからなくなってしまう。そこでその両方の不確定さのバランスをとって、適当なところで妥協して、亜空間を利用しているんだけど、時間にすれば何年か何十年か、空間にすれば何光年かぐらいはすぐにずれてしまうわけだ。

この手紙も、うっかりすれば、何十年もたってから、もしかすると、ぼくが地球にもどって、あくび金魚姫、きみと結婚して、子どももできて、そんなころになってようやく届いたりするかもしれないね。それもまた、おもしろいかな。

どんな順番で届いているにしろ、一通一通にこめたぼくの気持に変わりはないよ。だから変な顔しないで読んでください。

愛しているよ、あくび金魚姫。永遠に、変わらずに。

それでは、また。

ボポラにて　TT

＊

クァラクリが死んだ。

事故だった。

クァラクリのことは、手紙でも何度か書いたよね。

今回のティエムトンへの出撃から、ぼくといっしょに戦闘艇に乗り組むことになったやつだよ。いつも人の好いにこにこ笑いをうかべていて、そのにこにこ笑いどおりに人の好いやつだった。

短いつきあいだったけど、ぼくはほかのだれよりも親しみを感じるようになっていた。波長が合うというのか、相性がいいというのか、たいして話をしなくても、通じ合うものがあるような気がしていた。知り合ってすぐ、出撃前の忙しいシミュレーション期間に入ったし、そのままなだれこむようにティエムトンへ出発したから、個人的にゆっくりおたがいを知る機会はなかったのだけどね。

そして、知る機会のないまま、彼は逝ってしまった。もう永遠にいなくなってしまったのだなんて、とても信じられない。この宇宙のなかで彼の占めていた空間が、まだぽっかりと、彼のからだのかたちに残っていて、そのかたちを鋳型にして、いつでももういちど彼を甦らすことができるような気がする。でも、そうじゃない。そんなのは錯覚だ。彼の記憶がぼくのこころのなかに残っているだけ。人が死ぬって、なんて簡単なことなんだろう。

ほんとうにちょっとした事故だった。

ティエムトンにはケツァルケツァルの増殖建造物がたくさんあって、ケツァルケツァルの強大な部隊が駐留していて、われわれは万全の体制を整えて出撃した。かなり激しい戦闘になるだろうと思われていた。

ところが、ティエムトンへ到着してみると、建造物は予想通り多数存在し、みな「生きて」いて、増殖を続けていたけれど、ケツァルケツァルの姿はまったく見えなくなっていた。われわれが到着するまえに、すべて撤退してしまったらしいのだ。

こういうことはそんなに珍しいことじゃない。ケツァルケツァルのやることは、われわれにはいちいち理解に苦しむことばかりだからね。

有名な惑星ジョジョラニの話がある。ジョジョラニはその位置からいって戦略的には何の価値もなく、またエネルギー資源があるわけでもない、名前がついているのが不思議なぐらいの惑星だった。地球側がだいぶ以前に、一時期小さな通信基地を設けていたことはあるけれど、それもいまでは使われていない。そのジョジョラニを、あるとき、ケツァルケツァルの軍隊が猛烈な勢いで攻撃しはじめた。

それはもうたいへんな勢いで、惑星の形が変わってしまうぐらいどかすかやった。ジョジョラニには地球の月よりもひとまわり大きな衛星がひとつあるんだけど、その衛星とのあいだで蝕が起こったとき、衛星に映ったジョジョラニの影が、狼がとがった口を開いて吠えているみたいに見えたというから、ひどい変わりようだ。

そのぐらい激烈な攻撃をしたんだけど、そのとき、ジョジョラニには地球の艦艇は一隻としていなかったし、もちろん基地もないし、基地を建設する計画もなかった。そのことは、ケツァルケツァルだってじゅうぶん知っていたはずなんだ。なんのために、そんなおおぼけなことをやらかしたのか、いまだに謎のままさ。

もっとも地球側だって、そうとうとぼけたことをやってるけどね。というのは、指令部からの亜空間通信が前線の部隊に届くのが、しばしば発信順とはちがう順序になってしまうからなんだ。ふつうは前線の部隊のほうで適当に判断してなんとかやってるわけだけど、なかにだらけた部隊とか逆に律義すぎる部隊とかがあると、状況とか作戦の意味とかいっさい考えもせず、ただ指令の届いた順に実行してしまうのがいて、そうなるとジョジョラニと同じようなことが、小規模ながら起こってしまうことになる。

亜空間通信のそういう不確定な性格は、技術的な問題ではなく、原理的な問題だから、案外ケツァルケツァルの方も地球側と似たような状況で、ジョジョラニのようなことをやらかしてしまったのかもしれないけど。

まあ、理由はともかく、ティエムトンに到着したとき、われわれが目にしたのは、広大な大地に機械の大ジャングルといった感じに広がっている増殖建造物の群れだけで、ケツァルケツァルの姿は発見できなかった。

最初はわれわれもおそるおそる増殖建造物群のなかを索敵してまわったんだけど、しだいにケツァルケツァルがほんとうに一個体として存在しないことがわかってきて、緊張を解いて建造物の内部を歩きまわるようになった。

増殖建造物の内部をこんなふうに自由に歩きまわれる機会なんて、そうめったにあるもんじゃないから、好奇心いっぱいで、あちこち見てまわったわけだ。

そういう状況だったから、クァラクリも油断してしまったんだろうな。というよりは、ちょっとはめをはずしてはしゃぎすぎた。

ある場所で、建造物のかなり高いところへ上って、戦友たちとふざけあっているうちに、足を踏みはずして墜落してしまったんだ。いっしょにいた者の話だと、すこし離れたところになにか動くものが見えて、それに気をとられていたらしい。

二十メートル近い高さをまっさかさまに落ちて、クァラクリは、気密服のなかで首の骨を折って息絶えていた。ほとんど即死だったようだ。

ほんとうに、人間って簡単に死ぬもんだね。

激しい戦闘をいくつもかいくぐって生きてきた人間が、ちょっと足元をあやまっただけで、一巻の終わりだ。

あの人の好いにこにこ笑いを、もう二度と見ることはないんだ。

いままで、戦闘のなかで、何人もの仲間の死と立ち合ってきたけれど、こんなにこころが痛むのははじめてだよ。

あくび金魚姫。元気にしてるかい。

からだにはくれぐれも気をつけて。

永遠に愛してるよ。

はやく地球へもどって、きみの顔がみたいな。

きみの金魚みたいなあくびが好きだ。写真を毎日ながめている。ぽかっと小さな泡が出てきそうなかわいい唇。いたずらっぽい目。だれかが指先でつまんだみたいな鼻。ぜんぶ好きだよ。

それじゃ、また。

ツォイイラにて　TT

＊

一八〇時間の休暇ももう終わりです。

あす、ポポラを発って、ふたたびツォイイラの基地へ帰ります。

あすというのは、この惑星が自転して、いまぼくのいる場所が太陽のあたる側にまわってから、という意味です。

まえにも書いたけど、ここの夕陽は、ほんとうにきれいです。

いまも、部屋の窓から、金色に輝く大きな夕陽と、その夕陽が呼びよせたような、やはり金色に輝く雲が見えています。

ここポポラの基地は、最初から兵員の休息用につくられた施設で、地球のリゾート地のホテルみたいに、浜辺のすぐそばに、どの部屋の窓からも海が見えるように建てられているんだ。部屋のつくりもゆったりとしているし、プールやその他のスポーツ施設も充実しているし、居心地最高だよ。あらゆる場面で極端に体積を節約してつくってあるツォイイラ基地とは雲泥の差だ。

ずっとここでこうやって、夕陽をながめていたい気分だ。

もちろん、そうはいかないのだけれど。

ここには土着の植物があって、その実が料理に使われて、ここに来る兵士たちのあいだで人気があります。ぼくも食べたけど、けっこう、いける。

人間が消化できる形の蛋白質はふくまれていないので、栄養にはならないらしいんだけど、水分をたっぷりふくんで、へんな言い方だけど、鶏卵をそのやわらかさを失わせることなく凍らせたような歯ざわりと、かすかに腐敗臭のまじったような、甘酸っぱいような、なんともいえない香りが、最初は抵抗があるんだけど、慣れるとたまらなくいい。癖になる。

兵士たちのあいだでは、絶世の美女を百日間いちども垢を落とすことなく過ごさせたあと、蒸し風呂に入れて大汗を流させながら乳房を切りとり、冷凍庫で急速に冷やして食うと、それに似た味がするんじゃないか、なんてばかな冗談を言っているよ。あはは。いや、ほんとうはもっと卑猥なことを言ってるんだけど、あくび金魚姫、きみが眉をひそめるのが見えるようだから、ここには書かない。

その実が木になっているところへ近づくのは、ちょっと危険な場合があります。というのは、その実は、熱気球方式で種を飛ばすんだ。いくつかの実が集った房のうえに、腕をまわすとやっと抱えられるかといった大きさの、風船状の袋をふくらまして、そのなかの空気を熱して浮力を得て、実を遠くへ飛ばす。このとき、その熱気球がとても高温になるので、うっかり触ると火傷をすることになる。

でも、その実が、朝、まだ大気の冷たいうちに、たくさんの熱気球をふくらまして、いっせいに空へ舞いあがるところは、とても幻想的で、美しい風景です。ぼくもこの休暇のあいだにいちどだけそれを見ることができました。あくび金魚姫、きみといっしょに見られたら、もっと素敵だったでしょう。地球では見ることのできない風景です。

さて、そろそろ食事の時間です。

最後の夜だから、きっと仲間たちとしこたま飲んで、どんちゃん騒ぎをすることになるでしょう。

休暇のあいだに、クァラクリの死でできたこころの穴が、いくらか埋まったような気がします。

それでは、また。

永遠に愛してるよ、あくび金魚姫。

ポポラにて　TT

＊

あくび金魚姫。

変わりはないですか。

とうとうククチルハーへの出撃命令が出ました。

まえまえから激戦の星だと聞いていたところです。ケツァルケツァルが妙にこの惑星にこだわっているらしい。理由は例によってよくわからない。わが軍は、公式には、ここが戦略上たいへん重要な惑星だと言っているけれど、兵士たちのあいだでささやかれる噂によれば、じつはたいした意味はなくて、ただケツァルケツァルの抵抗がはげしく、すでに大量の兵員や武器を投入し、消耗してしまっているために、撤退するわけにもいかなくなって、一種の意地で戦いをつづけているという話もあります。

戦いがどんどんエスカレートして、わが戦艦イチカンシホも、ククチルハーへ行くことになったというわけです。

なんとなくククチルハーという惑星の呼び名の響きには、不吉なものを感じます。ククチルハー。どうしてだろう。

なんだか怖い。

それに、クァラクリが死んだあと、補充要員として来た新しい相棒とは、どうも馬が合わない。やけにはりきっていて、この戦いは人類が銀河系に覇を成すための聖戦だなどと口走るし、自分がいままでに上げた戦果をさかんに吹聴するし、ぼくがしょっちゅう手紙を書いているのを知ると、めめしいといってさげすむ。英雄気取りとでもいえばいいかな。命がけの戦いに、こんなやつといっしょに行くのは、とてもじゃないが気が重い。戦場でむちゃなことをやらかしそうな感じがひしひしとする。

しかし、まあ、行ってくるしかない。

いやな感じはするけれど、かならず帰ってくるつもりでいます。

ククチルハーでの戦いが終われば、たぶん地球へもどれることになるんじゃないかと思います。はっきりとではないけれど、親しくしている上官が、ちらりとほのめかしてくれました。

もうすこしです。待っていてください。

帰ったらすぐに、あくび金魚姫、きみの好きなタヒチへでも行って、二人きりで結婚式を挙げましょう。

愛しているよ、あくび金魚姫。

きみのあくびが、はやく見たい。

それでは、また。

ツォイイラにて　TT

＊

あくび金魚姫さん。

すこしは落ち着きましたか。

気落ちしないようにといっても、無理かもしれないけれど、元気を出してください。一面識もない人間から、こんなことを言われると、かえって腹が立つでしょうか。

でも、わたしも、短いあいだでしたが、彼といろいろ話をして、彼の人柄にはとてもひかれました。あくび金魚姫さん、あなたが彼のことを好きになった理由はよくわかるような気がします。いい友達でした。

きょう、彼の遺品を受けとりました。

たいせつに預っておきます。

地球へ帰ったら、あなたのところを訪ねて、お渡しします。

遺品のなかに、あなたの写真が何枚かありました。かわいらしいあくびをしているところのものも。彼があなたのことをあくび金魚姫なんていうあだ名で呼んでいた理由がよくわかりました。

ククチルハーでの戦いはまだつづいていて、多くの戦死者を出しています。悲しいかぎりです。

走り書きで失礼します。

元気を出してください。

ジョン・ワナカセ・プングアリ

＊

あくび金魚姫。

変わりはないですか。

ポポラから帰ってきてから、日課のシミュレーションや体力維持のためのジム通いのほかはとりたててすることもなく、けっこうのんびりと過ごしています。

ククチルハーという惑星での戦闘がしだいにはげしいものになってきているようで、いずれそこに派遣されることになるのだと思いますが、それまではここツォイイラで訓練だけしていればいいというような次第です。

ポポラでの最後の晩に、軍からの依頼でケツァルケツァルの言葉を研究しているという言語学者と知り合いました。ジョン・ワナカセという、なかなか豪放なところのある人物です。彼は休暇でポポラに行っていたのです。

ご想像どおり、ポポラの最後の夜は、基地のバーで大酒を飲んで、仲間たちとどんちゃん騒ぎになりました。ふと気がつくと、えらく自信に満ちた、大きな張りのある声で、ケツァルケツァルの奇妙さをもっともよく知っているのは自分だと主張している男がいる。われわれ兵士たちは、前線で直接ケツァルケツァルとわたりあっているのは自分たちであり、とうぜんケツァルケツァルのとてつもなさは、ほかのだれよりもよく知っていると思いこんでいるわけで、われわれとはちょっと毛色のちがうその男がそんなことを主張しているのを聞いてだまっておれず、酒が入っていたこともあって、あやうく喧嘩になるところでした。

ところが、話をじっくり聞いてみると、その男は意外なほどにケツァルケツァルについての知識が豊富だった。

それがジョン・ワナカセ博士だったのです。

ツォイイラに帰ってから、ぼくは何度かワナカセ博士の研究所へ行って、話を聞きました。もともと話好きの性格らしく、仕事中に訪ねていっても、たいていはじゃまにせずに長い時間相手になってくれました。

ケツァルケツァルの言語は、まだほとんど解明されていません。

われわれの話している言葉は、差異の体系でできています。あるひとつの単語が意味を持つのは、それ以外の単語とのあいだの違いによってです。単語がそれひとつだけで意味を持つということはない。すべての単語がたがいに関係の網の目で結ばれていて、その網の目の方が意味を形成する働きをしているのであって、単語がそれ自体で意味をつくりだすわけではありません。

ある言語を学ぶということは、その関係の網の目のつくられ方を学ぶということです。網の目のつくられ方というのは、つまり、世界を認識する認識の仕方そのものに関わっています。地球の言語であれば、どの国の言語でも、そのやり方はおおむね同じです。すくなくとも、あるものとべつのあるものを区別するということが、どの言語でも基本の構造になっていて、そこのところは、古代エジプトの言葉であれ、火星植民地で話されている言葉であれ、共通している。だからこそ、翻訳ということが可能なのです。

ところがケツァルケツァルの言語は、その世界の認識の仕方、差異化の仕方がまったくちがうらしい。いや、差異化ということを、行なっているのかどうかさえ、わからないのです。たとえば、ケツァルケツァルは、非常に多種類の音を同時に発することがある。ワナカセ博士の採集した例のなかには、数万種類というような音を、一瞬に発しているものがあるということです。ぼくもいくつかを聞かせてもらったけど、それは、たとえば、

「グヴォッ」

というような音に聞えます。

それがどうもケツァルケツァルの言語であるらしいのだけど、もし言語であって、そのな

かに含まれている多種類の音が、ひとつひとつわれわれの単語にあたるものだとすると、一冊の本を一瞬で朗読しているようなものかもしれない。

われわれの本ならば、そこに含まれる単語と単語のあいだには、統辞法というものがあって、順番に読んでいけば、意味をとることができる仕掛けになっているわけだけど、ケツァルケツァルの場合はそれが一瞬で発せられてしまって、混沌としたひとつの音になってしまうわけだ。これじゃあ、わかるわけがない。その一瞬にして発せられるたくさんの音のあいだに、なにがしかの関係法則が見つかれば、解読の手がかりになるのだろうし、ワナカセ博士もそれを探しているのだけど、いまのところとっかかりが見つからないでいるらしい。ワナカセ博士の言うところでは、「一瞬のなかにたくさんの風船がふわふわと漂っているような言葉」だそうだ。

それでも博士は絶望しているわけではない。

こんなたとえ話をしてくれた。

われわれは、あるひとつの物語を、読むなり聞くなりするときに、かならず一定の時間をかけて読むなり聞くなりしなければならない。発端からはじまって、結末にいたるまで、順番に読むなり聞くなりして、そのためには、どうしたって、一定の時間がかかる。

ところが、一度読んだことのある物語なら、頭のなかで、一瞬にして思いだすことができる。なにも物語の展開の順を追って思いださなくてもいい。ある物語のタイトルを聞いて、その物語の内容を思いうかべるのに、その物語を読んだり聞いたりするのと同じ時間をかける必要はない。

物語を例にだしたけれども、このことは、ひとつの文というようなものについても同じことが言えるし、あるいは数学の方程式のようなものについても同様のことが言える。方程式というのは純粋に論理的な関係を現わしているわけで、そこには時間の要素は入っていないのだが、しかし人間がそれを理解するためには、どうしたって左辺から右辺へというぐあいに、時間のなかで読み解くほかはない。その点では、やはり時間のなかで語られるほかはない物語と、おなじような性質のものなのだ。

このような、時間のなかで語り、理解するしかないという状況は、人間という生き物だけに課せられた限界なのかもしれない。人間だけに特殊なものかもしれない。それがこの宇宙に普遍的なものだという証拠はどこにもない。

げんに人間だって、頭のなかでなら、長い物語の全容を、一瞬にして思いうかべることができるわけだし、時間の要素の入らない、純粋に論理的な関係というものも操作することができる。

ケツァルケツァルは、それを、言語を発する場面でもやっているのだ、と考えてみることもできる。それがどのような言語で、どのようなコミュニケーションが成立するのか、想像のしようがないけれども。

まだ、だれにも話したことのない仮説であり、ただのよた話だと言いながら、ワナカセ博士はけっこうまじめな顔で、こんなことを話してくれた。

人間は時間とともに生きるしかないし、ケツァルケツァルとのあいだには絶望的に大きな断絶があるようだけど、しかしケツァルケツァルの言語を人間が理解できるようになる可能性は皆無ではないというわけだ。

さらによた話だが、と断りながら、ワナカセ博士はこんなことも言った。

われわれの住んでいるこの宇宙に、時間というものが流れているというふうにわれわれが感じるのも、人間という生き物が持っている、時間のなかで生きるしかないという限界のためなのではないか。

われわれが、その原理やメカニズムが完全にはわからないままに利用している亜空間というのは、アナロジーとしていえば、われわれの大脳のようなもので、大脳のなかでは、長い物語が一瞬のうちに、というよりは無時間的に存在しているように、亜空間には、一三八億年というような長い時間にわたって存在しつづけているこの宇宙のすべてが、そこに無時間的に封じこめられているのかもしれない。

その無時間的な混沌とした場所から、あたかもわれわれが言葉で物語を語るように、われわれの住む通常の空間のなかへと、ある法則にしたがって、さまざまの素粒子が流れでてくることによって、われわれのこの宇宙というものが成り立っているのかもしれない。

「宇宙というのは、物質によって語られる、長い長い物語だというわけだ」

ワナカセ博士はそう言って楽しそうに笑ったよ。

そういうこともあるかもしれないと、ぼくは思った。

ケツァルケツァルの言葉は、われわれの言語では表現することのできない、亜空間のありようをも、語ることのできる言葉なのかもしれない。

こむずかしいことをだらだらと書いて、あくび金魚姫、退屈させてしまったかな。

ワナカセ博士の話がおもしろいものだから、つい書きすぎてしまったようだ。

だけど、こういうふうに書くと、この星域でケツァルケツァルというわけのわからない相手と向きあっているわれわれの気分が、すこしは伝わるような気がするんだ。

それでは、また。

愛しているよ、あくび金魚姫。永遠に、変わらずに。

愛というものが、具体的ないろいろな場面でいろいろな表現で現われるものであり、その表現はとてもうつろいやすいものだとしても、ぼくのこころやからだのなかにたたみこまれているきみへの愛は、亜空間のなかにたたみこまれている全宇宙の時間のように、永遠に変わらないものであると信じている。

ツォイイラにて　TT

＊

ティエムトンにいます。

地表に降りた戦艦イチカンシホのすぐまえに、巨大な自己増殖建造物が広がっています。

ケツァルケツァルの姿はありません。

われわれが到着するまえに立ち去ってしまったようです。

わけのわからないやつらです。

でも、すくなくとも、やつらが生き物と呼べるものであることは、われわれには直観的にわかります。どうしてなんだろう。ふしぎです。

人類と彼らが出会った瞬間に、戦いがはじまってしまい、たがいに相手のことをなにも理解できないまま、いまにいたるまでその戦いがつづいているわけだけど、しかし、理解できないと言いながら、すくなくともたがいに戦っているということだけはわかっている。とんちんかんな行動はあるものの、戦いは成立しているように見える。

戦いというのはコミュニケーションのひとつの形だから、ある意味ではコミュニケーションが成立しているとも言えるわけだ。どういうことなんだろう。

それとも、すべては、人間の側の勘違い、人間の側がかってにつくりあげた幻想の物語であって、じつは戦いすら成立していないのかもしれないな。

いま戦場のまっただなかにいるので、短い手紙です。

それでは、また。

ティエムトンにて　TT

＊

あくび金魚姫さん。

はじめてのお便りします。

はじめてのお便りが、こんな悲しい内容になるなんて、とてもいたたまれない気持ですが、しかたがありません。

悪い知らせです。

いいですか。椅子に腰を下ろして読んでください。

できれば、ここでいったんこの手紙を閉じて、だれか親しい友達か、ご両親かどなたかを呼んで、それからこの先を読んだ方がいいかもしれません。

ぐだぐだ言っていてもしようがないので、書きます。

TTが亡くなりました。

戦死です。

ククチルハーという激戦の惑星に出撃して、帰らぬ人となってしまいました。

わたしは、ケツァルケツァルのことを研究している学者で、戦場には行っていませんので、亡くなったときの詳しい状況はわかりません。乗り組んでいた戦闘艇が撃墜されたというふうに聞いています。

TTとは、わりあい最近知り合ったばかりですが、どういうものか話が合って、ずいぶんたくさんのおしゃべりをしました。

TTはしょっちゅうあなたのことを話題にしていました。あくび金魚姫という名前で呼びながら。だから、わたしも、ぶしつけながら、あくび金魚姫さんと呼ばせてもらいます。あくび金魚姫さん。なぐさめの言葉もありませんが、どうか気を落とさないように。いずれ軍の方から正式の連絡がいくでしょう。

ジョン・ワナカセ・プングアリ

＊

あくび金魚姫。

変わりないですか。

いまぼくは戦艦イチカンシホでククチルハーの戦場へ向っているところです。ククチルハーはたいへんな戦場のようですが、航行中はさしてすることもない、のんきな状態です。死ぬかもしれない場所へむかっているのに、そういった緊張感はあまりありません。おもしろいもんだね。

亜空間航法で何光年かずつジャンプをくりかえして進んでいると、ジャンプをするごとに、背後に遠ざかっていく基地やさらには地球のことが、しだいに遠い幻のように感じられてきます。

地球から見ると、この星域全体が、遠い幻のように、虚構の世界のように感じられるのじゃないかしら。げんにここにいてさえ、ときとしてそのように感じられることがあるのだから。

ぼくの書く手紙は、亜空間を通る際の時間の不確定さはあるものの、かなり短い時間のあいだに、あくび金魚姫、きみのところへ届く。ほとんどリアルタイムで、きみはぼくがなにをしているかを知ることができる。

しかし、じっさいには、きみとぼくのあいだには、光の速さで三〇〇年かかる膨大な距離が横たわっている。これはもう、人間の尺度からすれば、ほとんど無限の遠さだといってもいいような隔たりだ。もし、超高性能の望遠鏡があっても、きみはぼくの姿を覗きみることができない。どうやってもできないのです。

だけど、ぼくの言葉は、こうやって短い時間で、きみのところへ届く。言葉だけが、ぼくの語る物語だけが、きみのところへ届くのだ。

妙なもんだね。

ぼくが手紙に書いたことがほんとうのことかどうか確かめるすべはきみにはない。

それは地球軍全体についても言えることで、亜空間を通るときに、地球軍がまるごとどこかべつの宇宙へ行ってしまっていて、もはやこの宇宙のどこにも存在しなくなっているかもしれないのだ。存在しなくなっていたとしても、地球からはそのことは確かめようがない。

この手紙に書かれたことすべてが、虚構の物語、ぼくがつくりだしたほら話かもしれないんだよ。

自分が実在しているのかどうか、だんだん自信がなくなってきます。ククチルハーでの戦いが終わったら、地球へ帰れそうです。帰ることができれば、実在していることが確かめられる。

帰ったら、結婚をして、子どもをたくさんつくろう。きみとおなじようなかわいいあくびをする女の子がほしいな。

帰るときには、まえもって知らせないで、とつぜんきみのまえに現われてびっくりさせることにしよう。楽しみに待っていてください。

愛しているよ、あくび金魚姫。永遠に、変わらずに。

それでは、また。

戦艦イチカンシホ内にて　TT

＊

休暇が半分過ぎました。

毎日ポポラの海に落ちる夕陽を楽しんでいます。ほんとうにきれいです。

でも、夕陽を見ると、なんだか淋しい気持になります。ついクァラクリのことを、思いだして、感傷的な気分になってしまうのです。

この保養地に来ている兵士たちのあいだで、一種の宗教的な考えがはやっています。考えがはやるというのも妙だけど、まあ、そういう考え方をみんながしたがり、それについてあれこれと話すことをみんなが楽しんでいるのです。

それはこんなものです。

たとえば亜空間のように、われわれの五感では感知することのできない、高次の空間が、この宇宙の背後にあって、われわれの宇宙はその投影像のようなものだ、というのです。もちろん、われわれもその投影像の一部として存在しているわけです。

ひとりの人間の一生は、死によって切断されるわけだけど、高次の世界ではそれが連続したものとして存在しているのではないか。生と死というように、べつべつのもの、対立するものとしてしかわれわれには見えないものが、高次の世界ではおなじものの二つの側面として存在するのではないか。

床に円形をした影が映っていて、壁に三角形をした影が映っているとすると、影としてはまったくべつべつのものだけれど、もしかするとそれは両方とも、部屋の中央に浮かんだひとつの円錐形という立体の投影かもしれない。

それとおなじように、この世界では不連続に見える人間の生と死というものも、高次の世界では連続したあるひとつのものなのかもしれない。

まあ、そんな考え方です。

単なる比喩だし、イメージの遊びにすぎないものですが、みんなけっこうまじめにそんな話をしています。

ぼくもそんな話の輪にくわわっていると、クァラクリの死という身近なことがあったあとだけに、そんなイメージを信じてみたくなったりします。この世界では、彼は死んでしまったけれど、高次の世界では生と死の区別を越えたなにかとして生きつづけているのだというぐあいに。

それは人間がつくりだした身勝手な妄想だけど、たとえ妄想であっても、虚構の物語であっても、それがある種の安心感のようなものをもたらしてくれるなら、それはそれでその妄想にも存在価値があるような気がします。ぼくは信仰心というようなものはあまり持ち合せがないので、それを信じるとか信じないとか、そんな問題としてではなく、ただたんに、そのイメージが気持ちがいいかどうかということだけしかないんだけど。

この星域で、ケツァルケツァルというわけわからない生き物と戦いつづけ、日々死と直面していると、なにかそんな救いのようなものが必要になってくるのかもしれません。ほんと、みんな好きなんだよね、そういう話が。

クァラクリは高次な世界のどこかで、例の特徴的なにこにこ笑いをしながら、そんな話をするぼくらのことを見ているかもしれないね。

それでは、また。

愛しているよ、あくび金魚姫。永遠に、変わらずに。

ポポラにて　TT

奇跡の石

藤田雅矢

ソ連がまだ存在していたころ、共産圏で行われていた超能力研究。東欧の小国・ロベリア共和国に、超能力者たちが住む小さな町が存在すると知り、調査に向かった主人公が出会ったのは……。初出は〈ＳＦマガジン〉二〇〇〇年二月号、書籍初収録。五感に訴える描写力で、第十二回ＳＦマガジン読者賞を受賞している。日本ＳＦではかなり早い段階で「共感覚」テーマを描ききった作品でもある。共感覚テーマの拙作「白萩家食卓眺望」は複数の作品からインスピレーションを受けているが、一番直接的な影響は、この作品とジェフリィ・フォード「アイスクリームの帝国」から与えられている。藤田雅矢は第三期京大ＳＦ研出身で、第四期メンバーである私は面識も交流も無いが、それでも学生時代、会員から藤田雅矢短篇を紹介されることがしばしばあり、「奇跡の石」もそうして知った作品の一つだ。

藤田《ふじた》雅矢《まさや》は一九六一年京都府生まれ。京都大学農学部卒業後、農業関係の研究所で品種改良に従事。商業誌初掲載は一九八四年、〈ＳＦワールド〉六号「螺旋の記憶」。ファンジン初出作の転載で、二重太陽系の惑星に息づく生物の来歴を語る掌篇。好きな作家に、山田正紀、荒巻義雄、山尾悠子、シマック、レムを挙げており、推薦者の牧眞司が「藤田氏の作品はどれも、独特のイメージに満ちた異世界を構築しており、その硬質な完結性は、山尾悠子の作品を思わせます」と記す通りこの時点では玄人ファン向けの作風だった。

その後、商業デビューへ向けハヤカワ・ＳＦコンテストに応募、第十二回（八六年）「一万年の貝殻都市」は最終候補に残り参考作に（未掲載）。第十五回や第十七回の一次

初出：〈ＳＦマガジン〉2000年2月号／早川書房／1999年刊

通過作にも名前があるが、第十八回で同賞が打ち切りになってしまう。

最終的に、江戸時代を舞台に下肥汲み取りで出世していく物語『糞袋』で第七回（九五年）日本ファンタジーノベル大賞優秀賞を受賞し、ジャンル外からのデビューとなった。第二長篇の、一九七〇年代を舞台に、少年たちのノスタルジックな冒険譚が乱歩的なムードへ向かう『蚤のサーカス』（以上、新潮社）も含め、この時点で、モチーフは時にグロテスクであっても、語り口自体は柔らかいものに変わっている。

SFレーベルからは、早川書房《ハヤカワSFシリーズ Jコレクション》より『星の綿毛』を刊行。砂漠に覆われた惑星には、耕作と播種をしながら南進する巨大装置〈ハハ〉を追って移動し続けるムラと、ヒカリゴケに覆われ光をエネルギーとして利用するトシが存在していた。七本足の甲殻生物に乗ってムラとトシを行き来する交易人を軸に、人々が遺伝情報操作技術を持ち、翼魚やジャグチの木など不可思議な生物の息づく世界の正体に近づいていく――そんな世界設定と筋立ての、オールディス～酉島伝法の系譜に連なる生態系SF。

ジャンルSFの書籍は少ないが、『捨てるな、うまいタネ』（WAVE出版）を始めとする園芸実用書や、『つきとうばん』（教育画劇）などの絵本、植物に纏わる精神感応能力を題材にしたジュブナイル『クサヨミ』（21世紀空想科学小説）も刊行している。〈SFマガジン〉には九六年以降十二本の短篇を掲載しているものの、短篇集は刊行されていない。「ダーフの島」（二〇〇六年二月号）は、大半が森に覆われた島で人間に使役される、精霊めいた小人たちの正体を巡る物語。こちらも第一八回SFマガジン読者賞国内部門を受賞しているが書籍未収録。

アンソロジーに再録されたものでは、天保の大飢饉に際し幼い兄妹がマッドサイエンティストな蘭学者に売り飛ばされるホラー「鬼になる」（徳間文庫『現代の小説２０００』）、数十年に一度だけタネのない実を作る植物、その不思議な能力を探る「トキノフウセンカズラ」（徳間文庫『短編ベストセレクション――現代の小説２００９』）、電算草という植物の計算力を用いて畑で月ロケットの軌道を牧歌的に計算する「計算の季節」（ハヤカワ文庫ＪＡ『日本ＳＦ短篇50』Ⅳ巻）などがある。

書き下ろしアンソロジーでは、深宇宙へ向かう探査機の人工知能に人格を転写した男の遠大なラブストーリー「エンゼルフレンチ」（河出文庫『ＮＯＶＡ１』）、蠕動運動で移動する植物や発光する花など様々な新種植物を発見した学者の秘密に迫る「植物標本集《ハーバリウム》」（河出文庫『ＮＯＶＡ７』）、極度の雨男が才能を見込まれて国際雨男雨女連盟にスカウトされる「ＲＡＩＮ」（メディアファクトリー『ＳＦバカ本　電撃ボンバー編』）などを発表。サーカスに観客として訪れ、演目の中で箱に入れられた少年がサーカスの真実を知る「暖かなテント」（廣済堂文庫『異形コレクション　世紀末サーカス』）など、《異形コレクション》にも四作品を発表している。

上記の短篇の大半は、アドレナライズから刊行された電子書籍三冊（怪奇篇『鬼になる』、植物篇『植物標本集』、宇宙その他篇『エンゼルフレンチ』）に収録されている。埋もれた作品も電書で手に入るのはいいことだが、「電子書籍の最良の宣伝は紙での刊行」とも言われるので、紙での傑作選刊行も期待したい。

机の上に、ガラス瓶《びん》がある。

風邪薬の錠剤が入っていた小さな瓶だ。

今朝のニュースを見て、私はひさしぶりにそのガラス瓶を手にしていた。

空っぽのようだが、透かして見ると、中には小さな雲母《うんも》に似た半透明の結晶が、いくつか入っているのがわかる。

ドリスがくれた不思議な結晶だ。

――あの姉妹は、いまどうしていることだろう。

そう思いながら、蓋《ふた》を開けて小さな結晶のひとつを手のひらに取った。そして、あのときと同じように、おそるおそる舌の上に結晶をのせた。

突然、耳元でオルガンの音色が響き渡った。ドリスが弾いたバッハのミサ曲の一つだ。

たしか、曲名も教えてもらったような気もするがよく思い出せない。それより、ドリスの演奏はすばらしかった。とても十歳の少女が弾いているとは思えない。

演奏は、ドリスがすぐそばで弾いているかのように、オルガンの音が身体の芯《しん》まで響きわたった。耳をふさいでみても、音は全く同じように聞こえてくる。そして……その演奏が終わったとき、舌の上の結晶もなくなっていた。

残ったのは、あの姉妹に会いたいという想いだった。

私はたまらなくなって、紙に包んでしまい込んでいた小さな石のかけらも取り出した。石に触れると、すっと風が吹いた。

それは、ほのかにパンの焼ける匂いのする、二人が住むホルムの町の風だった。

＊

ドリスとイオナの姉妹に出会ったのは、日本がまだバブル経済の真っただ中にあった頃のことだ。

当時、私は電機メーカーW社のエスパー研究室で働いていた。バブル当時、社長のお墨付きで設立された研究室である。

どこかの企業が世界の名画を買い漁《あさ》ったのと同じように、W社は〝余裕の企業〟というイメージづくりに、早急な成果を求めないというゆとりの研究室をつくった。それが、エスパー研だ。

気楽な部署ではあった。そして、退屈しない毎日でもあった。大学などの紹介で、超能力があるという被験者が、入れ替わり研究室を訪れ、その「技」を披露してくれた。

エスパーカードにはじまり、キルリアン写真を撮ったり、電磁波や脳波の測定をしたりした。被験者としてエスパー研を訪れる人たちは、確かに不思議な能力を身につけていた。統計的に有意にカードを当ててみせたり(必ず当たるわけじゃない)、手を触れずに紙きれを動かすことができたりした。

しかし、そのことが何かの役に立つ――とりわけ、W社に役立ちそうな研究や商品に結びつくとは、とても思えなかった。案の定、そのエスパー研は、社長が退任した翌年に閉鎖された。

当時は、それでよかったのだ。

おかげで、入社して二年も経たないうちに、急用で行けなくなった研究室長の代理として、ソ連と東欧の研究者や超能力者に会いに行く機会を得た。東欧の小国ロベリア共和国を訪ねる一人旅であった。

超能力研究は、とりわけ共産圏で盛んな傾向がある。大学でロシア語とドイツ語を学んだ私がエスパー研に配属されたのも、そんな事情からかも知れない。

あの姉妹と出会ったのは、その旅の途中だった。

はじめに訪れたのは、ルリア博士の研究室で有名なモスクワの心理学研究所である。研究部長のルイチェンコ女史が、公用車で空港まで出迎えてくれた。まだ四十代の、大きな黒い瞳が印象的な大柄な女性だった。

研究所に着くと、まず耳で字が読めるという少年に会わせてくれた。彼は、ロシア語の本を耳のすぐそばに置いて、目隠しをしたまますらすらと読んでいった。字が聞こえてくるのだという。丸暗記かとも疑ったが、耳のすぐそばで指さしたところを読めるのだから、そうとも考えにくい。

それから、西暦一万年までなら、いつの曜日でも瞬時に言えるという暦《こよみ》少年にも会った。

初めて出会ったソ連の超能力者たちの力に驚かされた。

そして、この研究所で最も有名な、シィー氏についてのルリア博士の研究を聞かせてもらった。

かつて被験者として研究室を訪れた新聞記者のシィー氏は、驚異の記憶力を持っており、一度覚えたことは、何十年経っても決して忘れることがなかったという。

彼には、共感覚があった。

共感覚というのは、音を聞くと色が見えたりする「色聴《しきちょう》」に代表される現象である。絶対音感を持つ人には、かなりの頻度で色聴がみられる。ただ、シィー氏の場合、それはあまりに強烈なものだった。彼は自ら、五感が交差しているのだと言った。

たとえば、彼に五〇ヘルツ一〇〇デシベルの音を聞かせると、シィー氏はこう表現する。

「暗い背景に、赤い舌を持った褐色の条線が見える。その音の味は、甘酸っぱく、ボルシチに似ており、味覚が舌全体をおおう」と。

また、これが五〇〇ヘルツになると、「空を二分する真っ直ぐな稲妻」が見え、音量を七四デシベルに下げると、「濃いオレンジ色が見え、あたかも針が背に刺さったように感じ、その針は徐々に小さくなる」のだと言う。

これらの感覚は、シィー氏の持つ抜群の記憶力の源でもあった。

もし、音がこんな風に感じられたら、決して忘れはしないだろう。しかし、それは同時にシィー氏の抽象的な思考を妨げ、彼を現実と幻の間に置き、メリーゴーラウンドに乗り続けているような目眩《めくるめ》く刺激の中での生活を余儀なくさせた。

最近の研究で、先天的に聴覚を失った人が手話で話をしているとき、その脳の活性を調べると、視覚野はもちろん、脳の聴覚に反応する部位でも感じていることがわかってきた。すなわち、耳から音が聞こえなくとも、脳のレベルでは手話を〝聞いて〟いることになる。

ルイチェンコ女史らは、こうした不思議な能力の持ち主に、東欧の小国ロベリア共和国出身の者が多いことをつきとめていた。

遺伝的な要素が働いている――すなわち、超能力の家系があるというのだ。将来的には、超能力遺伝子の塩基配列の解読をも目指しているらしい。

調べてみると、シィー氏の祖父はロベリア共和国の小さな田舎町ホルムの出身であり、そして耳で読める少年の母も、暦少年の父も、みなホルムの出身であった。そして、ホルムはまた、長寿の町としても知られていた。

ルイチェンコ女史の紹介を受けて、私はそのホルムの町まで足を延ばし、耳で字が読める少年の従兄弟《いとこ》と会うことになっていた。

幸いなことに、ロベリア共和国ではドイツ語が通じる。モスクワからベルリンへ飛んで夜行列車で首都ロベリアへと入り、そこからは日に何本もない単線のローカル線にゆられて行くことになった。

ディーゼル機関車がひくのは、木製の旧式な客車である。タイムマシンに乗っているのかと思わせるほどに、列車が進むに連れて町のたたずまいも古くなっていった。

その終着駅の町が、ホルムであった。

駅に降り立つと、石炭の臭いがした。さすがに、蒸気機関車はなかった。駅はレンガ造りの建物で、その事務所で、駅員が石炭ストーブで暖をとっていたのだ。

四月の東欧は、まだ寒い。それでも、待ちこがれた春の到来という感じがする。まだ黄色みが残る新葉の木陰に、鳥たちが躍りさえずっていた。

駅前は、広い公園になっており、町はこぢんまりとして、公園の先を五分も歩くと、すぐに町の中心に出てしまう。途中、積木を組み立ててできたかと思わせる木組みの家々が建ち並ぶ。あるいは、時の中に忘れ去られた石造りの建物と、石畳に刻まれた馬車の轍《わだち》が、町の歴史を物語る。

多くの戦禍を経験してきたはずなのに、この町にはそんなところは微塵《みじん》もなく、どこを写真に収めても、絵葉書になりそうな風景だった。

町を少し離れると、なだらかに緑の丘がどこまでも続く。たまに羊の群が通るだけで、時はゆったりと流れ、人々もまた質素な生活を送っていた。それゆえに、長寿の町でもあるのかも知れない。ホルムの町並みをはじめ、その美しさから、ロベリア共和国はボヘミアの真珠と呼ばれていた。

町の中央広場には、双塔の石造りの教会が、町で唯一の高い建物として聳《そび》える。時計塔でもあり、定時になると鐘の音が広場に鳴り響いた。建物に共鳴して、広場は心地よい音に満たされる。

広場の片隅で、一軒のパン屋が焼きたてのパンを並べ、広場に置かれた木製のベンチには、老夫婦が仲良く座っている。

ドリスとイオナの姉妹を初めて見たのは、その広場であった。

「お姉ちゃん、危ないよ！」

たぶん、そう言ったのだと思う。

その声に振り返ると、金髪を三つ編みにした五、六歳の女の子が、ひどく怯《おび》えた表情で教会の方を指さしていた。そばにいる姉と思われる栗色のおかっぱ少女に向かって、さかんに訴えている。

しかし、教会の方は町の人たちがのどかに石畳を歩いているだけで、特に変わった様子はない。その女の子がいったい何のことを言っているのか、そのときにはわからなかった。

しかし、ものの三分もたたないうちに、教会の裏から何台もの迷彩色に塗った場違いな軍用ジープが、広場にいた人々を蹴散《けち》らすように走ってきた。

双頭の鷲《わし》に似た紋章の赤い旗を立てている。そのうちの一台が、何を思ったか、急に向きを変えてこちらに向かって走って来たのだ。金髪の女の子が、ふらっとジープに近寄りそうになる。

「危ない！」

今度叫んでいたのは私だった。思わず二人に駆け寄って、ジープから遠ざけようとした。

次の瞬間、私はそのジープにはねられ、広場の石畳に叩きつけられるはめになった。

運転席からは罵声《ばせい》が聞こえただけで、ジープは止まりもせずに、そのまま走り去って行った。あとで聞いた話では、あの双頭の鷲に似た紋章は、最近となり町のヒロニムにできた陸軍基地に所属する特別部隊の印だという。

広場にいた人たちが、すぐに集まってきた。さっきベンチに座っていた老夫婦も、心配そうに私の顔をのぞき込んでいる。そして、どこからか担架を持ち出し、私を病院へと運んでくれた。

痛みに耐えながら、さっきの女の子には、来る前からあのジープが見えていたのだと気づいた。

――予知か。

ここは、超能力者のいる町なのだ。

幸い意識もはっきりしていたし、命に別状はなかった。ただ、足の骨が折れていて、しばらく入院を余儀なくされた。全治一ヶ月だという。

だが、この事故がドリスとイオナとの出会いをつくってくれた。

古い病院だったが、病室は個室になっていた。ベッドはみな木製で、少し動くとぎしぎしと鳴った。注射器は何度も煮沸消毒して使っている様子だ。

私は足をギプスで固められ、ベッドから動けない状態でいた。横になったまま、ずっとあの姉妹のことを考えていた。日本に帰るまでに、ぜひもう一度会ってみたいと思った。

すると翌日、驚いたことに、あの姉妹の祖父と思われる老人に連れられて、彼女たちの方から、私の病室を訪ねてきてくれたのだ。

私と目が合って、二人とも緊張し、何だかこわい顔をしていた。

「あんたが、昨日二人を軍のジープから助けて下さったと聞いた。異国の方が、なんともありがたいことじゃ。それにしても、怪我で入院までされて申し訳ない」

いっしょに来たじいさんは、白くなった髪に手をやりながら、ゆっくりと思い出すようにしてドイツ語を話した。ロベリア訛りがある。

「ありがとう」

じいさんは、私のことを拝むように深々と頭を下げた。両脇にいた姉妹も、同じように「ありがとう」と言って頭を下げた。

あまりに長い間深々と頭を下げているものだから、二人はいつ頭を上げようかと、じいさんの様子をうかがっているのがおかしかった。

じいさんが顔を上げると、ようやく二人も顔を上げた。

栗色のおかっぱ少女は、顔をあげるなり、「なんだか、ジャガイモみたいな匂いがするわ」と言って、私に向かってにこりと微笑んだ。何のことか、よくわからなかったが、そばかす顔にブルーの澄んだ瞳が印象的だった。

「これ、ドリス。助けて下さった方に向かって、急に何を言い出すんじゃ」

「あなたは、とてもいい人。だって、蒸《ふ》かしたジャガイモみたいな温かな土の匂いがするから……そう、言いたかったの」

ドリスは真顔に戻って、そう答えた。

「すみませんのう。わしは、ノイマンと申します。この子は、ドリス。そして、こちらがイオナ。二人とも、わしの孫娘ですのじゃ」

ノイマンじいさんは、栗色のドリスと、妹のイオナを紹介した。

「僕は、アッシといいます。日本から来ました」

「日本から……それはまた遠いところを。どなたか、訪ねて来られたか」

「ええ、モスクワの心理学研究所の紹介で……」

そこまで言ったところで、ノイマンじいさんの態度が急に変わった。

「今日は、礼を言いに来ただけじゃから」

そう言い残して、ノイマンじいさんは二人を連れて、さっさと病室を出て行ってしまった。

以前に心理学研究所の人物と、何かいざこざでもあったのかも知れない。

そう考えるしかなかった。

この状態では、ルイチェンコ女史に紹介してもらった耳で読める少年の従兄弟には会えないだろう。私は会社に連絡をとり、事故に遭ってしばらくロベリア共和国に滞在することを伝えた。

あのじいさんの様子では、二人はもう来てくれないだろう。自分で探すしかないか――

そう思っていた翌日、「こんにちは。アッシ」という声に、私は驚いて病室の入口を見た。なんと今度は、ドリスとイオナの二人だけで、お見舞いに来てくれたのだ。

ドリスが、少し恥ずかしそうにドイツ語で話しかけてくる。上手なものだ。訊くと、学校で教えてくれるのだという。イオナの方は、ドイツ語も分かるようだが、話すとなるとまだどうしてもロベリア語になってしまうようだ。ドリスが、通訳代わりになってくれた。

「おじいちゃんは、もうアッシに会ってはいけないって言ったの。でも、もっとちゃんとお礼が言いたくて来ちゃった。本当に、ありがとう」

と、ドリスが頭を下げた。イオナも、いっしょにぺこりと頭を下げる。その仕草が、何ともかわいかった。

「そう……おじいさんは、どうしてダメって言うんだい」

「知らない人をびっくりさせるのは、いけないからって」

「びっくりさせるって」

すると、イオナが私の顔をじっと見てなにか言った。それをドリスが訳してくれる。

「アッシは黒い髭《ひげ》を伸ばしているって、イオナはそう言ってるの」

確かに、私は髭を伸ばしていた。それより、昨日会ったときから、イオナの目の焦点が合っていないのが気になっていた。

「おじいちゃんは、絶対ほかの人に話しちゃいけないっていうけれど、アッシにだけは教えてあげる。だって、アッシはとてもいい人だから……本当はね、イオナは目が見えないのよ」

「えっ」

一瞬ドリスが、何を言おうとしているのか理解できなかった。

そして数秒後、イオナは盲目だけど、私が髭を伸ばしているのがわかる——つまり、ものが見えるということが言いたいのだと理解した。どこか、モスクワの耳で読む少年と共通点がある。

どうやら本物の超能力者にめぐり会えたみたいだ。何だか、とてもうれしくなった。遠くホルムの町まで来た甲斐《かい》があったというものだ。

「あのとき、軍のジープが見えたのかい」と、イオナに訊いてみた。イオナがロベリア語で話し、ドリスが答える。

「ええ、すごいスピードで走ってくるのが見えたらしいわ。だから、あたしに危ないって……」

「どんなふうに見えた？」

イオナがちょっと考えて、ドリスにつぶやいた。ドリスも、しばらく考えていたが、「イエス様の向こうから、すごい勢いでジープが走ってくるのが見えたって」と、訳してくれた。

とすると、教会を透かして見ていたのかも知れないと思った。

それなら、予知というより、透視の可能性がある。そもそも、イオナの歩き方が、目の見えない子とはとても思えない。目では見えなくとも、きっと身体のどこかで見えているのだ。

今度は、ドリスのことを訊いてみた。

「昨日、僕のことをジャガイモみたいな匂いがするって言っただろう」

「そうよ。何にでも匂いはあるわ。音が聞こえるときもあるの。嫌な人は嫌な臭いがしたり、声がちくちくしたりとか、いろいろね」

どうやら、ドリスの方はシィー氏とまではいかなくても、共感覚があるようだ。不思議な姉妹だった。超能力の家系だろうか。ということは、あのノイマンじいさんも……もっとくわしく調べてみたいと思った。

「アッシは、掘りたてのジャガイモを蒸かしたいい匂いがするから、すごくいい人だってわかるのよ」

ドリスは、自分の感覚を信じ切っている様子だ。会って間もないのに、私をすっかり信用して、なんでも話してくれる。それなのに、この姉妹を超能力調査の材料として考えている自分が、どこか後ろめたかった。

「あまり長くいると、おじいさんが心配するから……また明日も来るからね」

そう言い残して、姉妹は病室から出ていった。

私は、ドリスの言葉を信じて、次の日も二人を待っていた。約束通り、お昼前に姉妹はやって来た。

「今日も来てくれてありがとう。一人だと、退屈でね。こんなふうに、トランプで暇つぶしをしていたところだ」

実は、二人を少し試してみたくて、トランプを用意していたのだ。

「トランプをするかい。ポーカーは知ってる?」

「イオナは、まだわからないと思う」

「じゃあ、カード当てゲームはどうだ」

そう言うと、イオナがうれしそうにうなずいた。うまく興味を示してくれたようだ。エスパーカード代わりに、裏返したカードの番号を当てさせる。

「ハートのエース」

「えーっと……それは、ジョーカーみたい」

ドリスは、半分近くを当ててみせた。エスパー研の被験者で、五分の一の確率で当てる女性はいたが、こんなのは初めてだ。

そして、イオナの方は、なんと百発百中だった。すばらしい。第三の目があるとしか思えない。

「二人とも、すごいや」

イオナの能力を目の当《ま》たりにして、私は少々興奮気味だった。

それを敏感に察したのか、ドリスは「アッシ、今日もあまり長くいられないの」と言って、イオナを連れて病室を出て行ってしまった。

少し、焦りすぎたかも知れない。もう来てくれないのではないかと、また心配した。しかし、その翌日も、昼前に姉妹は訪ねてきてくれた。

もう、トランプをするのはやめた。代わりに、日本のことを話して聞かせた。また、二人にはホルムの町のことを訊いてみた。すると、ドリスは学校のことを話してくれた。

「あたし、歴史って嫌いよ。だって、すごくややこしいんだもの」

ドリスがそう言うのもわからなくはない。来る前に、ほんの少しだがロベリア共和国のことを調べた。この小国は日本と違って、幾度となく大国に蹂躙《じゅうりん》され、不遇の歴史を歩んできているのだ。また、気候的にも厳しい。中世までは飢えに苦しみ、近代になってからは戦禍にあえいだ。

ただ、それなのに、ここホルムの町に戦争の傷跡は見あたらない。みな心豊かに美しい風景の中に暮らしているように見える。それゆえ、この小国は、ボヘミアの真珠とまで言われるようになったのだ。ロベリアの人たちの努力には頭が下がる。ドイツ語を学校で教えるというのも、きっと小国の智恵なのだろう。

「町の広場や教会は、ずいぶん歴史がありそうだからね」

そのとき、教会の鐘が鳴った。

「そうでしょう。ホルムの町の自慢だもの。もう、四百年もの間、町の人はあの鐘の音を聞いて過ごしているの。ずっとね。あたしのおじいちゃんも、そのまたおじいちゃんもよ。あの音が聞こえないと寂しいわ。それに、お腹も空《す》くしね」と、ドリスが言った。イオナも、それにうなずいた。

話し込んでしまって、いつの間にかずいぶん時間がたっていた。昼食は、言っておかないと病室まで運んでくれないので、すっかり忘れていた。ふたりとも、さぞお腹が空いたに違いない。

「ごめん、もう二時じゃないか。二人とも、お腹が空いただろう」

「ううん、ちっとも。あの鐘の音が聞こえると、お腹がいっぱいになるの。あたしには、チーズをのせた黒パンの味に聞こえるのよ」

ドリスは鐘の音を聞くと、そんな味がするのだという。イオナにも訊いてみたが、同じような答えだった。

てっきりお腹が空いていると思ったのだが、そうでもないようだ。ほかにも、いろんな味のする音があるらしい。

「朝起きて、窓の外で鳥たちがさえずっているのは、レモン水みたいだし……雷は、とっても辛いチリペッパーみたい。だから、雷は嫌いよ」

「いい音色だ」

「なにか、苦手な音はある？」

「うーん、そうねぇ。オカリナの音が苦手だわ」

「どうして」

「だって、オカリナの音を聞くと酔っぱらっちゃうの。赤ワインの味がするから」

「へえ、それは安上がりでいいなぁ。ワインを買いに行かなくてもすむ」

「だめだめ、酔っぱらいは嫌いよ。それより、あたし、日曜日にはあの教会でオルガンを弾くの」

ドリスはちょっと誇らしげに言った。

中央広場の双塔の教会で、ミサの時にオルガンを弾くのだという。十歳の少女が弾くには、少し難しいのではと思った。だが、共感覚があるドリスのことだ。きっと、音楽感覚も優れているに違いない。

「すごいな。でも、この足じゃ、聴きに行きたくても無理だね。歩けるようにならないとね」

「そうね。治ったら、必ず聴きに来てね」

「せめて、松葉杖が使えたら……いや、やっぱり無理かな。ドリスの演奏を聴きに行けないのは、すごく残念だよ」

「そんなに、あたしの演奏を聞きたい？」

「もちろんさ」

ドリスは、少し考えていた。

「……わかったわ。アッシならかまわない。日曜日、楽しみにしててね」

そう言って、ドリスはイオナを連れて帰っていった。どうしようというのだろう。私の方が、急にお腹が空いてきた。

日曜日には、広場に市《いち》がたって朝からにぎやかだ。しかし、教会の鐘の音は聞こえても、オルガンの音までは聞こえてこない。

そして、午後になると、ドリスは小さな紙包みを持って一人で病室に現れた。

「はい、どうぞ」

「どうぞって」

手のひらの上で、小さな紙包みを開けると、中には何の結晶か分からないけれど、細かな雲母のような結晶があった。

「何だい、これ」

「舐《な》めてみて」

ドリスはそう言った。

私は、おそるおそる舌の上に結晶をのせた。すると、突然、耳元でオルガンの音色が響き渡った。

——何だ。これは！

「聞こえるでしょう？　あたしの演奏。『イエス・キリスト、我らが救世主』っていう曲なの。バッハの曲よ」

コラール旋律が、身体の芯から響き渡った。ドリスの演奏はすばらしかった。とても十歳の少女が弾いているとは思えない。

演奏は、ドリスがすぐそばで弾いているように身体にしみる。それは、耳をふさいでみても、聞こえてくる。そして……その演奏が終わったとき、舌の上にのせた結晶もなくなっていた。

ドリスがくれたのは、音の結晶なのだとわかった。

「どうかしら？」

「……すばらしい」

少し呆然としている私を見て、ドリスは楽しんでいるようだ。そのとき、ちょうど教会の鐘が鳴り響いた。

「見ていて……」

ドリスは両手を額《ひたい》に当てて、目をつぶった。

じっと見ていると、一瞬教会の鐘の音が消えた。そして、ドリスの回りにきらりと結晶が降るのを見た。

金粉を降らせることができる超能力者というのを見たことがある。だが、ドリスのそれは、まさしく超能力だった。

指先に舞い降りたその結晶を舌にのせてみる。すると、教会の鐘の音が、頭の中に鳴り響いた。

ドリスは、音を舌や目で感じるだけでなく、それを実体化させることができるのだ。自分だけではなく、他の人にも感じさせることが。

「誰にも、内緒だからね」

そう言って、ドリスは唇に人指し指をあてた。そして、くるっと振り向いて、スカートをひるがえして、病室を出ていった。

私は、あわてて風邪薬の空き瓶に、ドリスの演奏の結晶を入れた。あとから、そのガラス瓶を確かめたが、その雲母のような結晶は、瓶の中に確かに存在していた。

音の結晶――ドリスは、音を結晶化することができる。

翌日から、私はドリスにいろんな音を聞かせてみることにした。そして、腕時計のアラーム音を鳴らしたとき、それは起こった。

ドリスは自分自身を抱えるように、両手を肩に回して、うずくまってしまった。イオナが、心配そうに見つめている。

「お……音を、その音をやめて」

ドリスはそう言って、弱々しげに私を見上げた。その顔には、何か細かい石が当たったような、ひっかき傷がいくつもできていた。

「どうしたんだ？」

「その音は、痛いの。そう、なにか角張った石が飛んでくるみたいで……」

ドリスの顔の傷から、血がにじんでいた。

「痛いって……」

――ドリスの共感覚は、ここまで発達しているのか。ドリスは音が見えたり、嗅《か》げたりする。さっきの音の場合は、肌で聞こえたことになる。

「もう一度だけ」

私は、ほんの少し確かめるつもりで、もう一度アラーム音を鳴らした。

「いや！　やめて、その音！」と、ドリスが叫んだ瞬間、電子音は結晶と化した。弾け飛んだ結晶がドリスとイオナの肌に突き刺さり、二人とも顔や手足から血を流している。そして、音の結晶は私の身体にも刺さっていた。結晶が溶けて、頭の中にアラーム音が幾重にも鳴り響く。

今度はイオナが、驚いて泣き叫んでいた。

すると、私のそばにあったノートや鉛筆が宙を舞い、カセットレコーダーが壁に飛んで壊れた。そして、窓際にあった大きな花瓶が、ふっと天井近くまで浮かんだ。いまにも、私をめがけて落ちてきそうだ。

そのとき、悲鳴を聞きつけた看護婦がやって来た。看護婦は、その落ちてきそうな花瓶を見て、すっと手をかざした。

すると、花瓶は静かに元の位置へと戻り、イオナも我にかえって泣きやんだ。

ひっかき傷で血まみれのドリスとイオナ。散らかった室内。それでも、看護婦は何も言わずに、二人を手当てしてくれた。私ももう驚かなかった。

まだ、身体中でアラーム音が鳴り響いていた。

二人が帰ったあと、私はベッドの中で後悔した。そして、ホルムの人々が少し恐くなった。

その翌日、今度はノイマンじいさんが一人でやってきた。来るだろうとは、予想していた。

「日本の方よ。もう、ドリスとイオナの二人に会わんで欲しい。いったい、ドリスに何の音を聞かせたんじゃ。どうして、そんなひどいことをする」

じいさんは強い口調で言った。返す言葉がなかった。

「あの子に力があるのは、わしも十分に知っておる。だから、これ以上あの子の力を引き出すようなことはせんでくれ。不幸になるばかりじゃ」

私が苦しまぎれに、何か説明しようとして、モスクワの心理学研究所の名を口にすると、

「だから、もうやめてくれ。あの子らの両親は、そうやってソ連の研究者に連れて行かれたまま、いまだに帰ってこん。毎月送金があるものの、手紙一つ届かん。ドリスの言葉を信じて、あんたのことは黙って見ておったが、もうこれ以上かまわんで静かにしておいてくれ。わしらは、貧しくとも幸せに暮らしておるんじゃ。この町並みと、教会の鐘さえあれば、静かに暮らしていける。ほかのものは、何もいらん。それが、あんたらのいう超能力……とやらかも知れんがな」

ノイマンじいさんは、話し続けた。

「わかっとると思うが、ホルムの町の者は多かれ少なかれ、みな不思議な力を持っておる……」

超能力者の町——昨日、看護婦も花瓶をとめてみせた。

「食べる物がなければ、音楽を聴いて満腹になることができる。鐘の音に腹が満たされ、町の風景に喉が潤う。ずっと、ずっと昔からそうなんじゃ。そうやって、みんな生き延びてきた。そして、ドリスのように、それを形にして残すことができる者がたまに現れる。だが、そういう者が町に現れるときには、必ず町に不幸が訪れる。心配しておるのじゃ。だから、ドリスの力をこれ以上強くしないでくれ。頼む……たのむ……」

最後には、じいさんは懇願するように私に言った。

確かに、ドリスの力がだんだん強くなってきているのは感じていた。

たぶん、二人とも何も食べなくても平気なのだ。そして、美しい音と風景があれば、暮らしていける。仙人が霞《かすみ》を食って生きていけるのと同じように、ホルムの人たちは、音楽と鐘の音を聴いて生きていけるのだ。

「あの子たちに、不幸になって欲しくない。あんたも、そう思うじゃろう。たのむから……放っておいておくれ」

そう言い残して、ノイマンじいさんは出ていった。

翌日から、二人は来なくなった。当然のことだろう。ほどなく私の足のギプスも外れた。もう一週間もすれば、日本へと戻れる。少々、後味の悪い帰国になるだろうが、自業自得というところか。

しかし、その三日後、ドリスとイオナは再び病室へやってきた。

「どうしたんだい」

「……」

二人にいつもの笑顔はなく、黙ったまま、病室の入口に立っていた。何か焦っている様子だった。

「アッシ。お別れの時が来たわ。それを言いに来たの。早く町を出た方がいい」

「どうしたんだ、ドリス。僕がしたことを怒ってるんだろう」

「違う。そんなこと怒ってやしない。イオナが見たのよ！　早く町を出ないと、アッシが危ない」

「何を見たって？」

イオナの方を見ると、イオナは口をつぐんでしまった。

――危ないとは、どういうことか。少し知りすぎてしまった私を、町の人たちがどうかしようというのか。

「いいんだ。言いたくなければ」

すると、イオナがドリスに向かって早口で何か言った。ドリスが私の方を向いて話す。

「イオナがこう言ってる。アッシには、また必ず会える。そして、また助けてもらうことになる。だから、急いで町を出てって。あたしからも、お願いだから……」

そう言って、ドリスは握手を求めた。しっかりと握りしめたドリスの華奢《きゃしゃ》な指先は、温かかった。

「きっと、また会える。アッシ……それまで、これも持っていて」

ドリスは小さな石のかけらを手渡してくれた。触れると、すっと風が吹いた。パンの焼ける匂いのする広場の風――その結晶だとわかった。ドリスの力は、音だけではなく、風すらも、匂いすらも結晶に変えられるのだ。

――ノイマンじいさんが言っていたように、ドリスの力が強くなると、町に悪いことが起こるというのか。

「さよなら」

それが、あの姉妹との別れとなった。私は二人が言ったように、翌日ロベリア共和国を離れることにしたからだ。ホルムの風の結晶を手にして……

＊

果たして、それは起こった。

イオナやノイマンじいさんが心配していたことは、本当になった。

ロベリア共和国でクーデターが起こったのは、私が日本に帰り着いた翌日のことだった。

イオナが見たというのは、このことだったのだろう。

となり町のヒロニムに、大きな陸軍基地があり、そこがクーデターの拠点となったらしい。

私をはねたジープの連中に違いない。

二人に言われなければ、私はあと何日かホルムの町にいるつもりだった。そんなことをしていたら、とてもすぐに日本には戻れなかっただろう。いや、無事戻れたかどうかすらわからない。ともかく、あの姉妹に助けられたことになる。

テレビの画面には、将軍の姿が映り、そばには例の双頭の鷲に似た紋章の赤い旗がはためいていた。

あのとき、軍は既に動き出していたのだ。イオナがはじめに教会の向こうに見ていたのは、もしかするとこの様子だったのだろうか。

帰国後、ルイチェンコ女史に礼状を出した以外は、エスパー研に二人のことは報告しなかった。風の結晶も、紙にくるんで大事にしまい込んでしまった。

ロベリア共和国の内戦は、それから丸三年もの間続いた。最後は、連日ヒロニムへの空爆が続き、クーデターを起こした軍の関係者が捕まったはずだ。その間に、エスパー研も無くなってしまったのだから、よく覚えている。

それから、さらに三年が経った。

バブルの終わりとともに、W社の売り上げも赤字に転落していた。そして、ロベリア共和国は、ようやく再び一般の旅行者を受け入れるようになった。今朝、そのニュースを耳にしたのだ。

それを聞いて、机の上で埃をかぶっていた小さなガラス瓶を手にとっていた。イオナとドリスとの思い出の品を——

「また必ず会える。そして、また助けてもらうことになる」

そう言ったあのドリスとイオナの言葉を、私は今も信じている。私にできることなら、何とか助けてやりたい。

そう思って、私は大事にしまい込んでいた風の結晶も取り出した。石に触れると、すっと風が吹いた。風の中に、ほのかにパンの焼ける匂いがした。

――ホルムに行きたい。

たまらなく、あの姉妹に会いたくなった。

そして、風の結晶を握ったまま、何気なく耳に当てた時のことだ。私は、思わずびくっとした。

私の右手に、いきなりドリスとの握手の感触がよみがえったのだ。握手をしたときの温かなドリスの指先が――

匂いだけではなく、握手の感触すらも結晶化していたのか。気がつくと、その握手の感触分だけ溶けたのかどうか、結晶は一回り小さくなったように思えた。

そうして、私にははっきりとドリスの握手が聞こえたのだった。

さらに三日後、今はなきエスパー研究室宛に、ルイチェンコ女史から電話が入った。ロシア語ができる私のところに、電話が回されてきたのだ。

女史の話では、入国できるようになったロベリア共和国に入って、ホルムを訪ねる調査隊の旅費を、エスパー研でなんとか工面できないかというのである。

もはやエスパー研などないW社に、そんな金があるはずがない。

だが、一瞬、私は迷った。

そして、こう答えていた。

「旅費は出せないが、私だけなら同行できる」

結局、ベルリンでひとり落ち合うことになった。

私は、長期休暇を申請して、ロベリアへ向けて旅立っていた。いや、きっともうここへ帰ってくることはないだろう。そう思った。

ともかく、音と風の結晶を手にして、六年ぶりにベルリンへと飛んだ。

空港で、少し小皺《こじわ》の増えたルイチェンコ女史の姿を見つけると、私はエスパー研の一員に戻ったような気がした。

ルイチェンコ女史にも、同行者はいなかった。W社に旅費を要請してくるぐらいだから、心理学研究所も予算的に苦しいはずだ。

六年前とは違い、ベルリンの雰囲気はずいぶんと変わっていた。その中で、ロベリア行きの列車だけは、当時のままだった。

——懐かしい。

かび臭い夜行列車の車内は、六年前と同様、いやそれ以上に空いていた。

私はルイチェンコ女史とともに、その夜行列車に乗った。列車が動き出してしばらくして、私は彼女に音の結晶を見せる決心をした。もう私には帰るところがないのだ。

「これを見てもらえないか」

そう言って、音の結晶が入ったガラス瓶を見せた。彼女は、それを手に取ると窓に向かって透かして見た。すると、ひどく驚いた様子で、彼女の大きな目はますます大きくなった。どうやら、彼女はこの結晶の正体を知っているようだ。

「ホルムで、この結晶を？」

「ええ、六年前に……ドリスという少女のオルガンの演奏です」

「もしよければ、聴かせてもらえるかしら」

「少しだけなら」

あれから何度もドリスの演奏を聴いてしまったので、音の結晶はもう残り少なくなっていた。私は、そのひとかけらをルイチェンコ女史に手渡した。これでようやく、ドリスとイオナのことを話せる人ができた。

ルイチェンコ女史が、オルガンの演奏を聴き終えたあと、私はひとしきり二人との出会いの話をした。これまで、誰にも話さなかったことを、どんどん話した。ただ、風の結晶のことは、まだ彼女にも黙っていた。

「話してくれて、ありがとう。その姉妹が、無事でいてくれることを祈るわ。ところで、あなたはそのホルムの町が、いまどうなっているか知っているの？」

「いえ、何も。ただ、すぐそばのヒロニムに空爆が続いたとか……」

「……行けばわかってしまうから言うけれど、いまホルムの町は、立入禁止になっているわ」

「立入禁止！」

つい声が大きくなった。

「そう、私たちの研究所から先に研究員が一人行っているけれど、あまり期待しないで」

それから、眠ろうとしたものの、ドリスとイオナのことを話してしまったせいか、ホルムが立入禁止と聞いたせいか、なかなか寝付けなかった。

やがて、夜行列車はロベリア共和国へと入り、夜が明けてくると、車窓の向こうには無惨に荒れた土地が目立った。

今回は、ロベリアで乗り換えて、ホルムの町へというわけにはいかない。立入禁止なだけではなく、あの単線の鉄道は、途中で無くなってしまっているらしい。いまはホルムの二つ手前のコーリンという町が終着駅で、そこで先に行った研究員が待っているという。

ともかく、そこまで行くしかない。

途中、車窓から、崩れ落ちたあるいは焼け残った木組みの家々が見えた。美しかった町並みは、もうここにはなかった。

首都ロベリア近郊では、再建が始まっていたようだが、ローカル線を行くと、時間線を遡《さかのぼ》るように、内戦の痕がまだまだ残っているのだ。たった三年の月日では、傷は癒えようもない。

町が壊され、美しい風景を奪われたホルムの人たちは、さぞお腹を空かせていることだろう。ドリスとイオナの二人は無事でいてくれるのだろうか。ドリスは、もう十六歳になるはずだ。

そう思うと、ため息が漏れた。

終着のコーリンの駅には、駅舎がなかった。ここからヒロニムが近いせいか、爆撃で壊されてしまったらしい。線路もここでとぎれている。

がらんとしたプラットホームだけの駅に、列車は到着し、ルイチェンコ女史と私はホームへと降り立った。彼女の姿を見つけて、研究員らしい男が駆け寄ってきた。

ここからなら、ホルムの町の双塔の教会は見えてもおかしくはないのに、それはどこにも見えなかった。ホルムはいったいどうなってしまったのだろう。

駆け寄ってきた研究員は、私の方をちらりと見ると、早口のロシア語でルイチェンコ女史に報告した。近くに宿を用意しているという。

その日は、その研究員に連れられて宿へと着いた。あとから宿の主人にホルムのことを訊いてみたが、立入禁止だと繰り返すだけで、何も答えてくれなかった。どっと疲れが出て、ぎしぎしと鳴る古い木製のベッドにもぐり込むと、列車で寝付けなかったこともあって、すぐに眠りに落ちた。

翌朝、ドアをノックする音に目覚めた。

開けると、ルイチェンコ女史が立っていた。研究員の男もいっしょだった。

「おはよう。よく眠れたかしら。さっそくだけど、今度は私たちの石を見てもらいたいの」

そう言って、彼女は握りこぶし大の水晶のような石をさしだした。

「町の土産物売りが、奇跡の石だとか言って売っていたものだけど……」

研究員の話では、その土産物売りがホルムの町で拾ったのだという。いや、ホルムの町があった場所で拾ったのだと……

「あった場所……じゃあ、ホルムは」

「何というか、その……消えたのよ」

「消えた？」

「そう」

そして、彼女はホルムの町の歴史を話してくれた。

ホルムは、かつて小さな村ではあったが、その歴史は古く、その名は七世紀まで遡ることができる。その間、幾多の戦乱がありながら、ホルムという地名は、ときに消えたりしながらも現在まで続いている。

ただ、ホルムの町が消えたのは、今回が初めてではないらしい。最近では、第一次世界大戦の最中、進軍したロシア軍がすぐそばを通ったはずなのに、ホルムを見つけられずにいた。それ以前にも、戦乱がある毎にホルムの町は消え、再びよみがえるという噂があった。

それゆえ、ロベリアが幾多の戦禍に見舞われても、ホルムの町だけは戦禍の跡はなく、いまも美しい町並みを残しているのだとも……

美しいホルムの町並み、そして双塔の教会はもはや存在しない。それどころか、土産物売りの話では、瓦礫《がれき》や死体すら無かったらしい。ホルムの町は、この世から消えてしまったのだ。

一昔前なら、道に迷った、あるいは夜道で見落としたということもあるかも知れないが、鉄道が敷かれ、人工衛星も飛ぶ現在では、ホルムの町が消えたことは、はっきりした事実なのだ。

つまり、ルイチェンコ女史は、はじめからその消えた町を求めて、ここへ来た。いや、ドリスのことも既に調べていたかも知れない。

「覗いてみて」

そう言って、私にその水晶のような石を手渡した。

「あ……」

石を覗いた私の目の前に、在りし日のホルムの町並みが見えた。中央広場に、双塔の教会が建っている。老夫婦がベンチに座っているのが見える。

「どう？　ホルムは、ちゃんとそこにあるでしょう」

そして、ルイチェンコ女史は、土産物売りに、ホルムがあった場所まで案内させることになっていると言った。ただ、昼間は警備も厳重なので、暗くなってから出かけようという。

私は、うなずくしかなかった。

「じゃあ、石を返してもらえるかしら」

そのまま部屋で夕方になるのを待った。とても長い時間だった。

その間、ドリスのことを想いながら、とうとう最後の音の結晶を舐めてしまった。オルガンの音色も消え失せた。

陽が暮れて、ようやく土産物売りが迎えに来た。髭を長く伸ばした、いかがわしい男だった。私は、残っている風の結晶をズボンのポケットに入れ、ルイチェンコ女史と研究員のあとについて行った。土産物売りは、警備隊に見つからないように裏道——というか畑の中を抜けて行った。懐中電灯もまずいようだ。

幸い月が出ていて、その明かりだけが頼りだった。ずいぶん、畑の中を歩いた。坂が続いて、畑はやがて牧草地になった。

と、土産物売りの足が止まった。少し上り坂になった牧草地の途中だった。

「ここまでだ。見ろよ」

彼が指さしたところで、緑の丘は終わっていた。あとはブルドーザーでえぐり取ったかのように、私たちの足下から先は赤茶けた大地だけが、月明かりのもと、ずっとずっと広がっていた。

「ここに、ホルムがあったんだ」

何もないその空間に、私は双塔の教会を思い描き、なんとか頭の中で辻褄《つじつま》合わせをしようとしていた。

「もう一度、石を見せてくれ」

ルイチェンコ女史は、月明かりのもとに、奇跡の石を取り出した。

月の光を浴びて、奇跡の石はきらりと光った。石ではない。それは、ホルムの町の結晶だった。

音を結晶に変えてしまったように、ドリスは、町ごと結晶にしてしまったのだろうか。何か危険が迫って、ドリスが町を結晶の中に封じ込めることで、町を守ったのだろうか。

そして、町は消えた。

いや、ドリスだけじゃない。町の人々がみんな力を合わせれば、それは可能かも……まさか、そんなことが。自分の中で、肯定と否定が渦巻いていた。

結晶の回りが、陽炎《かげろう》のように揺れはじめた。溶けだしているようにも見える。

私は、その結晶を少し舐めてみた。

すると、あの心地よい教会の鐘の音が、私の頭の中に響き渡ったのだ。その瞬間、この奇跡の石は、ドリスを含めたホルムの町の人々の仕業だと確信した。

ホルムは、超能力者の町だ。

ノイマンじいさんが言っていたように、町に悪いことが迫ると、超能力者の集団はそれを予知して、ドリスのような力の強い者を生みだすのだろう。そして、その力で町を結晶化して、守ろうとするのだ。その中で、町の人々は、美しい音と風景さえあれば、暮らしていくことができる。きっと、そうに違いない。

「ドリス……」

イオナは、その見えない目で見ていたに違いない。ロベリアに内戦が起こり、ホルムの町が結晶となって、再び二人を捜しに来た私がその石と出会うところを——

だから、二人は私に助けてくれるように頼み、内戦に巻き込まれないように私を助けてくれたのだ。

「わかったよ」

私は、二人に向かってそう言った。

そして、奇跡の石を手にしたまま、何もない赤茶けた大地へ——いや、ホルムの町のあるべき場所へ歩き出していた。

ホルムは、いま私の手の中にあった。

赤茶けた大地の上で、手に握った結晶は、溶けだして私と一体となりつつある。

「ちょっと、待ちなさい」

追いかけてくるルイチェンコ女史の言葉が、どこか遠くから聞こえてくる。だがその声も、次第に大きく鳴り響く教会の鐘の音に、かき消されてしまった。

ホルムの町は、もうすぐだ。

そこはもはや赤茶けた大地ではなく、足の裏にはホルムの町へと続く石畳が感じられた。まだ、石畳は見えない。ただ、顔を上げると、暗闇の中に双塔の教会が建っているのがわかる。もうすぐそこなのだ。

私はポケットに手を入れ、ドリスがくれた風の結晶に触れた。すっと風が吹いた。ほのかにパンの焼ける匂いがする。ホルムの町の風だ。

鳥たちのさえずりが聞こえてくる。

広場が見えた。懐かしい木組みの家々、石造りの建物が見えてくる。そして、その中に二人がいた。

石畳の上を、栗色のおかっぱの少女が、こちらに向かって歩いてくる。その後ろから、金髪を三つ編みにした女の子もついてくる。私は、ポケットから風の結晶を取り出すと、しっかりと耳に当てた。

そして、私は彼女に向かって、右手を差しだした。

手の中に、はっきりとドリスの指先が触れた。その瞬間、私はその手をしっかりと握りしめて、ぐいっと引き寄せた。

ドリスは、当時の十歳に近い姿のまま、私の腕の中に飛び込んできた。彼女を抱きしめると、私にも教会の鐘の音は、チーズをのせた黒パンの味に聞こえた。

（参考文献）『偉大な記憶力の物語』A・R・ルリヤ著、天野清訳（文一総合出版）

生まれくる者、死にゆく者

和田　毅

恋愛篇と銘打たれたアンソロジーに、家族愛というカテゴリ分けで編者権限で無理やり入れた（恋愛ものではない）唯一の作品。赤ん坊が少しずつ生まれ、老人が少しずつ死んで行くという不可思議な世界を、家族の絆を軸に必要最小限かつスマートに描く好篇で、このさりげない作劇は「なめらかな世界と、その敵」を始めとする拙作に影響を与えている。初出は〈SFマガジン〉九九年十月号掲載、書籍初収録。

謎の作家・和田《わだ》毅《たけし》が発表した作品は短篇三本だけで、すべてが〈SFマガジン〉掲載作。初登場となる一九八八年七月号「空白の一日」は、統制国家が暦の計算をミスしたことから始まる事件を描いたショートショート。これは、夢枕獏『上弦の月を喰べる獅子』の連載原稿がページ減となった際、代理原稿として（水谷啓一「病院にて」とともに）急きょ掲載されたものだった。一九八九年十二月号「岸壁の母」は、宇宙戦争からの息子の帰りを待ち焦がれる母と、戦地で心理的に追い詰められながら母のもとへ帰ることを渇望する息子のドラマで、余りにも皮肉な結末が胸にずしりとのしかかる逸品。

和田毅のプロフィールは、作品掲載時、取材のために世界中を飛び回るフリーのジャーナリストであると言及されたのみで、その正体は謎のベールに包まれている——と、勿体ぶってみたが、実は代原掲載時、編集部サイドがデビュー済作家に新しい筆名での発表を要求したものだった。その正体は草上仁。和田毅名義作品では、唯一「空白の一日」が草上仁短篇集『かれはロボット』に入っている。ちなみに水谷啓一は神林長平の変名である。

初出：〈ＳＦマガジン〉1999年10月号／早川書房／1999年刊

「岸壁の母」掲載時と「生まれくる者、死にゆく者」掲載時はともに草上仁名義の作品が別に掲載されており、編集部が、同じ作家の名前が複数並ぶことを望まなかった事情がうかがえる。

草上仁は一九五九年神奈川県生まれ。第七回ハヤカワ・SFコンテストに投じた「ふたご」（艸上人名義）で佳作第二席に入選。〈SFマガジン〉八二年八月号「割れた甲冑」でデビュー。一九九七年には『東京開化えれきのからくり』で第八回SFマガジン読者賞を受賞。短篇の名手として知られ、ユーモア・ホラー・人情ものなどバラエティ豊かで巧みな短篇SF作品を長年に渡って量産。兼業作家だが、その速筆ぶりは、最盛期には週に短篇一本のペースに到達していたほど。キャリアの初期にはそれらを集めた短篇集が矢継ぎ早に刊行され、〈SFマガジン〉で特集が組まれ、更には書き下ろし短篇集まで出ていた。『お喋りセッション』の巻末あとがきでは、載せても載せても次々に短篇が送られてくるいたちごっこによって、SFマガジン編集長が精神的に追い詰められていく様が、抱腹絶倒の筆で描かれている。

九三年の『江路村博士のスーパー・ダイエット』を最後に短篇集刊行が途絶するが、その間にも作品掲載は続いた。ショートショートの復権に合わせて二〇一九年、二〇二〇年に『5分間SF』『7分間SF』（以上、ハヤカワ文庫JA）が相次いで刊行され、膨大な書籍未収録作の「一部」がようやく入手容易になった。

それでもまだ短篇集未収録の作品は百作以上存在するが、入手が容易な作品では、第二十八回（一九九七年）星雲賞日本短編部門受賞作で、運動をこなさなければ目的地にたどり着けず死ぬ宇宙船に乗り込んで減量に挑む「ダイエットの方程式」（創元SF文庫『星雲賞短編SF傑作選　てのひらの宇宙』）、毛糸玉のような節足動物ウンディを弾き鳴らす主人公がバンドコンテストに参加する「ウンディ」（創元SF文庫『年刊日本SF傑作選　さよならの儀式』）、体内にジェットエンジンを持つ異星生物を乗りこなす男たちを西部劇テイストで描く「スピアボーイ」（創元SF文庫『年刊日本SF傑作選　折り紙衛星の伝説』）、ひと月に一センチという超低速で南に進み続ける生物スロウリイの住む星での人間ドラマ「ゆっくりと南へ」（ハヤカワ文庫JA『日本SF短篇50』Ⅲ巻）などがある。また、霧状の精子をまき散らして老若男女関係なく妊娠させて子供を作る侵略者・カッコーとの戦いを描いた「命の武器」（廣済堂文庫『異形コレクション　侵略！』）を始め、《異形コレクション》にも多数の作品を発表している。

書籍未収録作品で言えば、五百光年きっかりしかテレポートできない男が、一キロ先に住む恋人にテレポートで劇的なプロポーズをするためだけに、五百光年離れた場所まで成り行き任せな旅をする、ドタバタ中篇「五百光年」（〈SFマガジン〉一九九八年二月号）は、ライトノベル『涼宮ハルヒの憂鬱』シリーズの企画「長門有希の百冊」に（書籍未収録にもかかわらず）選ばれるという快挙を成し遂げている。

竹書房文庫から日下三蔵編で二〇二〇年八月刊行予定の『変身／オーバーバードーズ』など新短篇集への動きが続いていることは幸いだが、今なお〈SFマガジン〉や〈ミステリマガジン〉で短篇発表はなされており、私たちが今こうしている間にも刻一刻と草上仁の短篇は増え続けている。更なる短篇集出版に期待したい。

隣のキューヴから帰ってきたヤジが、物憂げに首を振りながら言った。

「おじいちゃん、死ぬ前に是非、孫の顔を見たいって」

「そうねえ」

マニは、白くて明るいキューヴの中で、あてどもなく視線をさまよわせた。結婚した時に買ったベッド、買ったばかりのソファ、ヤジの机、ナプキンを乗せたキッチンテーブル。残念ながら、今はまだ、子供の姿は見えない。

「もう、そろそろ生まれると思うんだけど」

ヤジは、大きく一つ、うなずく。

「おれも、そう思う。時々、声が聞こえるし、足音だってすることがある。男の子だ。そうだろ？」

「そうよ。ほんとのこと言うとね。わたし、もう姿を見たの。いっぺんだけだけど」

ヤジは、声を弾ませた。

「ほんとか？　壁のしみか何かを、見まちがえたんじゃないだろうな？」

「まちがいないわよ」

夫にからかわれているとわかっているはずなのに、マニは、むきになって否定する。

「ちゃんと、色だってついてたんだから。黒い髪、青い目。茶色のシャツを着て、緑のズボンを穿いて」

「そうか」

ヤジは、ベッドの妻の傍らにもぐり込みながら、目を細めた。

「生まれてきたら、たぶん、五つぐらいね」

「うんうん、計算は合ってる」

「当たり前でしょ」

マニは、ふざけて夫のお腹を叩いた。ヤジは、妻の膝を、優しく叩き返した。

二人とも、嬉しくってしかたがないのだ。

無理もない。この前の子は、三年かかって、やっと足音が聞こえるところまでいったのに、結局だんだん薄れていってしまって、生まれてくるまでには至らなかったのだから。

「でも、おじいちゃん」

「そうだ」

ヤジは真顔になって、枕に頭を落とした。おじいちゃんは、もう死に向かい始めて、三年になる。老齢に、糖尿病と心臓病とが加わった結果だ。死が定められたものだとはっきりした段階で、治療は打ち切られていた。だから、声が小さくなって、顔が薄くなって、最近では時々、ふっと姿が見えなくなる時もあるのだ。

もうしばらくすると、見えないことのほうが、多くなってくるだろう。ごくたまに、姿を見かける程度になり、時々、声が聞こえたり、足音を聞いたりしても、だんだん、ほんとうなのか気のせいなのか、わからなくなってくるのだ。

ふと気がつくと、そう言えば、ここ何カ月も、おじいちゃんの足音を聞いてなかったわね、という具合になる。そうだな、近頃、ベッドを使った形跡もないものな。そういう会話すら交わされなくなったら、それは、おじいちゃんが、ほんとうに死んでしまったということなのだ。遺族がそう決めたら、おじいちゃんのキューヴは片づけられ、法務局に死亡届が提出される。一人の人間が、この世からいなくなったと、正式に認められるのだ。

寂しいが、しかたがない。世の中の仕組みは、昔から、そうなっているのだから。

中央法務委員会では、人の「死」の認定をどうすべきか、いまだに議論している。学術的には、様々な説があるけれど、『足音不聴説』にも、『声なし確定説』にも、欠点はある。ずっと寝たきりだったりすれば、足音なんか期待できないし、死とは無関係に、発声器官が不調の人だっているのだ。

『姿不可視説』ならいいかというと、これでは、いくら何でも早すぎるという意見が圧倒的だ。さりとて、『気配不察知説』では、ちょっと基準が曖昧にすぎる。そういうわけで、人の死の判定は、いまだに、昔からの慣習に委ねられている。

家族や、身近に暮らす者たちが、死んだと判断すれば、それが死なのだ。

おじいちゃんの場合、まだ、姿が見える。だから、明らかに生きているのだが、顔は、だいぶ薄くなっている。そして、ヤジが訪ねていった時に、どこにも姿が見あたらない場合が、少しずつ増えてきた。

そんな時、おじいちゃんは、ずっと居間の座卓の前に座っていたと主張するし、事実、何分か経った後で、ヤジはまさにその座卓の前で、おじいちゃんを発見するのだが、これは、おじいちゃんが死につつあるという証拠に他ならない。最近、だいぶ目が見えるようになったと言っているのだって、元気になったからではない。感覚が、肉体に依存しなくなってきた結果、そうなっただけのことだ。食事の間隔が伸びても平気になってきたのと同じだ。

マニが、薄い茶色の瞳を伏せながら言った。

「間に合うといいんだけどね。おじいちゃん、ずっと、孫の顔を見るのを楽しみにしていたんだから」

ヤジは、また、マニの膝を叩いた。

「だけど、ちょっと生まれた者と、たくさん死んだ者とが、顔を合わせる確率は低い」

存在確率。確かに、その問題がある。百パーセント生きている者は、うまいタイミングで、うまい場所に居合わせさえすれば、生まれくる者や、死にゆく者の姿をかいま見、声のこだまを聴くことができる。ところが、例えば、五十パーセントしか生きていない者はどうだろう。

　うまいタイミングで、うまい場所に居合わせたとしても、たまたまその時、当人が生きている状態にあるか、生きていない状態にあるか、という、もう一つの関門があるのだ。数学的にいえば、五十パーセント死んでいる者が、五十パーセント生きている者と会う確率は、百パーセント生きている者が、五十パーセント生きている者と会う確率の半分しかない。

　子供の存在確率は、今、十パーセントを少し下回る。生まれ方は、おおむね三次曲線に沿うから、今後、急速に確率が増大するはずだ。一方、おじいちゃんのほうは、指数曲線に従って死んでいく。ほぼ毎日、姿が見えるとはいっても、数学的には、もう八十パーセントは死んでいるのだ。

　おじいちゃんの死んでいく速さは、子供が生まれてくる速さよりも小さい。だから、望みがないわけではない。しかし、二人が出会う確率は、とても高いとはいえなかった。

　マニが、数学の論理を振り捨てるように言った。

「きっと、間に合うわよ。そんなに会いたがっているのなら」

　ヤジは頷いた。

「間に合うといい。間に合うといいな――」

　ヤジは、黒い目を輝かせて、マニと自分の間に横たわるものを見つめた。

　黒い髪。ちっちゃな緑の釣りズボン。マニが言っていた通りだ。でも、目が青いのかどうかは、確かめることができない。もう五歳になるその子は、眠っていた。指をしゃぶるのは、もう卒業したと言わんばかりに、やわらかい頰に拳を当てて。シーツとヤジの胸に、静かな寝息を吐きかけながら。

細いはかなげな睫毛まで、はっきりと見える。

ヤジは、確率を動揺させないように、そっと手を伸ばして、妻の肩をゆすぶった。

「マニ」

マニは、すぐに目を開け、小さく息を吸い込んだ。

口元から、笑顔がこぼれる。

「ほらね、可愛い子でしょう」

「ほんとうだ」

ヤジは、手を伸ばして、子供の頰に触れようとした。二十番の絹糸のように細い黒髪を、搔き上げてやろうとした。

でも、最後の瞬間に、彼はためらった。

触れたら、この無垢で、はかない姿が、消えてしまうのではないかと思ったから。ちょうどいい時間に、ちょうどいい場所で目覚めたという確率の奇跡が、パーディブ色のシーツの中に溶け去ってしまうかもしれなかったから。

子供に触れる代わりに、ヤジは、小さな声で囁いた。

「マニ、おじいちゃんを」

「呼んでくるのね。わかった」

マニは、ベッドをほとんど揺らさずに、するりと床に降り立った。

子供の姿は、ここ何日かの間で、いちばんはっきりしている。見えている時間も長そうだ。だから、今なら――。

急ぎ足で出ていく妻の足音を聴きながら、ヤジは、じっと子供を見守っていた。視線の力で、この子を現実に定着できるとでもいうように。くっきりと見える姿を、百パーセントの現実として固定したいという意志を込めて。

おじいちゃん、いてくれ。生きていてくれ。もう少しの間、この子をここに留めておくから。さあ、早く――。

しかし、しばらくして、隣のキューヴから戻ってきた足音は、一つだけだった。ヤジは、溜息をついて、顔を上げた。

マニは、ベッドの傍らで、首を横に振った。

「おじいちゃん、どこにも見あたらないの。座卓も、ベッドも、トイレまで探したんだけど」

「そうか」

ヤジは、がっかりして、首を振った。

「おれが、もう一度探してこようか。おれのほうが、見つけやすいだろう。血がつながっているんだから」

ヤジがみじろぎしたせいなのか、そうではないのか、繊細な睫毛と黒い髪、緑色のズボンは、早くも薄くかすれ、シーツの折り目の中に溶け込もうとしていた。

仮に、今すぐおじいちゃんを呼びにいったとしても、もう間に合わないだろう。おじいちゃんを見つけた時には、子供は消えてしまっているにちがいない。見守るうちに、子供の寝姿は、どんどん薄く、おぼろになり、シーツはただのシーツにすぎなくなった。ただ、子供の体重がかかっていたことを示す、浅いくぼみが残っているだけ。

「だめ、か」

マニは、くぼみを壊さないように、慎重に寝床に横たわると、枕に頭を落とした夫の胸を、優しくさすった。

「きっと何とかなるわよ。そうだ、ねえ、あなた、おじいちゃんに、こっちのキューヴに来てもらったら？　あの子は、ここで生まれるんだし、出てくる確率だって、こっちのほうが高いでしょう？」

「でも――」

マニは、ベッドの上の子供の姿を見下ろした。

「でも――」

ヤジはためらった。

おじいちゃんは、あれでずいぶん誇り高い。孫が生まれるとわかって、おじいちゃんという呼び名に甘んじてはいるものの、子供の家に厄介になるのは、頑として拒否するかもしれない。そういう世代なのだ。

それに、マニに負担をかけることになる。自分の父親とはいえ、死にゆく者の気まぐれと気むずかしさは、生きている者を動揺させずにはおかない。

「だいじょうぶよ」

マニは、夫の考えを読んだように、微笑む。

「もう、おじいちゃん、たいして邪魔にはならないんだし」

「それもそうだな」

ヤジは、低い声で笑った。

最近では、おじいちゃんの姿が見えるのは、一時間のうちのたった二十分くらい。ご自慢の毒舌も、歩き回ろうとしていろんな物を払い落とす癖も、間遠にしか現れない。それがまた、おじいちゃんにとってはもどかしいらしいのだが――。

二人の間に、シーツしかなくなったので、ヤジは、寝返りを打って、妻の肩を抱き寄せた。

「一度、話してみるか」

おじいちゃんを見つけだすのに一時間、話を終えるのに四時間以上かかった。

たくさん死んだ人と、まとまった話をするのは難しい。話が佳境に入っていたとしてもおかまいなく、ときどきどこかにいなくなってしまうのだから。

そして、とんでもないタイミングでまた現れて、何事もなかったように話を続けようとする。

それはともかくとして、案の定、ヤジのキューヴに越してくるという考えは、おじいちゃんの気に入らなかった。

おじいちゃんは、とぎれとぎれに存在しながら、自分の主張を展開した。

この年になって、死を待つばかりだというのに、どうしてわざわざ、そんな面倒なことをしなくてはならないのか。わしは、もう五十年も、今のキューヴに住んできた。どこに何があるか、目をつぶっていてもわかるくらいだし、家具も香風も、身体になじんでいる。ばあさんもここでみとったのだし、壁には、朝夕の祈りの文句が染み込んでいる。おまえたちのへなへなしたキューヴなんぞとは、空気からして違う——。

しかし、最後には、ヤジの論理が勝ちを占めた。

彼は、こっちのキューヴに来たほうが、孫の顔を見られる確率が十倍も高いということを、数式で証明したのだった。

かつて教師だったおじいちゃんは、最後には納得した。納得せざるを得なかったのだ。年を取って、論理的思考力が鈍ったと思われることは、おじいちゃんのプライドが許さなかった。

「わかった。もういい。しかし、嫁には、厄介をかけることになるな」

ヤジは、真面目な顔で、答えた。

「その代わり、おじいちゃんも頑張ってください。寿命を縮めるようなことは、一切しないこと。糖分は控えて、お酒や煙草もだめですよ。こっちのキューヴで、隠れてやっているのは、知ってるんですから」

「しかし――」

ヤジは、わざと、冷たく言い放った。

「早く死んじゃったら、孫になんか会えませんよ」

「わかったわかった。しかし、一度だけだぞ」

半分宙に溶け込みながら、おじいちゃんは念を押したものだ。

「一目、見たら、それで満足だ。一度でも会えたら、わしは自分のところに帰る」

「それは、おじいちゃんのご自由に」

と、ヤジが答えた時には、もう、相手はいなくなっていた。


子供は、頻繁に現れるようになった。

朝、起きると、夫婦の間で眠っている。ヤジが本を読んでいると、いつの間にか、膝の上に座っていることもあった。マニが料理をしている間、じっと、鍋を見上げていたりもする。

この世のことに、好奇心でいっぱいのようで、早く完全に生まれて、キューヴの中や、外の草原を飛び回りたくてしかたがないのが、見ているとわかる。軽い足音を立てることしかできないのがもどかしいらしく、ときどき、わざと壁に突き当たってみたりする。

生まれ始めて五年、同じような立場の子供たちと交流しながら暮らしているから、会話もできるようになっていた。

たまにではあるが、マニやヤジと、言葉を交わすこともある。二人が自分の両親であることを、ちゃんと知っているのだ。

ある日、ヤジが改定教典を広げていると、耳元で声が聞こえた。

「一人、二人」

「おやおや」

ヤジは、改定教典に目を落としたまま、尋ねた。

「何を数えているんだい？」

子供の姿を見たいというヤジの欲求は、非常に強い。でも、姿を見たら、それだけ消えるのが早くなってしまうような気がする。非科学的ではあっても、なかなか、払いのけることのできない感覚だった。

「人の数」

と、幼い声は答えた。

「ヤジ、マニ。それで二人」

「おまえを入れると？」

「三人」

声は、嬉しそうに答えた。

「もうじき、三人」

「そうだな。でも、ほんとうは、三人だけじゃないんだよ」

ヤジは、言いながら、初めて顔を上げた。もう見慣れてきた黒い髪、青い眼。手足はきゃしゃで、茶色のシャツと緑のズボンから、棒切れのように突き出している。

その子に向かって、ヤジは説明する。

「もう一人、おじいちゃんがいるんだ」

子供は、滑らかな鼻に、皺を寄せた。

「おじい――ちゃん？」

「僕のお父さんだ」

ヤジは、キューヴのあちこちにある貼り紙を指差した。

多くは、マニの手になるものだ。面と向かって話すことの難しいおじいちゃんに向けた通信文。『塗料塗り立て、注意』『ここに、子供現る』『八時を過ぎたら、食べないこと。傷んでるはず』『この戸棚は開けないでね』

「この貼り紙は、みんな、おじいちゃんのためのものなんだよ。おまえは、まだ読めないだろうけど」

最近、おじいちゃんの姿を見かけることが、ますます少なくなってきた。せっかく、こっちのキューヴに移ってきたのに、おじいちゃんは、まだ孫の顔を見ていない。それどころか、ヤジやマニでさえ、めったに顔を合わせて、会話を交わすことがなくなっていた。

だから、たまたまおじいちゃんが現れた時に、誰もそばにいなくても意思疎通することができるように、マニはキューヴのあちこちに、言いたいことを貼り紙にして貼っておくようにしたのだ。

おじいちゃん自身が、貼り紙で貼り紙に答えることはない。もう、紙を出して、ペンで何かを書き、壁に貼り付けておけるほど、長い時間出てはこられないのだろう。

その代わり、貼り紙を読んだというしるしに、紙の端が折り曲げてあることがあった。紙に折り目を見つけると、マニは、その貼り紙を捨てて、新たに別のものを貼り付ける。たまたま、会うことができて、口頭で用事を伝えられたら、何枚かの貼り紙が、まとめて処分された。

「おじい、ちゃん」

「おじいちゃんはね。もうだいぶ死んじゃってるんだ。おまえに、とても会いたがっている」

「僕に？」

「そうとも。会えるといいねえ」

子供は、何か考え込むような顔になった。それから、ヤジの目の前で、少しずつ、薄れ始めた。

マニは、溜息をついた。

『ジュースはだめですよ。もう少し、がんばって。ほとんど生まれてきてるのよ』

その貼り紙は、長いこと、そのままになっていた。もう三日になるのに、まだ折り目はついていない。

折り目をつけるだけの、力も時間もなくなっているのだろうか。それとも、おじいちゃんは、完全に死んでしまったのだろうか。そういえば、一週間も、顔を見ていない。

そんなはずないわ。

マニは、そう、自分に言い聞かせた。今日だって、洗濯をしている時に、引きずるような足音が聞こえた。子供の足音ではない。あの子の足には、だいぶ筋肉がついてきた。弾むような足どりは、もう、聞きまちがえることはない。

だから、あれは、おじいちゃんの足音。

おじいちゃんは、少しだけど、生きてる。完全に死んでしまってはいない。

時々、お得意の毒舌が聞こえることもあるではないか。お掃除の手を抜こうとした時とか、お昼ご飯を食べ忘れた時なんかに。

ほんとうのところ、それがほんとうのおじいちゃんの声なのか、自分の良心の囁きなのか、マニにははっきり区別できなくなっている。

マニは、もう一度、溜息をついた。

「お母さん」

顔を上げると、子供が目の前に立っていた。

そろそろ、名前をつけてあげなきゃね。わき上がる愛情に圧倒されながら、マニは思った。

子供は、テーブルの上に乗った素焼きの壺に、軽く手を添えていた。小さな壺で、きれいなナプキンの上に乗っている。ごく軽いものだが、まだ、この子には持ち上げることはできないのだ。それとも、そろそろできるようになったのだろうか。

「キャンディよ」

マニは、中が見えるように、壺の蓋を取ってやった。

「あなたも、そろそろ、食べ物を持ち上げる練習をしなくちゃね」

「僕の？」

子供の瞳が輝いた。

「そう、あなたのよ。生まれたら、食べてもいいわ」

「生まれたら――」

「そう。生まれたらね。そうしたら、お父さんとお役所に行って、うんとお祝いするのよ」

「どうしたら、生まれたってわかる？」

「そうねえ」

マニは、首を傾げた。

「あなたが、キャンディを口に入れることができたら。その味がわかったら、きっとそれは、生まれたってことなのよ」

「これ、何？」

「わかった」

少し薄くなりながら、子供は微笑んだ。

「僕、毎日練習するよ。だって、早く生まれたいんだから」

おじいちゃんは、もうあきらめたみたいだった。

『もう少し、がんばって』そう書いたマニの貼り紙が、ある日、床の上に落ちていた。まるで、おじいちゃんが、折り目をつけようとしている途中で、紙の端を掴んだまま、倒れ込んでしまったように見えた。あるいは、「もうがんばれない」と、やけを起こして、いまいましい貼り紙を引き剝がしてしまったようにも見えた。

「だめなのかな」

ヤジは、朝のハーブを飲みながら、ぽつんと呟いた。

マニは、何と答えたものか、迷った。まだ、間に合うかもしれないと言ってあげたかった。でも、その言葉が、いかにも空々しく響きそうな気がして、嫌だった。

ずっと、おじいちゃんの姿を見ていない。

もう、ほんとうに死んでしまったのか。少しだけ、生きているにしても、一日のうちではほんの何分かしか、出てこられなくなっているにちがいない。

「あと、ほんの少しなんだが」

その通り。

子供は、毎日、毎時間出てきて、キャンディを持ち上げる練習をしていた。マニは、家事をしながら、その練習を見守っていることもあったし、壺の中のキャンディがいくつか、ナプキンの上に転がっているのを見つけて、また、子供が来ていたことに気づくこともあった。ナプキンの右下の隅に、折り目がついているのを見つけて、おじいちゃんが来たのだとぬか喜びしたこともある。結局、自分が来たことを知らせようとした子供の仕業だと判明したのだったが――。

ここまでくれば、生まれるのは早い。明日か、あさってにも、お祝いができるかもしれないところまできているのだ。

なのに、肝心のおじいちゃんは――。

長い一生の最後になって、おじいちゃんの思い通りにならなくなってしまったのだろうか。運が悪いんだか、いいんだかわからない一生だった。巡り合わせが悪いと、おじいちゃんはよく短気を起こして、やけくそのような行動を取った。教員をやめさせられそうになった時がそうだったし、法典詐欺にひっかかった時もそうだ。おばあちゃんを亡くした時は、しばらく酒びたりになったものだ。

でも、これまでは、たいがい、最後には何とかなってきた。

教育委員会に喧嘩をふっかけにいった時は、たまたま委員長に気に入られて、私塾の仕事を世話してもらえたし、詐欺の被害額を取り戻すことはできなかったが、怒りに任せて書き上げた体験手記が、たまたま編集者の目にとまって、原稿料で急場をしのぐことができた。酒浸りの日々は、もちろん身体にはよくなかったけれど、おばあちゃんの幻覚を二回ほど見てから、気持ちがふっきれたらしい。

運がよくなくても、おじいちゃんは、何とか、自分のやりたい放題を通してこられた。

これまでのところは。

最後の最後になって、運命が、おじいちゃんに背を向けたのだろうか。あらかじめ定められているのは、人の生と死。おじいちゃんが短気を起こしても、これぱかりは、どうにもならないことだったのだろう。

ここのところ、おじいちゃんが、貼り紙を読んでいる形跡は、いっさいない。もう読めないのだろう。だから、子供が、どこによく出てくるのか知らせようにも、その手段もないのだった。

ヤジは、悲しい思いで、ハープの残りを飲み干した。

無理に、声に元気をつけて、言う。

「そろそろ、タウに言って、お祝いの準備をしたほうがいいな」

「そうね」

と、マニは答えた。法務局に届ける書類のほうは、一週間も前から、早手回しに準備してあった。あとは、友人を招き、ごちそうの準備をして、本人が生まれるのを待つだけ。

それも、もうすぐだ。

今朝、マニがナプキンの上で見つけたキャンディは、半分ほど、包み紙が剝がされていたのだ。次に出てきた時には、子供は、キャンディを味わうことができるかもしれない。

音、光、匂い、触覚、そして、味。

五感が全部揃えば、生きている者と変わりはない。

ヤジは、妻に、微笑みを向けた。

「定められたことは、しかたがない。盛大に、誕生を祝うことにしよう」

「そうね」

とだけ、マニは答えた。

それ以上、何も言えなかった。


子供が、生まれた。

マニは、誇らしげに、二つのキャンディの包み紙を掲げた。傍らには、黒い髪で青い眼の子供が、にこにこしながら立っている。茶色のシャツと緑のズボンは、新品のように見えた。

「この子の名前は、ヤシュよ。おじいちゃんから貰ったの」

「おめでとう！」

ヤジの親友のタウが、バブウの栓を燃やした。白い泡が、罎の細い口から吹き出す。ヤジは、顔を赤くして立ち、最初に、カップのバブウを干した。

祝福の言葉が続き、何人もの大人たちが、争ってヤシュの黒髪を撫でた。抱擁とハンドタッチ。誕生の祈り。

大騒ぎが一段落すると、一同は、ヤシュを囲むようにして席につき、大皿に盛られたごちそうに手を伸ばした。

「あとは、この場に、おじいちゃんがいてくれればなあ」

遠くから駆けつけたヤジの弟、ソリの言葉に、マニは咎めるような視線を投げた。ソリに悪気は、ないにちがいない。でも、このお祝いの席で、ヤジにその話をさせたくはなかった。

案の定、ヤジの瞳に影が差した。

「そうなんだ」

彼は、息子の髪を撫でながらうつむくと、テーブルの上に目を落とした。そこには、まだ、あのナプキンが残っていた。マニが、キャンディの壺の下に敷いていたナプキン。おじいちゃんの名前をもらったヤシュが、折り目をつけて遊んでいた紙。

ああ、あれが、おじいちゃんだったら！

「おじい――ちゃん？」

ヤシュが、首を傾げて言う。

「そうなんだ」

ヤジは、優しく、寂しく微笑んで、息子の顔を見下ろした。

「おじいちゃんだ。おまえに、すごく会いたがっていた。ひょっとして、生まれてくる前に会わなかったかい？」

ヤシュは、ためらいがちに答えた。

「ええと、ううん。会ってないよ」

ヤジはうなずいた。ほんとうか、と問い返したかったが、自分を抑えた。生まれたばかりの息子に、嘘をつく理由などないのだ。

少しの間、キューヴの中に、沈黙が落ちた。

マニが、陽気な声を張り上げた。

「さあみんな、もっと食べて。ヤシュも、好きなものをお取りなさい。今日は、お祝いなんだから」

ヤシュが頷き、大皿に手を伸ばした。どれもこれも、初めて味わうものだ。甘いのしょっぱいの、ちょっと酸っぱいの。いくつもの、複雑な味。生まれるのって、ほんとに素敵だった。

ヤジも、息子と味を分かち合おうとするかのように、同じナッツを口に運んで、目を細めた。

ようやく、おじいちゃんのことを、頭から追い払ったらしい。

マニは、ほっとして、ナプキンに手を伸ばすた。

「もう、これはいらないわね」

独り言のように呟きながら、少し汚れた紙を片づけようとする。しかし、調理場に向かって歩き始めたマニの足が、途中で止まった。

「ヤシュ?」

「はい」

ヤシュは、びっくりしたように顔を上げた。母親の声が、聞き覚えのない鋭さを帯びていたからだ。

「あなた、いつも、この角を折ってたわね。どうして？」

ヤシュは、目をぱちくりさせながら、答えた。

「別に。ただ、折りやすかったから。テーブルは、壁に寄せてあったでしょ？　だから、こっちに立って、左手で紙を押さえて、右手で――」

「わかったわ」

マニは、声を和らげて、息子を見下ろした。

「じゃあ、こっちは？」

ヤジには、妻が興奮している理由がわからなかった。他の招待客と一緒に、彼は、そのナプキンを見つめた。

最初に声を上げたのは、ソリだった。

「折り目が二つだ！」

その通りだった。ナプキンには、折り目が二つついていたのだ。右下に、ヤシュがつけた、くっきりした折り目。そして、左下には。

それは、ヤジとマニにとって、見慣れた折り方だった。縦に長く、折り目の真ん中へんを、ぎゅっと親指で押さえつけたような――。

「おじいちゃん、か？」

ヤジは、目を丸くした。

「でも、おまえは――」

ヤシュは、椅子の上で、居心地悪そうにお尻をもじもじさせた。

「ごめんなさい。ほんとは――僕、おじいちゃんに会ったんだ」

「会った？」

「でも、おじいちゃんが、しいって」

「しいっ？」

ヤシュは、自分の唇に人差し指を当てて、おじいちゃんの動作を真似て見せた。それから、片目をつむって、おじいちゃんの言葉を繰り返した。

「おまえとわしだけの秘密だぞ。ヤジとマニに知れたら、怒られるからな」

マニが、突然、弾けるように笑い出した。

「おじいちゃんったら、また、短気を起こしたのね」

「おいおい、そりゃいったい――」

言葉を途中で切ったヤジの顔に、笑みが広がった。彼にもわかったのだ。

孫に会うために、我慢に我慢を重ねて、自分の身体をいたわったあげく、ついにおじいちゃんは、やけを起こした。

折り目が二つ。キャンディの包み紙も二つ。

どうせ孫に会えないのなら、最後に、好きだった甘いものを一つ、ちょろまかそうと思ったにちがいない。壺に手を突っ込んだところに、ちょうど、生まれる練習をしようとして、ヤシュが現れた。

おじいちゃんは、孫の顔を見たのだ。

ヤシュに、秘密だと言ったのは、きっと、照れくさかっただけなのだろう。そうでなければ、苦労して、ナプキンに折り目をつけるはずがない。二人に、ちゃんと孫に会えたことを知らせるつもりでなければ。

「やってくれるぜ、おじいちゃん」

ソリが、満面に笑みをたたえて、バブウのカップを上げた。

ヤジとマニは、顔を見合わせた。

結局、おじいちゃんは、いつも、運のいい男だったのだ。短気を起こすものの、最後には、やりたいことを実現してしまう。

二人は、おじいちゃんの名前をもらった息子を、当人がくすぐったがるほどきつく、抱きしめた。

劇画・セカイ系

大樹連司

いきなり大量のルビとともに語られるセカイ系ボーイミーツガールのクライマックス。執筆したのはアラサーの売れないライトノベル作家だった。彼が同棲中の彼女に対して隠している秘密とは……藤子・F・不二雄のトラウマ短篇漫画「劇画・オバQ」を意識したタイトルで、ゼロ年代が生んだセカイ系SFコンテンツを解体し総括する一作。SF的には一種のウラシマ効果ものとも読める。初出は、ライトノベル作家が集った二〇一一年刊行の同人アンソロジー『正常小説。』（ラノベ作家休憩所）。なお著者の希望に従って、初出時と同じ、はしもとしんの扉イラストを掲載している。

大樹《おおき》連司《れんじ》は、一九八二年生まれ、国際基督教大学教養学部卒業。小説家デビュー以前からライター・評論家として前島賢の名義でも活動しており、そちらの名義ではセカイ系の歴史を論じた著書『セカイ系とは何か』（星海社文庫）がある。

小説家としての第一作は鬼頭莫宏の漫画作品の小説版『ぼくらの～alternative～』（小学館ガガガ文庫、全五巻）。批評家としての目線を創作にも生かし、登場人物の結末を原典から変えるなど意欲的なノベライズだった。

初のオリジナル作品となったのは二〇〇九年の『勇者と探偵のゲーム』（一迅社文庫）。舞台は、勇者と探偵が存在し、彼らの解決すべき物語を生み出す装置によって、絶え間なくライトノベル的orミステリ的な事件が起こる町。事件が終わればその内容はライトノベルとして刊行される、というメタラノベ的な設定下で、物語としての意味を持たない死を

初出：『正常小説。』／ラノベ作家休憩所（同人誌）／2011年刊

遂げてしまった少女のためにクラスメートたちが結託して行動を起こす。そんな状況を記述しているのは傍観者であった元少年で、神林長平の『言壺』（ハヤカワ文庫JA）に登場するものと同じ名称の著述支援装置ワーカムの力を借りている、という屈折した語りの、ゼロ年代ライトノベル全体へのオマージュとも反歌ともとれる痛みを伴う作品で、大樹連司の作風を象徴する長篇といえる。作中作として、作品内で起きた事件を記録したライトノベルが引用されているというスタイルも「劇画・セカイ系」と共通している。

他の長篇ライトノベルでも、ゾンビ映画フリークの主人公が、実際のゾンビパニックに直面して、自分の知識を生かすべく状況を俯瞰しながら立ち回る『オブザデッド・マニアックス』など、ジャンルへのカウンター／メタ的視点が時折垣間見える。『ほうかごのロケッティア』、『ボンクラーズ、ドントクライ』（以上、小学館ガガガ文庫）のように（時に苦みを含む）青春小説も得意としていた。SF色が濃いのは、地上が砂漠に覆われ、砂漠を泳ぐ鯨を狩る者たちがいる星を舞台にしたSFファンタジー『星灼のイサナトリ』（一迅社文庫）。二〇一三年まで刊行された『おまえは私の聖剣です。』（GA文庫）全三巻が、現状、最後のオリジナル長篇になっている。

ラノベ作家休憩所の出している同人誌シリーズでは、「劇画・セカイ系」以外に、短篇二つを掲載している。『中性小説。』収録の「学園都市DDR」で俎上に載せられるのは中二病。思春期の青少年が抱く妄想が現実化するという〈厨二病〉患者が大量発生してから二十年。自治区に籠り能力を用いた内ゲバを続ける患者たちを、武装解除した上で社会復帰させるための自衛隊活動に、異能を無効化する〈厨二病〉を持った元少年が参加する。主人公が自身の持つ能力を『とある魔術の禁書目録《インデックス》』とエヴァのパクリであることを自覚しているように、様々な実在のライトノベルを引きながら中二病幻想を抉る、やはりメタライトノベルの様相を呈する短篇。『救世小説。』収録の「Unforgiven Stranger」は、二億人の高齢者がVR世界に接続しそこに安住する、情報介護大国となった二十一世紀後半の日本が舞台。死亡したテロ犯の過去を探るべく、情報軍士官の男がVR-MMOのギルドに潜入する——という筋立てだが、現実に居場所が無いため三十年以上に渡ってVR世界に引きこもってきたギルドメンバーたちの存在など、意地悪に書かれたオンラインゲーム小説となっている。

二〇一七年以降、ニトロプラスに所属し、ゲームのシナリオライターとノベライズ作家に徹しており、アニメ映画の後日談『楽園追放2.0　楽園残響—Godspeed You—』（ハヤカワ文庫JA）、アニメ映画シリーズの前日談『GODZILLA　怪獣黙示録』、『GODZILLA　プロジェクトメカゴジラ』（以上、角川文庫）などを刊行している。とりわけ、様々な証言者へのインタビューを集めた（小説『WORLD WAR Z』を思わせる）モキュメンタリー形式で記述される、東宝怪獣映画へのオマージュに溢れた『怪獣黙示録』は各所で絶賛を受けた。

評論家でありつつゲーム会社所属と、二重の意味でオリジナル小説を発表しにくい立場だとは思うが、近年では、アニメの脚本なども手掛け始めており、初期作品群のような痛みを刻み込つける物語が、映像で見られる日もいずれ来るかもしれない。

はしもとしん（別名義：橋本晋）は一九七五年生まれ。イラストレーター・漫画家。〈コミックメガフリーク〉〈季刊GELATIN〉などで漫画作品を発表。キュートで柔らかみのある絵柄を生かし、児童書・ライトノベル・TRPGリプレイの挿絵、CDジャケット、ゲームのキャラクターデザインなど多方面で活躍。コミティアなどで同人活動も活発に行っていた。

小説挿絵を務めた代表的な作品に、宗田理『ぼくらの七日間戦争』に始まる《ぼくら》シリーズ（角川つばさ文庫）、田口仙年堂《コッペとBB団》シリーズ（ファミ通文庫）など。

SF界との繋がりも深く、〈SFJapan〉二〇〇九年秋号に短篇漫画「DOG CATCHER」を掲載しているほか、浅暮三文『夜聖の少年』、北野勇作『昔、火星のあった場所』『クラゲの海に浮かぶ舟』（以上、徳間デュアル文庫）、山本弘《C&Y地球最強姉妹キャンディ》シリーズ（カドカワ銀のさじシリーズ）の小説挿絵を務める。

また、小川一水『フリーランチの時代』『コロロギ岳から木星トロヤへ』、神林長平『天国にそっくりな星』『死して咲く花、実のある夢』、北野勇作『ウニバーサル・スタジオ』、木本雅彦『星の舞台からみてる』、芝村裕吏『富士学校まめたん研究分室』『宇宙人相場』、田中哲弥『ミッションスクール』、山本弘『シュレディンガーのチョコパフェ』（以上、ハヤカワ文庫JA）や、〈SFマガジン〉二〇〇七年二月号の表紙イラストを手がけた。

二〇一八年死去。個人サイト『プロペラ惑星』は有志によりアーカイブとして保存されている（http://www.plastica.jp/shin/）。

イラスト：はしもとしん

夜の屋上、天の川が空を貫き流れる。彼女と初めて出会った時と同じ、満天の星空。

「ふざけるな!! なんでお前がいかなきゃいけないんだよ!!」

叫んで僕はココノを抱きしめていた。セーラー服に包まれた小さな硝子《ガラス》細工のように華奢《きやしや》な躰《からだ》。春の雪のように冷たく頼りないその身を、それでも強く強くかき抱く。

「いかなくていい! もう、おまえが戦う必要なんてないだろ!?」

今、ここで、彼女を離したら、もう、二度と会えない。それはわかっていた。

「ココノ以外の誰にも完遂できない任務。だからココノは征《い》かなきゃいけない。平気」

無機質で、朴訥《ぼくとつ》で、突き放すような声。合成音声じみて、一切の感情が抜け落ちてる。

けれど僕は知っている。決戦兵器の仮面の奥に隠した、本当の気持ちを。

「嘘つけよ。自分でも信じられないようなこと、口にしたって信じられるもんか」

だって平気なら、怖くないなら――なら、なんで僕の腕の中で彼女は震えているんだ。

「なんで今更、機関《エンブリヨ》に従うんだよ。あいつらがお前に何をした！　変な機械を埋め込んで、世界のためだなんて騙《だま》して戦争の道具にして！　人間同士で殺し合いさせて！　それで今になって本当に地球の危機が来たんで特攻してください？　都合よすぎるだろう、そんなのッ!!　死ねばいいんだ、あんな奴らッ!!　滅べばいい、こんな世界ッ!!」

「ココノもそう思う。あんなやつら、大嫌い」

「だったら――！」

「でも――正樹《まさき》は好きだよ」

え――と聞き返す間もなく溢《あふ》れた精霊圧《せいれいあつ》が僕をはじき飛ばす。コンクリに腰を落とす。

「だ、ダメだ！　おまえはもう兵器じゃないんだ！　ただの中学生の女の子なんだ！」

少女が淡い燐光《りんこう》を纏《まと》う。桜色の精霊光《アフラマズダ》。彼女の魂の色。セーラー服が粒子と化して解け、彼女の四肢が無骨な装甲《ヴァリアライズ》に拘束されていく。虚数象限《アストラルスフィア》上の概念《プロメテウス》が物質象限《アッシャープレーン》へと投射《プロジェクト》され、彼女の躰を艤装する。御伽噺《おとぎばなし》の力学が現実を書換。乱れ飛ぶ深紅の雷は物理法則が上げる悲鳴。

戻ってしまう。ココノが戻ってしまう。十四歳の中学生の稲垣《いながき》ココノが戦闘兵器に――海上自衛隊所属、全領域対応型戦略機動護衛艦〈かいてん〉第九番艦〈いながき〉に――

「ダメだ」と立ち上がる。手を伸ばす。「おまえが、死ぬ必要なんてないんだ！」

「大丈夫。ココノは死なないから。勝って、きっとまた、ここに戻ってくるから」

「向こうは時間の流れ方も違うんだろ!?　いつ帰れるか、全然わからないじゃないか」

地球も世界もどうでもよかった。僕の願いはただひとつだった。

「僕もお前が好きだ！　離れたくない。世界なんて勝手に滅亡すればいい。最後まで一緒にいよう！　地球もろとも、ふたりで心中してやろう！　いいだろ、それで!!」

嘘偽りない本心を、力の限りに絶叫する僕に、ココノが――笑った。

笑って――、くすぐるような、儚《はかな》いキス――そして、

「ダメ。正樹は死んじゃ。正樹はココノが守る。それがココノの誓いだから」

機械の翼を広げるココノ。振り上げた右腕の先、実体化する剣杖《けんじょう》。奔《ほとばし》る光が天に紋章を紡ぐ。此処《ここ》ではない何処《どこ》かの幾何学が織り成した、刻一刻と形を変える四次元陣――異界への〈門《ソトート》〉。

「――じゃあね、正樹。元気でね」

そして――一条《いちじょう》の雷撃となって、少女が天へと翔《か》け昇る。

「ココノぉぉぉぉぉぉぉぉぉッ!!」

絶叫が空に響き――残るは、桜色の残光。

降り注ぐかけらが、僕の手に降り注ぎ、溶けた。

†

〈セカイ系ライトノベル・完〉

ノストラダムスなんてはた迷惑なジジイの妄言のせいで前世紀の人間は世界が一九九九

七月に滅亡するって結構、本気で信じていた――と言っても、今の読者は絶対信じちゃくれないだろう。ましてやあの年、人類は本当に滅亡寸前まで行って、あろうことか、中学生だった俺が、その戦いの片棒を担がされていた、だなんて。

だけど俺にとっては、あれからもう十五年も経っていて、その十四歳の小原《おはら》正樹少年が今や二十九歳のオッサンになってしまっている――なんて現実の方が、よほど理解しがたいファンタジーだ。俺が二十九だって？　冗談だろ。

「――どう、でしょうか？」と問えばファミレスのテーブルを挟んだ編集氏は、言わなくてもわかんだろ？　とでも言いたげに煙草のケムリを盛大に吐き出し、それから口を開いた。

「細かく直してどうにかなるレベルじゃないです。ラブコメお願いしたじゃないですか」

「はぁ。す、すいません――」

とにかく俺は頭を下げる。十五年の年月が過ぎても、体育の磯崎《いそざき》に煙草くさい生活指導室に呼び出されていた頃と、全然やってることは変わっちゃいない。

「ええっと、その、一応、学園が舞台の恋愛モノを書いたつもりなんですが、」

「違うでしょ、全然。変なトラウマ話とかいらないんですよ」

「――それは二人が乗り越える障害で、いえその、ラブコメになってませんか――？」

「全然なってないでしょう。だからさ、ＳＦでもファンタジーでも学園ものでもなんでもいいですよ、ラブコメさえやってくれれば。でも、違うじゃないですか」

――だったら、その、ラブコメと言うのは、一体、なんなのだ。

その本質が感覚的に摑《つか》めるような人間じゃなきゃライトノベル作家など務まらんのか。それともアレか。この業界ではラブコメというのは売れる小説全般のことを指すのか。

救いを求め窓の外を見やれば、全てが陽光にホワイトアウトしていきそうな真夏日。熱せられた大気が揺らめく中、蟬《せみ》は鳴き叫び、リーマンがハンカチ片手に喘《あえ》いで過ぎ去る。

「初心に戻ってくださいよ、センセェ」妙なアクセントで編集氏は言う。「最初のやつはちゃんとラブコメだったじゃないですか。あれだって、もうちょっと続けてればねぇ」

――氏が言うのはデビュー作のことだ。天体観測のため夜の屋上に忍び込んだ主人公が不思議な美少女と出会っていろいろあった後、愛する彼のため少女が世界の敵めがけ華々しく特攻玉砕散華《さんげ》する「きみとぼくの関係性が世界の運命に直結する」式物語である。

そうか俺とココノはラブコメをしていたのか。衝撃の事実だ。しかし、その、あれは。

「えっと、いや、その、どうしても、先が思いつかなくて――だって、あれは――」

事実を、ほとんどそのまま書いただけで、なんて言葉を飲み込む。

そのデビュー作こそ、そこそこ好評だったものの、結局、それ以後はネタも尽きて鳴かず飛ばず。もう丸一年も新作を出せていない。作家として、ほとんど死んだも同然だ。

「センセェも、五年目だし、もうすぐ三十でしょう？　ここいらで頑張らないとねぇ」

「はい、わかってます、はい」

「いっつもそう言うけどさぁ、なんて言うか、覚悟が足りないんだよねぇ」

覚悟——覚悟か。あたりまえだ。そんなもの、あるわけないだろ。

俺は、あの夜の屋上で地球もろとも彼女と死ねればそれでよかった。なのに彼女は俺を残していってしまい、世界は救われてしまった。俺はそんなこと望んでなかったのに。だから仕方なく高校を卒業し、地元の大学に行き、国文の院生になり——全部なりゆきだ。ゾンビのような無為徒食の日々の中、ほんの思いつきで小説に仕立てた彼女との顛末《てんまつ》が、たまたま賞にひっかかって——ただ、それだけだ。

「聞いてます、センセェ？」「あ、え、はい——」

せっかく書いた新作の三百枚などどこへやら。編集氏のお小言が続く。曰く、俺には社会人としての意識が足りない、曰く、この仕事で食っていこうという情熱がない。全部正論だ。耳が痛い。説教したくなるのも無理もない。よく愛想を尽かされないと思う。

しかし——一体、どうすればいいのだろう。俺の物語は、もう十五年前のあの屋上で終わっているのだ。なのに人生だけ続かれても仕方ない。ココノ。どうしていっちゃったんだ。

こんな世界——滅んだほうがよかったのだ。俺はおまえと一緒に死にたかったのに。

——そんなことを思いながら、神妙な顔を造り、編集氏の話を右から左にスルーする。

教師の説教を聞き流すことだけは、得意だったのだ。昔から。

†

　オサレなのはいいけど、ちょっと手狭なキッチンで、まな板の上のショウガを刻む。料理はいい。手順通りにやっていけば、途中で手が止まって半日苦しむなんてことはない。創意工夫の余地は次々見つかるし、手応えを感じた時は大抵おいしくできている。小説とは大違いだ。パソコンに向かっていると珪素《けいそ》系生物から進化した宇宙人に向けて料理を作ってる気分になる。ラブコメってどう書くんだ。――いや、まあいい。今は料理だ。今日はなかなか上出来だ。

「ただいまぁ。お、今日はパスタ？」「和風のね」「おお、ちょっと春樹《はるき》入ってるね！」

　ちょうどスパゲティが茹《ゆ》であがったところで倫子《のりこ》さんが帰宅する。

「――んでさ、もう何度説明しても同じこと聞いてきてさあ。最後は、とにかくいいから謝れ、の一点張りよ？　書類の不備はそっちのせいなんだから、あ、これ美味しい――」

「ほんと？　よかったよ。ドレッシング自作したんだ」

　夕食時は、倫子さんの愚痴に頷くのが俺の仕事だ。禿《はげ》の上司にゆとりな新人、そして今日は窓口にやってきた困ったおじさんと内容はまちまちだが、だいたい結びは一緒。

「――ま、定時で上がれるんだから、文句は言っちゃいけないけどね。ごちそうさま」

　工藤《くどう》倫子さんは現代日本の特権階級たる地方公務員様々である。安定した雇用、年功序列、賞与、共済年金!!　何もかも羨《うらや》ましい。将来の保証はおろか、年金の支払いもおぼつかず、国民健康保険証には、滞納の末にしっかり「短期」と記された俺など、倫子さんに比べればゴミ屑であります。

「小原くーん、疲れたよー。躰がカチコチだよー」

とお風呂上がりの彼女に呼ばれれば、洗い物を中断してでも伺《うかが》わざるを得ないのです。

「んーん、いい感じ。うまくなったねぇ。マッサージ師目指す？」

ふかふかのベッドの上で、倫子さんの躰を揉みほぐす。

ほんとここ三年、料理とか掃除とか肩揉みとか、そんなのばかり上達してる気がする。

「ふぃー極楽極楽」と倫子さんは背中を預けてくる。マッサージだけじゃなく、その先もお望みなのだろうか――。おそるおそるTシャツの下から右腕を入れる。形のいいおっぱいを掌《てのひら》で包む。倫子さんは、太りやすいと自分の体によく愚痴をこぼすけれど、俺は柔らかくて抱くと気持ちがいいから、好きだ。頭を肩に乗せ目を瞑《つぶ》る倫子さん。続行せよの命を受けて、俺の左手が手探りで照明のリモコンを探す。闇が落ちる。

倫子さんは、セックスが好きだ。俺なんかを飼っている理由にもそれが含まれていると思う。あと、たぶん、ちょっとMだ。だけど俺は、情けないことに、どうにも淡泊な性質で、彼女の期待にちゃんと応えられているかあやしい。

応えられるのは、せいぜい――メチャクチャ嫌なことがあった時ぐらい。

――たとえば、二ヶ月がかりで書いた原稿があっさりボツになった日とか。

「ね、倫子、さん――」「ん。後ろから？」

自分の欲望を見透かされるのはどうにも恥《は》ずかしい。

いいよ、と、倫子さんは、まくらに顔を埋《うず》めて、腰を上げる。ぼんやりとした薄闇のなか、倫子さんのまるいおしりだけがぼんやり白く浮かび上がる。

——とにかく、今日だけは、吐き出したかった。

腰を打ち付けるたび、ベッドのスプリングがギシギシと音を立てる。倫子さんが妙に芝居がかった喘ぎ声を漏らす。これは俺のものだ。くそ。ちきしょう。揺れる尻肉を鷲《わし》づかみにする。「んっ」と小さな悲鳴が上がり、動きを加速させる。俺を誰だと思ってやがる。何がラブコメだ。バカども。みんな死ね。資本主義の豚が。どうして俺が従わなければいけない。豚め。鳴け、この雌豚。くそ、死ね。死んでしまえ。みんな死ね。息が荒い。鼓動が高まる。思考が断片化する。怒りや悔しさがぐちゃぐちゃになって快楽のなかに溶けていく。何も考えられない。何も考えたくない。加速して——、

——そして。倫子さんの汗ばんだ背中の上に倒れ込んだ。お互いの鼓動を確認し合う。

ごうごうと冷房が唸《うな》る。吐き出される強風が、汗に濡れた肌を凍えさせる。真夏の夜に肌寒さにふたり躰を寄せあい、身の奥に残る火照りで暖め合う。盛大に無駄な、贅沢《ぜいたく》。

「ご苦労様」と笑ってくれる倫子さんに、言葉が、零《こぼ》れた。「——ごめん、ダメだった」

倫子さんだって今日、打ち合わせがあったと知っていて、なのに一切、触れずにいてくれた。察してくれたんだと思う。だからこれは報告というより泣き言だった。

何も言わなくていいよ——とでも言うように、倫子さんが頭を撫《な》でてくれる。

「でもさ——、でも、俺——、もう、こんなんで——、俺は——」

鼻を啜《すす》る音が、暗い部屋に思ったより派手に響いた。言葉は途切れる。何が言いたいのか。

言いたいことなどなかった。でも、とにかく何かを吐き出したかった。そうしないと消えてしまいそうだった。倫子さんに抱きつく。確かめようとする。彼女の存在を。自分の存在を。

「もう、嫌だ。俺はもう、嫌だ、ダメだ俺は、だって、もう、こんなのは――」

胸に顔を埋める。支離滅裂な叫び。倫子さんは、ただ黙って、俺を抱きしめ、俺の頭を撫でてくれる。それがとてもとても気持ちがいいから、俺は嗚咽《おえつ》を続けてしまう。

だけど――まるで子供のような情けない男だと思うだろう。自分がいなければどうしようもないと思ってくれる。それが倫子さんの自負に、優越感になる。これだって飼い犬の役目だ。

――そういうことを考えている、俺もいた。

†

「いやー昨日は燃えましたなぁ、げっへっへ」「オヤジくさいよ、倫子さん」

朝食を作る俺の背中に、あくびまじりの声。

テーブルに座る彼女の前に、炊きたてのご飯、納豆、焼き魚、お豆腐、お新香にお味噌汁《みそしる》と並べていく。倫子さんは、朝に白米を食べないと力が出ない純粋日本人なのである。

「いやー毎朝悪いねぇ、小原くん」「いえいえ、これくらいは」

一緒に暮らし始めてもう三年になる。もとはサークルの先輩後輩だ。友人の結婚式で再会。

二次会ではすっかり社畜となり果てた同窓生たちに「公務員はいいよな、定時で帰れて」だの「上司がいない奴にはわかんねーよ」等の嫉みとやっかみの集中砲火を受けて三次会はふたりで緊急離脱。「公務員で悪いかバカ野郎」「零細自営業の悲哀が分かるか」等々叫びながら痛飲し、翌朝、ベッドの上で再会というお約束。そこからなし崩しに関係が続き「厳しいならうちにくる？　お姉ちゃんが実家帰っちゃって部屋余ってるし」なんて言葉にホイホイ乗って今に至る――のだが。

「で、あの――、ですね」「ん？　家賃、はいはい、待ってあげるよ」

それから俺の経済状況は悪化の一途を辿《たど》り、今では事実上のヒモである。せめて家事ぐらいは引き受けねば申し訳が立たない。

「あのね、小原君」と、食後の日本茶を啜りながら倫子さんは言った。

「こないだお母さんからまた電話があってさ。いっそ、その、籍入れちゃえって」

不意の一言が俺を凍りつかせる。

「――い、いや、だって、俺、その、全然、収入も、貯金も――」

「大丈夫、大丈夫、いざとなったら畑ぐらいわけてやるって――あ、実家継げって意味じゃないよ、そっちは義兄《にい》さんがうまくやってくれるから。でも、うち、古い人たちだからさ、とにかく三十過ぎて独り身ってのが不安で仕方ないみたいで――どう、かな？」

冗談めいていた倫子さんの口調も、少しずつ真剣みを帯びていく。

「そ、その、気持ちは、う、うれしいんだけどさ、」

だのに、俺の口から出た言葉は。

「で、でも、俺も、男だから――その、せめてちゃんと新しい本出してから――その、」

そんなわけのわからない誤魔化しだった。

「ご、ごめん、なんか急に真面目な話して。お母さんが焦ってたせいで、私も――」

倫子さんも慌てて笑い、冗談にしようとする。けど一度沈んだ空気はぬぐえない。

何なんだ――俺は。何をやっているんだ。動揺している自分に腹が立つ。

ひとあし先に三十代に足を踏み入れた倫子さんの誕生日、さらば花の二十代と、二人、朝まで飲み続け、翌日、壮絶な二日酔いでトイレを奪い合ったのは一年近く前のことだ。

倫子さんは三十歳で、俺は二十九歳なのだ。

こんな話になるってことぐらい予想してなきゃおかしかった。

全部、俺のせいだ。俺のような穀潰《ごくつぶ》しなぞ抱え込んでなきゃ、無敵の地方公務員様だ、きっと今頃、真面目な好青年でも捕まえて、子供のひとりやふたり生まれてたっておかしくない。せめて俺がマトモな職に就いていたら――せめてちゃんと本が出せてれば――。

いいや。この思考は逃げだ。言ってくれているだろう、お金なんていいって。だったら頷くべきだろう。本当に覚悟があれば、小説家なんてもともと休業状態なのだ、バイトを探すなりハロワに通うなりすればいい。頷けないなら、今すぐここを出ていくべきだ。倫子さんの人生を、俺のような人間の巻き添えにしていいものか。なぜ頷けない。

倫子さんのことは、好きだと思う。一緒にいて、全然疲れない。じゃあ、なぜ。

——ココノ。

逡巡《しゅんじゅん》のなか脳裏にきらめく、遠い記憶の残滓《ざんし》。夜の屋上に舞う、美少女最終決戦兵器。

何を、考えている？　冗談じゃ、ない。彼女は——ココノは、もういないのだ。

「ね、小原君、大丈夫？」

思考の底なし沼に沈降していった俺の意識を、倫子さんの声が引きずり戻す。

「——そ、そんなに、驚かせちゃった？　ご、ごめんね」

彼女の顔には戸惑いと、そして哀しい失望の色が浮かぶ。俺は慌てて言い訳を探し——

不意に、インターフォンが鳴った。こんな早朝に？　と不審に思いはしたが、今の俺には渡りに船だった。「あ、俺出るよ」と逃げるように玄関に向かって——、そして。

「正樹っ！　正樹だよねっ!!　正樹だっ!!」

最初に飛び込んできたのは声で、次は小柄な躰だった。

凛《りん》としたその声を、抱き留めた華奢な躰を、俺は憶えていた。忘れるはずがなかった。

それでも——理性は現実を否定しようとする。だって、ありえるはずがないからだ。

クラシカルなセーラー服を着た少女が、腕の内から俺を見上げて言う。

「ただいまっ、正樹！　ココノは、ココノは帰ってきたよっ!!」

十五年前に別れたはずの彼女がそこにいた。

あの日と、変わらぬ姿で、——稲垣ココノがそこにいた。

言葉が、出ない。できたのは、思わず、彼女をぎゅっと抱きしめることだけだった。

「ねえ、正樹君。これはどういうことかしら？」

硝子のナイフのように冷たく鋭い倫子さんの声が、背中に深々と突き刺さるまで。

†

「砂糖は、三つでいいよな？　あとはミルク、これな」「うん。憶えてて、くれたんだ」

コーヒーを注ぐ。ココノは苦いのがダメだから、カップに半分だけ。隣に牛乳パック。

「忘れるもんか」「でもココノは六ヶ月だけど正樹は十五年でしょ？　すごいね、二十九歳なんて、大人だ」「全然、そんなこと、ないよ」

大人になんか全然、なれてない。躰だけ、二十九になっただけだ。

異世界の出鱈目《でたらめ》な法則は時間さえねじ曲げた。俺にとっての十五年が、ココノにとっては六ヶ月。そんなややこしい事態、どうやったって一般人に理解して貰えるわけがない。

――こんな若い子を誑《たぶら》かしたなんて死んでしまえロリコンあなたを殺して私も死ぬ。

と包丁を持ち出した倫子さんに事情を説明するのは、俺一人では到底不可能だった。

父親を名乗る機関《エンブリヨ》の黒服が血相を変えて飛び込んできて、彼女を口先三寸で丸め込んでくれなければ、俺は今頃、刺殺体になっていたはずだ。とにかくなんとか彼女を職場に送り出し――。

そうして、俺は今、倫子さんのマンションでココノと二人きりになっている。

記憶にあるのと何一つ変わらない、人形じみた完璧な美しさに、俺は唾《つば》を飲み込む。

頭はさっぱり働かず、口から出るのは「元気、してたか？」なんて間抜けな言葉だけ。

「うん。〈神塵封滅無間空《アイン・ソフ・オウル》〉は完全に殲滅《せんめつ》した。もう千年は〈門《ソトート》〉は開かないよ」

「そ、そっか、よかったな。世界は救われたな。世界平和だな」

十五年ぶりに聞く漢字にルビのついた専門用語は、最早、何一つ、実感が湧かない。

「ごめんね、突然押しかけちゃって——一緒に暮らしているのは、泉《いずみ》だと、思ったんだ」

「アイツは今、外国だ。もう子供が三人もいるんだぜ」

ココノが俺の幼なじみの名前を出した。——一度は付き合ったけど、距離が近すぎて、どうにも上手くいかなかった、なんて補足は余計かと思い、そのまま胸に押しとどめた。

「そう——なんだ——。じゃあ、」

少しだけ沈黙。

ココノが何を聞きたいかは分かっていた。本当なら俺から切り出すべきだった。

——でもできなかった。

俺は十五年前と何ひとつ変わらない、優柔不断の意気地無しだった。

「じゃあ、さっきの人は——、正樹のお嫁さん？」

俺は首を振る。ココノの顔が明るく輝く。俺は勢い込んで告げる。

「でも、その、付き合っているんだ。一緒に暮らして、三年になる」

笑顔のまま、ココノの表情が、時間と一緒に、凍りついた。

大理石の彫像のように固く白い頬を、雫《しずく》が、ついと流れ落ちた。

「——ごめん」

俺は、そう言うしかなかった。

目も、合わせられなかった。

ココノが行ってしまった日から、ずっと泣き続けた。一緒に行きたかった。だから何度も死のうとした。その度に機関《エンブリヨ》の連中に邪魔された。死ぬのを諦めて、それでも、最初は待つつもりでいた。たとえココノが帰らなくても、それでも——。だけど一年経ち、二年経ち——夢にココノが出る頻度も減っていた。機関の監視が解かれたと知っても俺は死のうとしなかった。いつの間にか泉と付き合い、いつの間にか自然消滅して、いつの間にか二十歳《はたち》も過ぎて——、そして、小説を書いた時だろうか、何かを吹っ切ってしまった気がする。いつの間にかココノのことを思い出すのは現実逃避の時ぐらいになっていたのだ。

俺は、ずっと前にココノを裏切ってしまっていたのだ。自己嫌悪が躰を満たす。万能決戦艦たる彼女の剣杖で原子分解されても文句は言えない。むしろ、そうしてほしかった。

「正樹が謝る必要、ないよ」

けれど、ココノは言った。十五年前と同じ、無機質なほどの無表情で。

「だって正樹は残れって、征くなって言ってくれたんだもん。なのに——ココノが、ココノがじゃあねって言ったんだもんね——」

本当の気持ちを、仮面の奥に押し込め、それでも抑えきれない感情を瞳からこぼし。

「ゴ――ゴメン、わかってたんだ。きっと、そうだろうなーって。だって、ヤだよ。あれから十五年も経ってるのにさ、正樹がずっと、ずっとひとりぼっちでいたら、ダメだもん。ココノ、正樹が幸せになるために戦ったんだもん。だから――よかったね、正樹」

その優しさが鋭い棘《とげ》になって俺を突き刺す。殺してくれと、心から、願う。

「あ、ご、ゴメン――なんで、変だよ。涙が――ゴメンね。ココノ、全然ダメだね。機関の人にも言われたんだよ、何があっても驚くなって。ダメだね、全然、泣き虫だ――」

何やってるんだ俺は。どうして待ってやれなかった。待ってるのは、俺だけだったのに。

ココノは命がけで戦って、世界を守って、こうして帰ってきたのに、俺は、俺は――。

「じゃあ、正樹。ココノは、もう、ここには来ない方が、いいね」

「い、いや――」と、思わず口を突いて言葉が出る。

いや、なんだ？　その通りだろ？　俺は今、倫子さんを愛しているのだ。そうだろう？

†

「ゴメンね、正樹っ！　待った!?」

数日後の平日。待ち合わせ五分前に駅に着けば、ベンチから立ち上がったココノが子犬みたいに手を振る。――十五年前とまったくかわらずに。

「いや、待ってたのはおまえの方だろ。どれくらい前からここにいたんだ？」

「えへへ——さ、三十分、かな？」「嘘つけ」「え、えっと——二時間？」

このクソ暑い真昼にか——倒れるぞ。

「行こう、正樹！」と、ココノが俺の手を握る。お、おい——。

てか、どうしてお前はセーラー服なんだ。周りからはどう見えているのか。年の離れた兄妹とか、せめて年の近い親子あたりに見えていてほしいが、下手すると援交オヤジとでも思われているかもしれない。死にたい。

「あ、ご——ゴメン。デートじゃ、ないもんね。街を案内してくれるだけなんだよね」

そうだ。これは、デートではない。

倫子さんは、あれで結構、独占欲が強いお方である。今となっては遥か昔、編集氏に無理矢理に連れて行かれたキャバクラのライター一本ぽっちで、真冬の夜の寒空のもとに追い出されたこともある。だが、これは、けして浮気ではない。十五年ぶりに帰還したココノへの、せめてもの恩返し、街を案内すると同時に、そう、取材だ。俺はラブコメを書かなければならない。ココノのような美少女が出てきて、十五年前のココノと俺がやったような話を。それが、そう、倫子さんのためにもなる。黙っているのは、彼女に余計な心配をさせないためだ。

「大分、変わっちゃったね」「十五年も経ったからな」

モザイクタイルで舗装された歩道をココノと歩く。

特急を使えば辛うじて首都圏への通勤圏という俺の街。かつては昭和の面影を残していた商店街も、再開発の波に飲まれ、チェーン店の進軍を止めることはできなかった。今ではコンビニと牛丼屋とファーストフード店とコーヒースタンドが整然と並ぶ、日本のどこにでもある街並みが続いている。俺にしてみれば暮らしやすくなって歓迎だが――、

「オヒゲのお爺《じい》さんのお店も、ないんだ。修理してた時計、動くとこ見たかったな――」

「俺が高校生の時だから、もう、十年以上前か。腰痛めちゃってな――寝たきりになって、あっさり亡くなっちゃって――。絶対百歳まで生きると思ってたのにな、あの爺さん」

ココノにしてみれば、せっかく帰ってきたという感慨も湧かないんだろう。

「あ、でも――あそこは、こないだ、正樹と入ったよね！」

ココノが指さす。十五年前のこないだ、一緒に入った古風な――当時から――喫茶店。

「なんでも、好きなもの、頼んでいいぞ」

「ジャンボチョコレートクリームサンデーもっ」

俺はドヤ顔で頷く。いっくら無職寸前のヒモとはいえ二十九歳だ。財布の厚さは中学生の頃とは比べものにならない。

カロリーなんぞ毛ほども気にせず、チョコレートの山脈に挑むココノを見ていると、ああ、この子は本当に中学生に戻れたんだと思う。どうせ今も機関《エンブリヲ》が見張りについていたりはするんだろうが――〈門《ソトート》〉が閉じれば力も失われる。いずれは監視も解かれるだろう。

そうしてココノに問われるままに、この十五年のことを話す。

「でも——すごいね、正樹は夢を叶えたんだ」

不意にココノは言う——夢？

「小説書く人になりたいって、言ってたじゃない」

そんなこと、言っていたっけか。記憶は曖昧《あいまい》だ。中学生の頃の話だ。そうそう憶えていやしない。だいたい、当時の俺が読んでいたのは宇宙戦艦や電脳空間や時空改変の出てくる話であって、今求められているラブコメなるものでは、ないのだ。

「そんな立派なモノじゃないよ。編集——偉い人に言われたとおりに書くだけの歯車さ」

——だから、そんなふうに自嘲《じちょう》してみせる。実際には、それすらできないくせに。

書きたいものを書けば、それがそのまま売れてしまう天才もいるのだろう。読者のニーズを、売れ線の要素を、傾向と対策を分析し、難関試験に挑むように小説を作る努力家もいるのだろう。あるいはバイトをいくつも掛け持ちしながら、爪に火を灯すような原稿料で己が信じる道を歩み続ける芸術家だっているのだろう。俺には、そのどれもできない。こんなの俺の書きたいものじゃないと嘯《うそぶ》きながら、だからと言って自発的に何かを書くわけでもない。歯車と自嘲するくせに、それすらも満足にできない。才能も信念も勤勉さもない——俺にあるのは言い訳だけだった。だから——

「——そんなこと言っちゃダメだよ、正樹」

だから、まっすぐに俺を見つめてココノが言った時、思わず目を逸《そ》らすしかなかった。

「自分で信じていないことを、相手に言っても、信じられないよ」

言葉を失う。

「――正樹が、教えてくれた、ことだよ。そう、だよね？」

震える手で俺はカップを置く。陶磁のソーサーが不快な音を立てた。

「あ、ああ、そうだな」と、それだけ、言うのが、精一杯だ。

十五年前と同じ、真摯《しんし》な瞳が、鏡のように、俺の姿を映し出す。二十九歳の、俺を。

ココノは己の使命を果たした。大人達に無理矢理押しつけられた理不尽な戦争に命を賭《と》して赴いて、世界を救った。誰のためでもない――俺のために。

そんなココノがくれた十五年を、俺はどうやって生きてきた。

すべて、惰性だ。惰性で生き、惰性で物書きになり、惰性で倫子さんと付き合い、惰性で二十九歳になり、そして――ココノが来てくれなければ、惰性で結婚していただろう。

それで、いいのか、俺は――このままで、いいのか。

わからない。思考がぐるぐる渦巻く。中学生の頃は楽だった。すべてはココノのため。その一言で済んだ。大人は全部敵。ココノのためなら地球だって滅んでしまえと思えた。

だけど、今の俺は――。今の俺にできるのは――。

「そろそろ、いこうか。あんまり遅くなると、機関《エンブリヨ》の連中も大変だろう」

そう言って、立ち上がることだけだった。

会計の時に、経費にするための領収証をもらうのは、忘れなかった。

†

帰りに寄ったスーパーで、オクラが安かったので冷菜を作ることにした。

料理はいい。作っている間は、他のことを考えずにいられる。悩まずにいられる。悩む。悩む必要などないだろう。答えは出ている。出ているけど——直視できずにいる。

倫子さんのいつもの帰宅時間の七時十分に、炊飯器が炊き上がりの電子音を鳴らす。だけど——倫子さんは帰ってこなかった。一時間待っても帰ってこなかった。珍しく残業か？　と思いながらテーブルに並ぶ皿にラップをかけて、三十分ごとにケータイを鳴らしても、留守電にまわされるばかり——ようやく繋がったのは日付も変わった深夜。

「さっさと迎えに来いバカァッ」

開口一番の怒鳴り声が、俺の鼓膜に突き刺さった。

電話の様子ではどうにも壮絶に飲んでいるらしかった。

一体、何があったのか、と思いながら月夜の路地を駅へと急いで、

「の、倫子さん——」と駅前のベンチで俯《うつむ》く彼女に声をかければ、

「来るな、バカ、ドアホッ、変態」とハンドバッグを投げつけられた。

倫子さんが来いと言うから来たというのに、なんて理不尽。

髪がほつれている。目の色が尋常でない。ツンと安いウィスキーの匂いがした。

「ど、どうしたのさ、ねえ、ちょ、ちょっと――」

だけど、彼女は俺に応えず、かわりに携帯を取り出し猛然とメールを打ち始める。

俺の尻ポケットから「謎の円盤UFO」の効果音が鳴った。

ケータイを取り出せば倫子さんからのメール。件名に「浮気者は死ね」。本文に画像へのリンク。心臓が跳ねる。写っているのは俺とセーラー服のココノ。今日の昼の写真だ。

「有給とってた子が焦って送ってくれたわ。援交男と思われてたわよ、あなた。最低」

「ちょ、待ってくれ、説明したろ、この子は引っ越してきた親戚《しんせき》の娘さんで――」

「嘘。あなたが中学生の時、生き別れになった女の子なんでしょ」

息を呑んだ。

「一冊目のヒロインの子、きっとモデルがいるんだろうなって思ってた。あなたの本は、男の子も女の子も全部、あなただけど、あの子だけは、違う言葉で喋っていたもの。それぐらい気付くわよ。知らなかったでしょう？　私ね、あなたの小説、結構好きなわけ」

呼吸も、できなくなった。

「気付いてなかったんだ。私のことね、何回も寝ぼけてココノって呼んでたのよ」

――死にたい。マジで死にたい。

「きっとね、転校で離ればなれになったとか、病気か事故で死んじゃったとか、そういうんだと思ってたけど――まさか、本当にそうだったなんてね。つまりあの子はあなたの事が好きで、あなたのために地球を守って戦って、ようやく帰ってきた子なんだ」

図星を突かれた驚きと激しい剣幕に、俺は思わず頷いてしまう。

「――終わりね、小原君。しばらくホテルに泊まってるから、一週間以内に出ていって」

「ちょ、ちょっと待ってくれ、倫子さん」

踵《きびす》を返して何処かに去っていこうとする倫子さんの手を、俺は必死で摑む。

「やめて、離してっ」「聞いてくれ、話せばわかる」「離せ、バカ、ロリコンっ」

叫び合う俺達を、仕事帰りの疲れた肩のサラリーマン達やコンパ帰りの大学生達がちらちらと流し見していくが、今は恥ずかしいとかなんとか思っている場合ではない。

「本当は私のことなんて好きじゃないんでしょ、ただ住むところがほしかっただけで。所詮《しょせん》、私なんてあの子の代用品でしょ。だったらさっさとあの子のところに行きなさいよ。あなたは十五年もあの子を待ってて、あの子も、あなたのために世界を守ったんでしょ。バカじゃない。どこの童貞中学生の妄想よ。いいわよ、勝手にラブコメしてなさいよ」

「違う、違うんだ、」

「何が違うって言うの。わかってるわよ。私はあの子みたいに可愛くない。もう三十歳のオバサンだもん。あなたのために戦ったことも、世界を救ってあげたこともない。なんの物語もなしになんとなく一緒にいただけ。同情で一緒にいられたって、こっちが惨《みじ》めになるわ。バカにしないで。別にアンタ程度の男、いくらでもみつけてやるんだから。だからさっさと行きなさいよ。あなたを好き好きで堪《たま》らない女の子のとこにっ」

「あの子が、あの子が愛しているのは俺じゃないよ」

口に出したそれは、自分に言い聞かせるための、言葉だったのかも、しれない。

拳を握って——真実を受け入れる。現実に——倫子さんに、向き合う。

「今の俺を、こんな俺を、それでも好きでいてくれるのは、倫子さんだけだよ」

倫子さんの血走った目が見開かれる。

「——あ、あなたなんか好きでも何でもないわよ、変態ロリコン穀潰しのクソニートっ」

「そうだよ。それが今の俺だ。あの子が好きなのはね、そういう俺じゃないよ。十五年前の俺だ。何も考えてなくて、アホで、バカで、童貞で——けど、たぶん今の俺よりずっとずっと純粋だった、十四歳の俺だ。あの子を愛せるのは、十四歳だった俺だけだよ。今の俺じゃない。知ってるだろ？　俺がどれだけどうしようもない人間か」

「あたりまえでしょう。作家くずれのろくでなしのマザコン男。仕事もないくせにクリエイター気取りとかバカじゃないの。ヘタレだし意気地無しだしセックスもヘタだし」

本当に死にたくなる。だけど、こんな風に本気で罵《ののし》ってくれるのも、倫子さんだけだ。

「でも——倫子さんは、そんな俺と一緒にいてくれた。倫子さんが、俺を支えてくれた」

まったく、何てタイミングだ。もう少し別の形で、別の場所で、言えなかったものか。

「ごめん。ちょっとだけ、気持ちがぐらついたのは本当だ。でも、今日ココノと話してわかったよ。俺はもうあの頃の俺とは違う。あの頃の俺には絶対に戻れない。二十九にもなって戦闘美少女と学園ラブコメなんて無理だよ。今の俺が好きなのは、倫子さんだ」

そうして、彼女に向き合い、その肩に手を置く。掌に力を込める。

「お願いします、無職で貯金もない俺ですが、お願いします、倫子さん」

だから、続きを言う。彼女の揺れる瞳を正面から見据えて。

「――俺と、その、結婚してください」

†

「いやー、こういうのでいいんですよ、こういうので」

ここ数年来、みたことがない笑顔で編集氏は言った。

路面には蟬の死骸が落ち、窓枠にはトンボが止まっている。そんな初秋のある日だ。

「あ、ありがとうございます」と、ファミレスのテーブルに額《ひたい》をすりつけんばかりに頭を下げながら、胸を撫で下ろす――そうか、こういうので、いいのか。

「ラブコメになってますかね？」と俺は問い「全然ラブコメですよ」と編集氏は応えた。

「面白かったですか？」と俺は続けて問い「売れますよ、たぶん」と編集氏は応えた。

――ココノとはもう会わない。そう決めた。

俺はもう大人なのだ。とっくに、あの日の屋上で呪《のろ》ったはずの、大人達の側に回ってしまったのだ。自分の生活を、身内を、既得権益を守るためなら、十代の少女を使い捨てにして躊躇《ためら》わない。愛する俺のために戦って死ね、と送り出したらもう用済みで、自分だけヌクヌク暮らして恥じない。そういう大人になっていたのだ。認められなかっただけで。

誤魔化しはやめよう。もう戻れないのなら、せめて胸を張って卑怯者《ひきょう》になってやる。

ココノのことなんてどうでもいい。倫子さんを幸せにしてやる。そのためには何はともあれ収入が必要で、だとすればラブコメを書くしかない。シンプルなロジックだ。

書けるかどうかはわからないが、書かざるを得ないのだから仕方がない。店頭で萌《も》え萌えな女の子がパンツを晒《さら》している文庫やマンガやゲームを片っ端から買い込み、倫子さんに白い目で見られながらリビングで「研究」に没頭し、何かに取り憑《つ》かれたみたいに書き上げたのが編集氏の手元の原稿だ。何が書けたのか、当の俺自身が一番わかってない。しかし編集氏はラブコメだと言ってくれる。となれば原稿は印刷され、ちゃんとライトノベルの一冊として流通し、俺には印税が振り込まれる。素晴らしいことだ。万歳。

「じゃあ、今言ったところだけ修正してください。一週間でできますよね？」

なんて感じで、打ち合わせを終え、

「どうです、先生、ちょっと早いけれど、この後。もちろん、経費ですから」

杯を傾ける仕草で誘う編集氏。もう、久しくなかったことだ。

けれども俺は「いえ、すいません、この後があるんで」と断っていた。

編集氏を見送ってから特急に乗り込んだ。改札で待っていてくれた彼女は、俺が何か言うよりも先に「大丈夫だったみたいね」と微笑んでくれた。

「そういうわけで、じゃあ、その、倫子さん、お願いします――」

「本当に後悔しない？」と問われ、俺は頷く。

「――するって言っても、私一人で持って行っちゃうけどね」

笑って倫子さんはタクシー乗り場で、市役所までと告げる。

受付でおばちゃんが書類を受け取り「おめでとうございます」と笑いかけてくれた。

「ありがとうございます」

少しだけ、誇らしげに俺は応えて。

傍らの倫子さんの手を握るなんて似合わないことまで、してしまった。

†

夕暮れの、何もかもが変わってしまった屋上。

秋の風に吹かれるまま、少女は、金網に手をかけ、佇《たたず》む。

六ヶ月前――十五年前。オンボロ校舎と、少年がことあるごとに罵っていた学舎《まなびや》が、彼女は嫌いではなかった。階段の手すりに刻まれた相合い傘。落書きを何度も何度も塗りつぶしたせいで斑色《まだらいろ》になった壁。至る所に降り積もり染みついた記憶の残滓が、無機質なリノリウムの床にさえ、不思議な暖かみを与えていた気がするからだ。それが、あの日の夜、絶望的な最後の出撃の時でさえ、生きて戻りたいと少女に思わせてくれた。もう一度、彼と、ここで――。

そうして、帰ってきた、はずなのに。

校舎は小綺麗《こぎれい》なだけの建物に新築されていた。グラウンドは緑色のゴムで塗り固められ、制服もブレザーに改められていた。そして、少年も――もう、少年ではなかった。

ここは自分の居場所じゃない、と少女は思う。でも。だったら。どこに、いけば。

変わらないのは空だけだ。空と雲と星だけ。けれど、自分にはもう機械の翼はない。

「あ、あの――、えっと、稲垣さん、だよね――、転校生の稲垣ココノ、さん――」

不意に背中に声がかけられた。けれど彼女は茜空《あかね》を見上げたまま。

「あ、えっと、その――いつも、そのここにいるよね、その、星とか興味ある？」

「用がないなら話しかけないで」

拒絶の言葉に、少年は一歩後ずさる。けれど。

「――でも、ここさ、ぼ、僕の――天文学部の活動場所なんだ――そ、その――泣きそうな、顔してたから、悪いと思ったけど――でも、そっちこそ用がないなら――え、ちょっ、」

思わず、少女は振り向いていた。

可笑《おか》しいな、と少女は思う。初めてあった日の彼にも、あの夜、この屋上で、そう言われたのだ。出撃直前の乱入者に部外者は帰れ、と告げた少女に、彼は「悪いけど、ここは僕の場所なんだ。そっちこそ――」と。

なんだか、本当に面白い。

だのに。どうしてだろう。不意に視界が歪《ゆが》む。目の奥が熱い。言葉が、出てこない。

胸の奥からこみ上げてくる感情の塊を抑えきれず――、どうしても抑えきれず――

「――ちょっ、ど、どうしたのっ、ね、ねぇって――えっと――、その、ごめん、悪かったよ。ここ、いてもいいからさ、その、ふたりで、一緒に使おうよ、ね、ねぇったら、」

赤く染まった屋上、少年の腕の中、ワイシャツを掴み、少女はただただ泣きじゃくる。

すすり泣きの声と戸惑いの声が、真っ赤な空に、溶けていく。

G線上のアリア

高野史緒

一七一×年、去勢歌手《カストラート》（外科手術により声変わりを防ぎ、永遠の美声を手に入れた者）ミケーレは、恋人ウラニアとともに、フランクフルトの貴族のもとに滞在中。その屋敷には電話機が存在している。史実では電話の発明は一八七〇年代だが、この世界では何百年も早く——恋愛要素は物語の背景であり、中盤で怒濤の勢いで語られる、電話が存在するもうひとつの中世／近世ヨーロッパ史に驚倒して欲しい。初出は〈SFマガジン〉一九九七年二月号、書籍初収録。長篇『カント・アンジェリコ』（講談社文庫）の後日談でもある。

高野《たかの》史緒《ふみお》は一九六六年茨城県生まれ。茨城大学卒業、お茶の水女子大学人文科学研究科修士課程（フランス近世史）修了。ハヤカワ・SFコンテストには高野愁星名義で投稿しており、初応募の第十二回（八六年）で「コンスタンティヌスの月のもとで」（タイムスリップもの、現存せず）が一次選考通過。第十六回（九〇年）で「エクス・オペレ・オペラート」が一次選考通過。これは後に刊行された連作短篇集『アイオーン』（ハヤカワSFシリーズ Jコレクション）の第一話。科学文明が栄華を極めたローマ帝国が崩壊し、放射能に汚染された十三世紀暗黒時代の南フランスで、信仰の揺らぎつつある医師が放浪の科学者に出会う。二〇〇二年刊行の『アイオーン』では、遺伝学、電気、巨人など数多の歴史改変要素を織り込みこの世界の姿を浮かび上がらせていく。

デビュー作は第六回（一九九四年）日本ファンタジーノベル大賞の最終候補作『ムジカ・マキーナ』（ハヤカワ文庫JA）。十九世紀末のナポレオン三世失脚期のウィーンに、

初出：〈SFマガジン〉1997年2月号／早川書房／1996年刊

音楽の悦楽を高める麻薬が蔓延しており、その背後に、シンセサイザーめいた音楽機械が音を紡ぎDJがフロアを熱狂させる新興舞踏場の存在があった――という瞠目のサイバーバロック。

他にも、インターネットの発達した帝政ロシア支配下の江戸を描く『赤い星』など、未来のテクノロジー・文化を紛れ込ませるタイプの改変歴史SFを、恐らく日本で一番多く書いてきた作家である。改変歴史から離れても、タイムトラベラーが古代エジプトの謎を探ろうとする『ラー』（以上、ハヤカワSFシリーズJコレクション）など、歴史に題材をとった作品が多い。

アンソロジー『時間はだれも待ってくれない　21世紀東欧SF・ファンタスチカ傑作集』（東京創元社）の編者も務めた。二〇一二年には、『カラマーゾフの妹』（講談社文庫）で第五十八回江戸川乱歩賞受賞。

短篇集は現在『ヴェネツィアの恋人』（河出書房新社）のみ。収録作のうち、「白鳥の騎士」は長篇での作風を中篇に凝縮。テレビ放送の存在する十九世紀後半のヨーロッパ、ノイシュヴァンシュタイン城を建てたことで知られるバイエルン王ルートヴィヒ二世が、テレビを通じて膨大な量の楽劇を発表する天才芸術家・ワグナーの正体を探ろうとする。本作はイギリスで翻訳出版の準備中。「空忘の鉢」は、ソ連・カザフ共和国が舞台。かつてシルクロードに存在したという幻の国家・黄華の文字を研究する学者を主人公にした謀略サスペンスを通じて、中国の皇帝をも出し抜いた黄華文明の秘密が神秘的に明かされる言語SFとして見逃せない。

作風からは意外なことに、未来を舞台にした短篇が多く残っている。「グラーフ・ツェ

ッペリン　夏の飛行」（電子書籍で単体販売中、創元SF文庫『年刊日本SF傑作選　おうむの夢と操り人形』にも収録）は、量子コンピュータに接続された拡張現実装置を用いて、幼い日に見た謎の飛行船を探し出そうとする、ノスタルジーとサイバーパンクの融合した名品。「未来ニ愛ノ楽園」（〈SFマガジン〉一九九七年七月号）は、文明が衰退し繁茂する植物が人間たちの生活圏を脅かす遠未来、人類の多くから失われつつある生殖能力を備えた少女が、豊穣祭を前に自らの成長と使命に戸惑う物語。「浜辺の歌」（河出文庫『NOVA　2019年秋号』）では、AI介護士のいる未来の介護施設の輪郭が、入居者の老人をモニタリングし守る存在の視点から浮かび上がる。「ハンノキのある島で」（徳間文庫『短篇ベストコレクション　現代の小説2018』）は、クリエイターや読者サイドの要請によって、古典指定・保存書籍指定のされない本が刊行から六年で廃棄され読むことを禁じられる〈読書法〉が施行されたディストピアを描く。

他にも、《異形コレクション》や〈SFマガジン〉を始め多数の媒体に発表作があるが、入手が容易なSF短篇に、ブレジネフ書記長時代のソ連で、バラの品種改良実験場で起きた連続死の謎を追う幻想的作品「百万本の薔薇」（創元SF文庫『年刊日本SF傑作選　極光星群』）、ドストエフスキー『白痴』の登場人物の行末を、ダニエル・キイス『アルジャーノンに花束を』及びベリャーエフ『ドウエル教授の首』の技術を用いてアクロバティックに再解釈する異色作「小ねずみと童貞と復活した女」（創元SF文庫『年刊日本SF傑作選　アステロイド・ツリーの彼方へ』）がある。改変歴史SFや、偉人／フィクションの登場人物を大胆にアレンジするコンテンツが世間に浸透した現状、改めて読まれるべき作家だ。

「僕はむしろ作曲家のほうが羨《うらや》ましく思います」

物思いに囚《とら》われていたツェーレンフォルゲ伯爵《はくしゃく》は、その一言ではっと我に返った。

「それに比べたら劇場での栄光を得る者など、話にならないくらいみじめなものです」

信じ難いことに、そう言ったのは他ならぬ当世随一の去勢歌手《カストラート》、ミケーレ・サンガルロ当人なのだ。ツェーレンフォルゲ伯爵は鴨料理の皿から目を上げて、向かいの席に着いた青年を初めて見るようにしげしげと眺めた。二十歳《はたち》を幾らも超えていない、黒髪で大きな目をしたどうということもない青年だが、彼はヨーロッパ中の劇場がひれ伏すという大歌手なのだ。

ミケーレ自身は伯爵のもの問いたげな視線には気づいておらず、柔らかい蠟燭《ろうそく》の明りの中でルビーの色に輝く赤ワインを愛おしそうにゆっくりと飲んでいる。隣席のまだ少女のような貴婦人はほとんど目が見えないと聞いていたが、むしろ彼女のほうがミケーレより敏感に伯爵の視線を察したらしかった。伯爵の疑問を代弁するかのように、ミケーレのそばに着席した青年貴族が茶化すような口調で言った。

「作曲家っていうと、そこらの宮廷楽士《ホフムジカント》とか聖歌隊指揮者《カントール》のことだね？　奴らは田舎貴族やしみったれの坊主どもからやれオルガンを弾けだの、楽団を指揮しろだの、復活祭までにミサを作曲しろだの、薄給でこきつかわれるだけだろう？　一方君はヨーロッパ中の大劇場で皇帝のように歓迎されて、一晩歌っただけで楽長のひと月分の給料を稼いで、貴婦人軍団の求愛から逃れるのにも一苦労だ。君がいったい奴らの何を羨ましがる？」

　そう言い終わった青年貴族、レルヒェナウ男爵は、伯爵が何か言いかけたように口を開いてこっちを見ているのに気づいた。それにつられてミケーレが顔を上げた。

「ああ伯爵」レルヒェナウは今度は伯爵相手に言った。「今、音楽家としての最高の栄誉は何かって話をしていたんですよ。ミケーレ君と、彼の庇護者《パトローナ》のウラニア嬢とね。お二人はスペイン王から招待されてドレスデンからマドリッドに行く途中でこのフランクフルトに立ち寄られたわけですけど、彼はカストラートの頂点に立つ大歌手なんですよ。だから、頂点にいる気分はどんなもんかと思って、そのことを聞いていたというわけです」

　病人は世事に疎くなるとでも思ったのか、それとも老人は物忘れが激しいと決めてかかったのか、レルヒェナウは伯爵もとっくに知っていることをいちいち説明口調に話して聞かせた。余計なお世話だ。だいいちこの晩餐《ばんさん》に二人を招待したのは伯爵自身なのだ。彼はむしろレルヒェナウ以上のことを知っている。ウラニアは表向きは歌手ミケーレ・サンガルロの雇い主ということになっているが、実際には恋人だというのが公然の秘密だということも。

「それでミケーレ君、どうして君が作曲家なんかを羨ましがるというのかね？」

ミケーレは伯爵の問いにためらって、ちらりとウラニアのほうを見た。

「それは……彼らは自分を残すことができるからです。音楽家にとって自分自身とは、まさしく自分の生み出す音楽そのもののことですから。彼らは楽譜を残します。よい音楽はそれさえあれば何度でも生き返ります。人が楽譜の読み方さえ覚えている限り、何年先にも、いえ、何百年先にだって、彼らの音楽、彼ら自身は生き返ることができる……」

「さあ、そうとは限らないでしょうに。そんなに先まで残るような音楽はありませんよ。だいたい、みなすぐに古くなって忘れられてしまうではないですか。私が若い頃のオペラなぞ、もう君は古くさいと思って歌いたがらないでしょう？」

「確かに、ほとんどの音楽は時の流行りに取り残されて消えてしまうでしょう。でも、そうではない音楽が存在するんです。確実に。永久に生き続ける音楽が……つまり……」

戸惑ったように口をつぐんだミケーレを助けるかのように、ウラニアが続けた。

「この間、降誕祭《クリスマス》の時に、私たちはワイマールの宮廷にいたのですが、ミケーレはその時以来こんなふうなのです。ワイマールの宮廷楽士長のオルガンを聴いてから、ずっと」

レルヒェナウが口をはさんだ。芸術に詳しいことを自慢に思っているのらしい。

「ワイマール？　ああ、そう言えばいましたね。オルガンが巧いという評判の団員が。何でしたっけ？　雌猪《バッヒェ》とか小川《バッハ》とか、尻《バッケ》とかいう……？」

「ヨハン・セバスティアン・バッハです！」

ミケーレが珍しく苛立《いらだ》ちをあらわにし、ウラニアがそれを押さえるように後を続けた。

「降誕祭のミサの時に、その楽士長がオルガンを弾いていたのです。それはもう噂に違《たが》わない壮麗さ、想像以上の美しさでした。複雑な大曲も素晴らしいのですが、即興で演奏された短くて簡単な小品がそれと同じくらいに綿密で完璧なのです。ミケーレはそういう小品の一つにとても心を惹かれてしまって、楽士長に直接、そう言いに行きました。すると彼も嬉しかったのでしょうね。チェンバロで伴奏をつけながら、ミケーレにその曲を歌わせて教えてくれたのです」

しかしミケーレが楽士長バッハにそのあまりに美しい小品の題名を訊ねると、彼は少し考えた後、題名などない、まだ何に使うかも決めていないただの断片だ、と答えたという。こんなやくたいもない草稿など山のようにあるのだから、いちいち名前などつけてはいられない、と。その曲が時間をかけて綿密に作られたものだと信じていたミケーレにとって、その答えはひどく驚きだった。これがただの断片、やくたいもない草稿のほんの一部でしかないとは！

バッハはミケーレの激しいまでの感動に、誇らしさと呆れ半々といった面持ちで、まあ強いて言えば歌《アリア》かな、と一言だけ付け加えたという。ツェーレンフォルゲ伯爵はミケーレの物憂さを理解したように思った。彼の歌はどれほど美しい声で歌われようとも飛び去ってしまう歌だ。しかしバッハの歌は――それが本当に彼が言うような美しいものであるのなら――永遠に飛び去らない、飛び去っても再び生き返る歌なのだ。

レルヒェナウの男爵はすでに、彼の手に余る高尚な話題に飽きたようだった。

「あんな田舎宮廷の楽士の辛気臭い教会音楽なんかすぐに忘れられるさ。ヘンデルのようにオペラを書くでもなし、ロンドンやミラノのような中心地にいるでもなし。せめて酒場の呑み歌でも景気良く作ってくれりゃ、三年は歌ってやるんだがな」

晩餐の後、ミケーレは客人たちに請われて一曲歌った。彼はリュートよりも物悲しい音色を発するスペイン風のギターを求めて、それを受け取ると、自らその弦を爪弾《つまび》きつつ、帰らない恋人を何年も何年もたった一人で待つ乙女の悲しい歌を歌った。乙女の長い詠嘆はむしろ長調で歌われる。

客人たちは、忘れられた乙女になりきったミケーレの声の細やかさに感心しきって聴き惚れていた。しかしウラニアには、その詠嘆がミケーレ自身の怖れ、時の流れに忘却されることへの怖れに聞こえて不安になり、いつものように彼の歌に心をゆだねることができなかった。

フランクフルトの郊外に建つツェーレンフォルゲの屋敷は、古城をそのまま使った武骨な建物だったが、美術に趣味のある伯爵は内装を当世のバロック風――もちろんそれは未来における呼び名だ、今はまだ誰もこの言葉を知らない――に改装させ、快適な住居となっていた。とはいえ厚い石壁や小さな窓といった城塞《じょうさい》のつくりはそのままで、礼拝堂や広間に残る古い装飾は重苦しいゴシックの様式だった。舞台の緞帳《どんちょう》のように厚いカーテンをめくると、外にはフランクフルトの暗い夜が広がっている。新年まであと何日もない頃の、静かで寒い夜だ。

ミケーレがウラニアにつき従ってパリからドレスデンに移ってからもう二年近く経つが、彼は今でも時おり、ドイツの暗い夜に不安を覚えることがあった。パリなら今ごろは電飾の洪水だ。ごく最近、一六四三年以来七十年以上にわたって王位にあったルイ十四世が崩御《ほうぎょ》したフランスでは、遊び人のオルレアン公が幼い新王の摂政となったこともあり、電気仕掛けの娯楽はミケーレがパリにいた頃よりもますます幅をきかせるようになったと聞く。それならばドイツのほうがましだ。ドイツの夜は大きな都市のものでも、深くて暗い森の匂いがする。しかしこの深さは、時に残忍なまでの憂鬱《ゆううつ》を引き起こす。

「ミケーレ、カーテンを閉めてくれないかしら。少し寒いわ」

ミケーレはウラニアの言葉に逆らうようにそのまま黙って窓辺に立ち尽くした。が、ウラニアは彼を気遣ってそう言ったのだということに気づくと、彼は隙間ができないよう注意してカーテンを閉め、暖炉のそばに戻った。が、ウラニア自身はそこにはいなかった。ミケーレの目が暖炉の明るさとその光の届かない暗闇との両方に慣れると、彼女は天蓋《てんがい》つき寝台のカーテンの陰にかくれるような位置に立っているのがようやく分かった。

「見て、ミケーレ、ここにこんなものがあるわ」

ウラニアが取り出して見せたのは、電話の長距離回線交換手が使うような片耳型のヘッドセットだった。もちろん送話器《トランスミッタ》のマイクもついている。彼女はもう片方の手で電話の筐体《きょうたい》を探り当てた。ヘッドセットはその筐体につながっているものだった。

「普通のハンドセットはないのね。どうしてかしら。そう……多分、ツェーレンフォルゲ伯爵本人の趣味ね。いえ、趣味というより必要かしら。ミケーレ、あなたは私よりちゃんと見ているでしょう？　伯爵は長年の病気で体がきかなくなったと言って、特製の車輪のついた椅子に座っていたでしょう？　ああいう人は——もちろんその全てがとは言わないけど——出かけるより電話でのお喋りを好むことが多いわ。それに彼の場合、食事の時も召使いが手を貸していたくらいよ。電話もハンドセットではなくてこういうヘッドセットだったら楽でしょうね。もしかしたら屋敷中にこういうのを設置しているのかしら。……聞いて。生きてる……それどころか回線につながっているわ」

ウラニアはヘッドセットの共振器《レゾネイタ》に耳を押し当て、僅《わず》かな視覚を補うかのように鋭く発達した聴覚により一層意識を集中していた。ミケーレが近づく足音にさえ気づかないかのようだ。ミケーレはヘッドセットを彼女の手からそっと奪い取った。ウラニアは抗議するようにそれを取り返そうとしたが、ミケーレの肩にさえ届かない彼女の背丈では、彼が頭上に差し上げたヘッドセットには届きようがない。

「返して……いいえ、それより、あなたも聞いてごらんなさい。ちゃんと回線につながってるのよ。内線専用じゃないわ」

「あなたはまだこんなものにこだわっているの？　もう忘れたと思っていたのに」

「忘れるわけがないでしょう？　あなたこそ忘れたの？　たった三年前には、ヨーロッパ中の全ての長距離回線とほとんどの短距離回線は私の王家のものだったのよ」

もちろん忘れたわけではない。電話回線の利権に目が眩《くら》んだフランスや神聖ローマ帝国などの大国に電話会社を分割され、王国を奪われ、第一王女としての王位継承権を剝奪《はくだつ》され、あまつさえ彼女の父王はローマ教皇庁の獄中で自殺に追いこまれたのである。電話会社を手に入れた各国から補償金として与えられた領地からの上がりで王族として恥ずかしくないだけの豪奢《ごうしゃ》な暮らしをしているが、ウラニアはそういうことで故郷や肉親を失った悲しみを癒せるような人でないこともまた、ミケーレは誰よりもよく知っていた。

「ごめんなさい。そういうつもりじゃなかった。ただ、あなたはもう電話のことを思い出したり関わったりしないほうが幸せなんじゃないかと思って。つまり……」

「私がまた交換機にちょっかいを出してシステムを破綻《はたん》させるとでも思う？」

「まさか。あなたが意図的にそんなことをするとは思っていない。確かにあなた……いや、僕たちは電話システムの崩壊に責任はあるけど、僕たちは破壊者《クラッカー》じゃない。この語の最も高い意味においてハッカーだった。特にあなたは、僕なんかよりよほどシステムそのものを愛していた真のハッカーだ。だから……だからこそ、ちょっとね、心配になったんだ。あなたがまたシステムを取り戻そうとするんじゃないかと、時々そう思ってしまう」

全ヨーロッパの電話網が破綻をきたしてからもう二年以上経つ。遠因は電話網を分割した各国がセキュリティのために互換性のないプログラムをやたらと交換機に読みこませたためだが、直接にその破綻を引き起こしたのはミケーレのハッキング——より正確に言うのならウラニアとミケーレの——に他ならなかった。

しかし各国の交換機は今でも部分的には機能しており、短距離の局地的な通信手段としてなら今なお使用に耐える地域もある。特にドイツ、つまり神聖ローマ帝国は、もともと領邦国家という小国家の集合体であるため、各領邦の領主が交換機を領邦内に限って使えるよう、長距離回線から切り離して小規模な立て直しを行なったところが多い。しかし分割される前の電話網が誇っていた国内外通話《インワード》交換手抜きの素早い長距離通信や電話会議《ブリッジ》、直列交換機《タンデム》間の転送などはもはや不可能だった。かつて諸大国が享受していた双方向同時通信の特権は、諸大国がその手段を物理的にも手に入れようとしたことで失われたのだ。

「もし私が電話網を取り戻すことができても」かつて完璧だった電話網の所有国メルソレイユの王女は、落ち着いた声で言った。「私はそうしないわ。もうそれを望まないから」

ミケーレに何故と問われるとウラニアは答えに困って、それではもしあなたが私だったら電話網を取り戻したいと思うのかとミケーレに訊ね返した。

「そうだね……今までそんなこと考えたこともなかった……でも、そう、もしぼくがあなただったら、何としてでも取り返したいと思うだろうね。実際、今、僕にそれができるのならしているだろうね。そして全ての交換機を立て直して、プログラムを統一して、可能なかぎり完全なセキュリティの整備を目指して、以前にも増して完璧な電話システムを作りたいと思うだろう……。どうしてだって？　だってそれは……そう、それ自体が一つの作品だからかもしれない。一つの作品《オプス》であり、それ自体が芸術《アルス》なんだ。それを完成させたなら、人はその中に己れの存在を残すことができる。ハードウェアは古くなれば取り替えられていくだろう。ソフトウェアも変更を加えられ、変容してゆく。しかし電話システムという芸術は、その抽象的な存在自体は存在し続ける。やがてそれは泰東やアフリカや新大陸にも到達して、密度を増して、いつの日か天空の世界に……」

「そこから先は神学の領域だわ」

「神学？　いや、それどころじゃないよ。通信があまねくこの世に行き渡って、世の全ての人々がそれに接続して、その全ての人々が同時に通信して、全ての思考と思考とを接続したら、それは芸術や神学どころじゃない、一つの世界の創世にならないだろうか……」

ウラニアは答えなかった。ミケーレはまとまりのない喋り過ぎに気恥ずかしさを覚えて黙りこんだ。彼はヘッドセットをカーテンの陰のキャビネットの中に戻し、心なしか寒そうに見えるウラニアを暖炉のそばに座らせた。身を寄せるようにして隣に腰を降ろし、肩を抱こうとすると、ウラニアは少し抵抗するそぶりを見せた。物憂そうに伏せられた瞳は覗きこむこともできない。暖炉の揺れる光に照らされ、彼女の結わずに垂らした長い黒髪の一本一本が、それ自体が光を放っているかのように見える。

かなり長い沈黙の後、ウラニアが不意に言葉をつないだ。

「ミケーレ、電話という通信網がどういうふうにして出来上がったのか、そして何故、教皇庁がそれを保護し続けたのか、あなたは知っている？」

「え、なに……？　どうして急にそんなことを？」

「それはあなただって知っていて損はないことだからよ」

西欧ではあなたの先祖たちがその開発をしたということくらいかな。それと、

「ビザンティン帝国の博士たちがローマに持って来たものだということ。ナポリの音楽院で教える歴史なんて、たいしたものじゃないから。ただ……あくまでも噂だけど……回線上の悪戯電話魔《フリーカー》たちが、それは本来はイスラム教徒のものだったと言ってたのを何度か聞いたことがある。ああいう連中の言うことだから、本当かどうかは知らないけどね」

「私もそういう回線上の噂なら聞いたことがあるわ。でもそれはただの噂じゃないのよ」

ウラニアは心細げな子供のようにミケーレの手を撫《な》でながら話しはじめた。


それはまだキリスト教徒たちが十字軍によってアラビアの聖地を奪回できると信じていた頃のことである。信仰の力によって楽勝できると信じていた十字軍は、予想外の苦戦を強いられ、混乱と恐怖に陥れられた。十字軍の動きはイスラム教徒に筒抜け同然だったのだ。十字軍騎士の間では、彼らはムハンマドの黒い鳥が運んで来るアッラーの預言を聞いて我々の動きを察知しているのだという恐ろしい噂が流れた。

砂漠に埋設されモスク間に張りめぐらされた紐と、それにつながる装置の正体が明らかになったのは、十字軍がアラビアに侵入してから百年近く経ってからだった。一一八九年から数年続いたアッカの包囲戦の際、兵糧攻めに耐えられなくなったイマームの一人がチューリ

ンゲンのルートヴィヒに「スルタン・サラディンと直接話してくれ」と言って端末機を差し出した時、キリスト教徒は初めてその物体の用途を知らされたのだった。

それは電気通信機だった。ゴムに覆われた銅の紐は電線だったのである。イスラムの陣営は、それで信号のやり取りをして十字軍を翻弄《ほんろう》していたのだ。

遠くインドネシアから運ばれた絶縁体のゴムと、アルメニアの銅山から掘った導体、発電の動力たる石油、そしてメソポタミア伝統の精緻《せいち》な金線細工技術。機械時計。イスラム教徒は全てを持っていたのである。そして何より、彼らは電気や数学というものを知っていた。キリスト教徒が古代ギリシャの科学を異教の魔術として退け、ユークリッドやアルキメデスの名前を忘れている間、イスラムの学者たちはギリシャ学にヘレニズムやインドの科学を融合し、電気を操る方法を編み出し、数学を体系化させていったのだ。

特に数字は武器だった。俗に言うアラビア数字である。零や桁《けた》という概念を有する数学の発達は代数という手法を生み出したばかりではない。電気通信の回線上を行き来する効率の良い信号を可能にしたのである。第一次十字軍の半世紀ほど前、ダマスカスで最初に電信実験を行なったアブド・アッラーフ・アルアーディルが「アリフ・ラーム・ミーム。アッラーの他に神は無し。彼こそは生ける神。永久《とこしえ》に存在するものなり」と打電した時、その通信はたった四秒だったという。

高潔の誉れも高いスルタン・サラディンがイングランド王リチャード〈獅子心王〉と和議を結んだ時、彼はキリスト教徒たちに電信の技術移植を申し出ている。キリスト教徒の巡礼の安全を約束し、双方の陣営に通じる連絡網を共有すれば、この訳の分からない侵略劇も治まると信じていたためである。しかしサラディンの死後十年も経たないうちに王国は親族によって分割相続され、電信網も寸断された。そして十字軍はと言えば、電信の使い方をまったく習得できなかったのである。当然、彼らの侵略は止まなかった。

ミケーレは、神の神聖な軍隊だと信じていた十字軍が盗賊のように描かれる歴史に衝撃を受けた。しかし何よりも彼を驚かせたのは、その電信のテクノロジーがヴェイパーウェアの段階にさえ達しなかったことだった。聖地の周辺をうろうろしていたジェノヴァやヴェネチアの商人たちが飛びついて商品化を図って宣伝し、名前ばかりが先走って知られた幻《ヴェイパー》ウェアになったとて何の不思議もなかったはずだ。

だが実際には、十三世紀の後半にフランスのルイ九世〈聖王〉がアフリカに最後の十字軍を送りこんだ頃には、電気の紐と信号のことを覚えている者は誰もいなかった。

しかし十字軍も、聖地で戦争をやっていたばかりではない。休戦時にはイスラム軍の陣営との交流もしたのである。彼らの医術やテクノロジーを学んで、ヨーロッパが忘れ去っていたギリシャ古典学を知り、そのヨーロッパ語訳本を作りもした。エレクトロニクスが錬金術師たちの間で細々と生き延びることができたのはまさにそのおかげだったのだ。

そして電話という装置の登場にもアラビア科学の影響があった。

アラビアの学問で最も進んでいたものの一つに、医学がある。彼らは解剖によって実証科学的な病理学や臨床医学を築いていたのだが、アラビア科学に影響されたキリスト教徒の中にも、ひそかに（そして後には公然と）解剖を行なう外科医が現われ、ついに十三世紀、ボローニャ大学で解剖学が解禁された。当然、そうした医学者や錬金術師の中からは、人間の耳や発声器官を研究し、人工的に作れないかと模索する者が出てくる。アレクサンドル・ラ・クロッシュはそうした怖れを知らぬ錬金術師の一人だった。

彼は最初、木や革でできた〈人工発声装置〉や、人間の死体から切り取った本物の耳を取りつけた共振聞き取り装置〈フォノトグラフ〉を作っていたが、やがてそれを電気で駆動し、人間を電信、つまりは忘れられて久しいあのイスラムの装置でつなぐことを考えついたのだった。一方の端末機に向かって発せられた音声を、もう一方の端末機で再生するのである。

一三一〇年五月三十一日、聖母マリア御訪問の記念日、当時フランス王の圧力のもとでアヴィニョンに置かれていた教皇庁にて、教皇クレメンス五世の前に置かれた受話器《レシーヴァ》はついに音声を発した。市内の別な教会の聖具室で、ラ・クロッシュは送話器《トランスミッタ》に向かってこう叫んだのである。「アヴェ・マリア！　恩寵《おんちょう》に満てるお方、主と共にあらせられ、女のうちで祝せられたるお方！」

エレクトロニクスによる通信テクノロジーは教会行政にとって不可欠の手段となった。その後約百年にわたって（最後には教会大分裂という事態を引き起こしてまで）教皇庁がローマではなくアヴィニョンに留まったのは、まさに長距離回線の心臓部がアヴィニョンに隣接したメルソレイユ王国にあったからに他ならない。

「そうだったのか……！　僕は今まで、どうして長距離交換機の中枢部がローマではなくてメルソレイユにあるのか、全然知らなかった」

「そう、教皇庁は電話という手段を欲していたし、初期の手動式交換台に就かせるための人員、つまり世に貢献することを切望している献身的な修道女たちを持っていたわ。でも、教皇庁は、潤い過ぎた自分の懐からお金を出して技術開発をする気はまったくなかったのよ。ラ・クロッシュが開発した段階で、電話はすでに大ボケ原型《グーフィ・プロトタイプ》標準程度の段階にはあったのだけど、アヴィニョンはその将来性を完全には見通すことができなかったのね。彼らはただ、アヴィニョン周辺の諸司教座聖堂をノードとするLAN程度のものしか考えつかなかった。将来、このシステムが莫大な富を生み出すと知っていたら、彼らは決してその開発をメルソレイユ王国に押しつけたりはしなかったでしょうね」

一三二九年、教皇ヨハネス二二世の大勅令《ラウダムス・テ》により、メルソレイユ王国は電話テクノロジーの開発と電話網の布設の義務を負った。多少の補助金はあったものの、開発費の大半はメルソレイユ王国持ちである。

しかし、その後の二つの歴史的潮流がメルソレイユの電話システムに利した。一つは俗に言う百年戦争だ。それに巻き込まれた諸国の君主たちは、電話システムの真の利点に気づいたのだった。中央集権と戦争に最も必要なのは、迅速で正確な通信に他ならない。君主たちは先を争い、莫大な使用料を払ってラ・メール・クロッシュ社に加入した。電話のサブセットは教会だけでなく、世俗権力の行政機関にも設置されたのである。手動交換機こそ教会の地下礼拝堂に置かれ、交換手は修道女たちだったとはいえ、その所有者であり雇い主は教皇庁ではなく、その特許を得たラ・メール・クロッシュ社だった。

そしてもう一つ、テクノロジー自体を発展させたのは東ローマ帝国の滅亡だった。トルコの支配から逃れてきた東方正教会の学者たちが携えてきたのは、古典古代の哲学や文学の書物だけではなかった。彼らは電算機の技術と理論をも持っていたのである。コンスタンティノープル総大主教のもとで厳格に保持されてきた電算機技術は、まぎれもなくアブド・アッラーフ・アルアーディルの遺産、イスラムの二進法とテクノロジーの子孫だった。東方正教会の学者たちはその他にも、電飾の技術をカトリック世界に伝えている。が、これはフランスやヴェネチアの商人に売られた技術であり、それにはまた別な歴史がある。

東方の博士たちを迎えて、ラ・メール・クロッシュ社のシステムは飛躍的に向上した。回線自体はアナログのままだったが、それを制御する交換機にはデジタルの理論によって稼働する真空管の電算機が使われ、交換機の自動化が進む。一四八五年十一月二十七日、パリからクリュニー、メルソレイユ、ミラノ、ピサの新設自動交換機を経由して、ローマに公式の第一声が送り届けられた。東方電子学派最後の生き残りイシドロス・スコラリウス博士は、サン・ドニ大聖堂の地下礼拝堂で送話器《トランスミッタ》に向かって詠唱した。「生神童貞女や喜べよ。恩寵に満たさるるマリヤ。主は汝と共に為《す》。汝は女の中にて賛美たり」しかしこの頃、ローマ・カトリック教会はラ・メール・クロッシュ社の一加入者に過ぎなかった。

回線使用料という形で利用者から富を収奪できないローマは、この回線自動化の少し前、まったく新しいやり方で電話から富を生み出す方法を編み出した。それを思いついたのは教皇シクストゥス四世、ミケランジェロ・ブオナローティにシスティーナ礼拝堂の天井画を描かせた男だ。シクストゥスが考えついたのは免罪電話サーヴィスである。

つまり、一般信徒は電話サブセットを設置した各教会に莫大な献金を払ってローマの番号にアクセスしてもらい、ローマという聖地から直接、罪を宥《ゆる》すという宣言を受けるという仕組みである。献金をさらに上積みすれば、ローマ司教や枢機卿といった高位聖職者から贖宥《しょくゆう》の言葉を受けることができる。貴族や大商人が真新しいドゥカート金貨を積み上げれば、教皇シクストゥス猊下《げいか》から直々に贖宥を受けることさえできたのだ。もっとも、回線の向こう側にいるのが本物の教皇であり枢機卿であるという保証はなかったのだが。

この数秒の通話でラ・メール・クロッシュ社に入る回線使用料は僅かである。しかしその一方でローマにとっては、これは信徒たちから最も効率よく、最大限に富を引き出す方法だった。ことに標的となったのは神聖ローマ帝国だった。そこで免罪電話サーヴィスのプロモートに当たったのが、ドメニコ会修道士のテッツェルという男である。彼は技術者でもなければプログラマでもなかったが、マインツ大司教のアカウント・ナンバー――ちょうどこの頃設置されたばかりの新しいシステム――を盗んで電話の無料《ただ》がけをやった、いわば最初期のフリーカーだったのである。

彼が得意としたのは、電話の向こうの相手に自分を枢機卿やシステム管理者だと思い込ませてアカウント・ナンバーやテスト用回線の極秘ナンバーを喋らせたり、無理な取次をさせたりという、いわゆる〈ソーシャル・エンジニアリング〉だった。マインツ大司教は彼を破門にする代わりに、この口のうまさを利用したのである。

テッツェルはその〈ソーシャル・エンジニアリング〉のテクニックで免罪電話サーヴィスのプロモーションをして歩いた。鳴り物入りで聖職者や俗権の高官を従え、教皇の紋章入りの絹のクッションの上に電話サブセットを載せて行列し、教会のコネクタにそれをつなぐ。免罪が得られなければ煉獄《れんごく》でどんな恐ろしい目に遭うかを説いて民衆を恐怖に陥れ、それから恭《うやうや》しくローマの番号にアクセスする。するとハンドセットの受話器《レシーヴァ》からローマ教皇（と聴衆は思いこんでいる）の高貴な声が、厳《おごそ》かに罪の宥しを宣言するのだ。ローマはこれによって莫大な富を得、新しいサン・ピエトロ大聖堂の造営に励むことができた。

しかし、このあくどい免罪電話サーヴィスの集金システムに敢然と疑念を突きつけた男がいた。一五一七年十月三十一日、一人のアウグスティヌス修道会士が、北ドイツのウィッテンベルク城付属教会の扉に『九五ヵ条の命題』と題した文書を貼り出した。それまで知る者もほとんどなかった彼の名を、マルティン・ルターという。

しかし後に宗教改革と呼ばれた大動乱が世に多大な影響を与えたのにもかかわらず、電話そのものの歴史にはほとんど影響を及ぼさなかった。というのも電話はすでにどの陣営にも属さない定着した社会インフラと化していたからだ。ヨーロッパ各地に小規模な独立系電話会社が設立され、彼らは小君主や裕福な市民たちを相手に近距離電話サーヴィスを開始した。もちろんその電話網もラ・メール・クロッシュ社の長距離回線網につながっている。これらの独立系電話会社は古い機械や風変わりなシステムを持っていることが多かったので、フリーカーやハッカーたちの探索の的になりやすかった。この手のテクノロジー・アンダーグラウンドは、カトリックとプロテスタントが戦争を繰り返し、異端狩りが激化した時代に、望みのない現実から逃れようとするかのように広まっていったのである。

ラ・メール・クロッシュ社で技術を学んだ技術者の一部はプロテスタントの陣営に与《くみ》し、カトリックの迫害を逃れてイングランドに渡った。彼らはそこで大陸よりも進んだ技術を開発してゆく（技術屋《テッキー》の仲間内や回線上でイングランド語が飛び交っているのはそのせいだ）。何と言ってもイングランドは、ロバート・フックやアイザック・ニュートン卿のような科学者を輩出した国である。十七世紀の後半には、教皇庁電話聖庁の長にイングランド出身のアレッシーニを頂くまでになる。それから近年に至るまで、電話は世の動乱にはお構いなしにゆっくりと自動化を促進し、加入者を増やし、回線を延長していった。

だが、単なる加入者であることに我慢できなくなった教会や世俗君主たちが数年前、幾つかの戦争にかこつけてメルソレイユ王国を廃絶し、ラ・メール・クロッシュ社を分割し――泰西の諸国がこれほどまでに結束を見せたのは後にも先にもこれきりだ――その後、諸国は手に入れた交換機にそれぞれ勝手なセキュリティ処置を施した。ヨーロッパ中の交換機を直接ダウンさせたのはウラニアとミケーレの介入だったが、しかし、ラ・メール・クロッシュ社が敷いていた体制が維持されていれば、それは起こり得なかったことなのである。電話は今でも復旧していない。電算機の立ち上げ自体に難儀している局もあれば、部分的に機能している地域もある。

ミケーレは、話し疲れた様子のウラニアに白ワインを一杯差し出した。

「知らなかった。僕は今まで、本当に何も知らなかった。でも……信じられない。そんなことがあったなんて、とても信じられないよ。まるで作り話だ」

「私だって信じているかどうか怪しいわ。私はこれ以外の歴史を知らないというだけ。メルソレイユの王宮には、教皇庁の禁書目録《インデックス》にさえ載っていないような蔵書があったの。技術開発というのは異端と紙一重なのよ。医術やアリストテレス神学が異教の書物を必要としたのと同じことよ。技術者たちや家庭教師たちは、私にその蔵書を読んで聞かせてくれたわ。私が自分の目でそれを読むことができたら、もっと恐ろしい歴史を知っていたかもしれない。王国が廃絶された時、教皇庁がメルソレイユ国王を、つまり私の父をローマで聖天使城《カステル・サンタンジェロ》の牢獄につなぐことができたのは、そうしたことで異端の疑いをかけることができたからよ。もっともそういう書物は、電話会社が分割される直前に東フランスのある大学に移してしまったから、証拠は出なかったのだけれど……」

ウラニアは白ワインの残りの半分を飲み干すと、頭をミケーレの肩に預けた。

「イスラム教徒たちは科学や技術力という点では確かに優れていたかもしれない。でも、私たちカトリック世界は、電気通信の最も魅力的な、そして最も恐ろしい部分に気づいて、それを実用化したのよ。あなたなら、もうそれが何であるか、気づいたでしょう？」

「多分、それは声だ。信号や文字でなく、人間の声そのものを距離を越えて伝達できる」

「その通り。ローマ教会は、電話がただの情報伝達手段以上のものであることに気づいたの。

免罪電話サーヴィスがあれほどまでに威力を発揮したのは、それがまさに人間の声によるものだったからだわ。教皇庁の免罪がもし紙に文字で書かれた免罪符だったら、果たしてあれだけの効果を上げたかどうか、修道士ルターがあえてたった一人でローマを敵に回してまで異議を申し立てるほど怒ったかどうか、私には分からない。私たちの歴史がどれほどこの電気通信によって伝達された言葉というものに左右されてきたか、いかにそれ抜きでは成立し得ないか、考えただけでも恐ろしいわ。私の父がメルソレイユ王位とラ・メール・クロッシュ社を継いだ頃にはもう、電気通信システムはそれ自体が一つの宗教も同然になっていたのよ。電話システムの維持管理に携わる技術者たちは、どの宗教の聖職者にも勝るほどの戒律を以てハードウェアとソフトウェアの神殿にかしずいているし、彼らほど機械に信頼を寄せている者も、システムの秘密をよく守る者もいないわ。彼らは自分自身の幸福や魂の救済よりも、ネットワークの拡大と完全さに己れを捧げている。私は父や技術者たち、回線上のフリーカーやハッカーたちも、そして何より私自身をよく知っているから分かるのよ。テクノロジーはすでに、ある種の人々にとっては神であり、それ自体が新たに創造された天地なのよ。それに魂を奪われて、実際に命まで奪われた人間が何人もいることを、あなた自身すでに見ているでしょう？　だから私は、あなたが電話ネットワークを、それ自体が人が己れの存在を残すことができる芸術だなどと言うのを聞くと恐くなるの。ただでさえあなたの声には力があり過ぎる。あなたがまたあの新しい宗教の世界に魅せられてしまうのではないかと思うと……。私はむしろ大丈夫よ。もうこんなものに手を出そうとは思わないから。何故なら……」

そこまで言ってウラニアは不意に言葉を切った。寝椅子から立ち上がって火箸《ひばし》を探し、暖炉の火を弱くしようとし始めたが、ミケーレが見かねてそれを手伝った。

「何故なら、って……何なの？　どうして君は……」

「いいの。今夜は喋り過ぎて疲れたわ。もう寝ます。あなたも早くお休みなさい」

「今の続きを聞かないと気になって眠れないよ」

「言う必要のないことよ。あなただって分かっているはず。さあ、もうお休みなさい」

ウラニアはガウンを脱いで寝台の端にかけた。ミケーレは彼女の腕をもう一度捕らえたが、何も言わず、彼女の小さな唇にそっと口づけして、そのまま部屋を出た。

石壁に剝《む》き出しの木の床という廊下はさすがに寒い。ミケーレは自分の寝室に帰る振りをして廊下に出たのだが（もっとも、ウラニアなら足音で気づいているだろう）自分でもどこへ行くつもりなのか分からなかった。行き先は多分……そう、数時間前に晩餐の客人たちに歌を聴かせた、あの広間だ。

中庭を取り囲む回廊を半周して大階段を降りると、広間の扉の隙間から微《かす》かに明りが漏れているのがすぐ目に入った。アラビア風の敷物。高すぎる天井。幾つかが点灯されたままになっている電気の照明。狩りの場面を描いたタペストリー。人の気配はない。ミケーレは思い切って中に入った。ナポリの音楽院時代、貴族の屋敷に歌手として派遣された時に身につけた端末機探しの勘とテクニックはまったく衰えていない。

電話好きの貴族は、寝室や書斎のような私室だけではなく、客間や舞踏室のように人目につきやすい場所に美術品のような端末機を設置したがる。特に、こんなふうに照明を電気化してあるような部屋にだ。かつてミケーレがフリーキングのテクニックを磨いたのも、そういう貴族たちの端末機と彼らから盗んだアカウント・ナンバーでだった。

手足を悩ましげに絡ませた美神たちの足元に、電話サブセットのキーパッドのようなものが埋めこまれている。しかしハンドセットはどこにも見つからなかった。ミケーレは思い当たって台座の下のキャビネットを探ると、やはりそこには、ウラニアの寝室にあったのと同じようなヘッドセットがあった。しかしそのヘッドセットにつながるコードはなく、共振器《レゾネイタ》も両端についている。マイクも不必要なまでに大型だ。

しかしこの感触は、生きた電気機器のそれだ。ミケーレは思わず、片方の共振器に耳を当てた。生きている。確かに。そして懐かしい回線のホワイト・ノイズ。引きこまれそうな優しい白の囁きだ。しかし何故だろう。どうしてこのヘッドセットは、コードもなしにエネルギーを得、回線に接続していられるのだろうか。ミケーレは我知らずキーパッドに手を伸ばした。が、その時、彼は人の気配を感じて素早く振り返った。

「やはりお気に召していただけたようですな。期待通りです。ミケーレ君」

ツェーレンフォルゲ伯爵は、車椅子の車輪を自分で転がして別な扉から入ってきた。

「おそらくあなた方なら、これに興味を持たれるだろうと思っていましたよ」

「あなたは……もしかして……ヘッドセット付きの端末機をわざとウラニアの部屋に設置しておいたんですか？　最初から餌をまくつもりで……？」

「そうです。君の部屋にもね。しかしあれは機能の限られた単なる子機に過ぎない」

ミケーレはヘッドセットを手にしたまま伯爵と正面から対峙した。伯爵はずっとここで待っていたのだろうか。ミケーレが親機を求めてここに来るに違いないと、それほどまでに確信していたのだろうか。それともメディチの政治屋たちがやるように、客室に盗聴器を仕掛けていたのだろうか。だとすればウラニアの長い歴史物語も聞いているだろう。

それ以前に、伯爵がウラニアとミケーレをここに招待したのは、二人が電話網全体のシステム・クラッシュを引き起こした張本人であると知っていたからではないだろうか。

ミケーレが何も問わないうちに、伯爵はまるですべてを肯定するかのように頷いた。

「アンダルシアのロドリーゴ・ブラマンテという男を知っていますか？」

「いいえ。何の話です？　それより僕は……」

伯爵は厚い羊毛の膝掛けから大きな指輪をはめた手を出してミケーレを制した。

「君は若すぎてご存じないでしょう。グラナダの独立系電話会社の技術者だった男です。その会社ももう、以前のラ・メール・クロッシュ社に吸収合併されてしまいましたがね。ロドリーゴはたいへん優秀な技術者というだけではなかった。彼はあの土地に根強く残っているアラビア科学の研究者でもあり、カバラの数理学にも精通し、グノーシスの神智学、コンスタンティノープル聖救世主全能者教会付属修道院の電子工学、カルデア人の占星術にも通じているという、万能《ウオモ・ウニヴェルサーレ》の人の趣さえある才人だったのです。特に彼が開発に情熱をそそいだのが、回線のデジタル化でした。何と言えばよいのでしょう？　0と1。オンとオフ。その単純な二つの組み合わせで、全ての数字や記号を表わすことができる……」

「デジタルの概念は知っています」

それについては、ウラニアからすでに何度か聞いている。

「君は話が早くていい。素晴らしい。そうです。デジタルです。今でも回線信号はアナログですが、交換機を制御する電算機、あの真空管の電脳を走らせているのは、デジタル信号です。ロドリーゴは電算機だけでなく、交換機も回線信号もデジタルにできないかと模索していたのですよ。回線をデジタル化してしまえば、コピーに間違いさえなければ何度複製しても情報は劣化しない。単位時間内の通信効率も飛躍的に向上する。ビット数を限りなく上げてゆけば、限りなく大容量の情報を送ることができる。そして何と言っても、電算機同士を電話回線で直接つなぐことができる。いつの日か電話網自体を一つの巨大な電算機にできる。彼はそう考えたのです。しかし彼はあまりに先を行き過ぎていた。それは実現しなかった。彼が部分的に実現できたのは、端末機のコードレス化だけでした」

「待ってください。何ですって？　コードレス……？」

「さすがの君もご存じないですか。導線ではなく、空間を行く電子の波に乗せて信号のやり取りをすることです。人は固定された端末機に束縛されなくなるでしょう。電波を受けるアンテナが有効な範囲であれば、紐つきでない端末機を持ち歩ける」

ツェーレンフォルゲはミケーレが手にしたヘッドセットを指差した。

「それがロドリーゴの数少ない遺作の一つです。そしてそれはただ単にコードレスというだけではない。本体は（と言って彼は美神たちの台座を指した）電算機を内蔵している。そう、彼女たちの足元は真空管で一杯です。部分的にだがデジタルで情報を処理できる。そのヘッドセットは回線上を行く信号を可能な限り微細に再現するのです。彼が何のためにこんなものを作ったのかは分からない。しかし、フリーカー、いやそれ以上に電話ハッカーは、回線上の音を頼りにそれをするのでしょう？　そのためにはまさにうってつけの装置だ。そして彼はもしかしたら、君のような人が現われることを予想、あるいは期待していたのかもしれない。君はまさに歌そのものが自分の存在の全てだと言われる。ならばもし、回線の続く限りその歌を響かせることができたら、君は初期的な電脳空間に自分のかなりの部分を再生できることにはなりませんかな？　もしやその電脳空間に……君の歌も消え去らずに……作曲家の楽譜のように……」

ツェーレンフォルゲは最後まで言わなかった。長い沈黙の間、ミケーレはヘッドセットを見つめながら考えていた。いや、何も考えていなかったのかもしれない。彼はただそれを見つめ、魅せられていた。引きこまれるように、吸いこまれるように、そして選択の必要さえないほど当然のことのように、ミケーレはヘッドセットを装着した。

軽い。軽くてよく馴染み、まるですでに知っている装置のようだ。彼は手を伸ばし、美神たちの足元のキーパッドをたたき始めた。まずはフランクフルトの局へ。そしてその幾つかのアカウント・ナンバー。驚いたことにその大半は今でも使えた。さらに驚いたことに、今夜は回線の状態がとてもいい。普段なら到達できないところにまで行けそうだ。

ミケーレは目を閉じた。そして、システム・クラッシュを引き起こして以来一度も使わなかったあの独特のテクニックを使い始めた。素晴らしい。よく聞こえる。回線の微かなため息も、交換機が切り変わる微細な感触も。どこに行けばよいのか、どう操作《ハック》すればいいのか。番号やアカウントは知らなくても、交換機にどう問えばよいのか、ヘッドセットから聞こえる音だけですぐに判った。ミケーレの問いかけに交換機たちは素直に答えてくれる。優しく。喜びに満ちて。再び相見《あいまみ》えた同胞を迎えるように。回線の広がりが空間として見えるような気さえする。ミケーレは歌いはじめた。

何を歌えばいい？　そう、楽士長バッハのあの美しい歌《アリア》だ。高性能のマイクを通して読みこまれた歌は、回線上にとてもよく響いた。心地良い。広く高い聖堂に響くように。雲間から射す陽光のように。自分の声がどこまでも果てしなく遠くに届いてゆく実感。声はよく伸び、響きは柔らかく、そして透明だ。信号も歌も、ミケランジェロの遠近法のように、目に見える立体のように響く。どの方角に信号を送り、どこに向かって歌えばよいのかまで分かる。ここは天空だ。天の上に広がった天だ。もう目を閉じて想像しているのか、それとも目の前に広がる光景が本物なのか、それさえ分からない。前後左右から信号の数列が金の光となって射し、回りこみ、髪を掠《かす》めて背後に飛び去る。柔らかな青いネットワーク。もはや上下の感覚もない。浮遊し、墜《お》ちて行くのか昇って行くのか。あるいは、世界が自分を中心に回っているのか。

何という広さだろう。しかし、この空間は全て自分のものなのだ。歌うがいい。

これほどまでに回線に同化したことはなかった。交換機がこんなに協力的だったこともない。まるでそれ自身に意志があるかのように。それが自分の一部であるかのように。肉体の存在さえもはやなく、ただこの空間とそれを隅々まで満たす歌だけが存在する。

もっとだ。もっと！ もっと深く同化したい。回線そのものになりたい。そうだ、自分自身が回線そのものになり、信号そのものになれれば。回線を行き交う情報そのものに、純粋な情報になってしまうことができたなら！

ダマスカスのアルアーディルの遺産、二進法。デジタル。そう、デジタルだ。オンとオフ。最小の情報単位だ。そして最も情報量が少ない。1ビット。だがその微細な情報量を無限に積み重ねてゆけば、この世のありとあらゆる情報を高精度に無限に集積できる。ウラニアなら言うだろう。それはアリストテレスの分類法に基づく哲学だ、と。それは電算機同士を電話回線で直接つなぐことができる。ビット数を限りなく上げてゆけば、限りなく大容量の情報を送ることができる。8ビットで1バイト。2^{10}バイトでキロバイト。2^{20}バイトでメガバイト。2^{30}バイトでギガバイト。ネットワークそのものを巨大な、無限の電算機にすることさえできる。全てのプロセッサや端末機がリンクし、ネットワークが世界を覆い尽くす。世界はたった一本の弦で変幻自在に奏でられる旋律のようになる。

そしてこの世の情報を一片ももらさずアップ・ロードし、集積し、処理し、人そのものに端末機を組みこみ、人が端末機そのものとなり、魂は情報となり、その人の全ての情報を余さずアップ・ロードすれば、人をネットワークの中に再現できる。

瀆神《とくしん》？　そうかもしれない。電脳空間は新たなるバベルの塔だ。天に、神の領域に届こうとするバベルのシステムだ。だからこそ神は、それがアナログの電話網の段階で破壊されたのかもしれない。しかし、電話回線は必ず復旧するだろう。人がそれを欲する限り。必ず。そしていつの日か、人が完全な情報という形で電脳空間に取りこまれれば、人はそこで己れを永久に保存できるのではないだろうか。作曲家の楽譜よりももっと完全に。

天使の羽が降ってくる。柔らかく、暖かく、甘い。真珠のような色。

楽士長バッハの歌だ。最初は主旋律。そして、波のように返ってくる自分の歌に和声を重ねて行く。歌うがいい。あの美しい旋律、和声、そして対旋律を。自分自身の上に和声を重ね、通奏低音を、再び主旋律、変奏、装飾、和声を幾重にも重ねて行く。空間は果てしなく、しかしそれも自分自身で埋まって行く。歌うがいい。ミケーレ！　それはオルガン、いや、オーケストラだ。たった一人の声で出来てゆく。空間そのもの。音楽の空間。そして音楽の時間。音楽の情報。音楽そのもの。そして自分自身の全て。

投影された自分自身だ。その映像が重なり、重なって、右を見ても、左を見ても、上空にも、背後にまで、自分の視線を感じる。手で触れられそうなほど濃厚な気配。自分自身の気配だ。こっちを見ている。和声が重なる。自分の声に絡めとられるように。最初は単なる影でしかなかった自分の姿が、次第に濃密になり、恐ろしいまでの存在感を以て自分自身を見つめ返す。あの自信ありげな笑みは何なのだろう。そしてあの悲しみは？

オーヴァ・フローか？　いや、放棄や降伏も許されない。息が詰まりそうだ。

恐い。息ができない。歌うことはおろか、呼吸さえも。しかし歌うのをやめても音楽は終わらなかった。当然だ。今や空間そのものが音楽、そして自分自身なのだから。恐い。苦しい。胸が潰れそうだ。それでも音楽は終わらない。永遠に終わらない楽士長バッハの歌だ。ただ一人の声で出来てゆくオーケストラ。

激しい恐怖が襲ってきた。しかしその時、果てしなく重なった音楽は突然、水のように流れ始めた。時空に穴が開いたように。動いてゆく。確かに動いている。この流れは何なのだろう？　どこへ行くというのか。これ以上ないほど濃密に凝縮された歌が、そして自分自身の重なりあった幻影が、動きはじめ、行き先を見つけたように流れ出す。恐怖は反転して喜びに変わった。何という解放感だろう。回線の空間を全て感じ取った時より、もっと深い快感だ。水が喜んで滝壺に身を投じるように、歌は行き先を見出したのだ。もはや何もせず、ただその流れに身を任せればいい。流れるがいい。もっと速く！

ミケーレは突然、自分が美神像のある広間に立っていることに気づいた。

今までいったい、どこで何をしていたというのだろう？

ヘッドセットの共振器は、何ということもないホワイト・ノイズを流しているだけだった。いつもの肉体の感触は、今まで一度も失われたことがないかのように存在する。そう自覚したとたん、無限の空間の感触は失われた。地面の感触。その上に立ち尽くす感触が、ごく当たり前に存在する。ミケーレはヘッドセットをはずした。力なくそれを持つ手に、ウラニアがそっと触れた。

ミケーレは何かを言いたかったが、何を言ったらいいのかまったく分からなかった。

「戻って来たのね。よかった……」

ウラニアは彼の手からヘッドセットを取ると、美神たちの足元に置いた。まだ脱け殻のように立ち尽くすミケーレの胸に寄りすがると、ウラニアは微かなため息をもらした。

「よかった……ミケーレ……帰って来たのね……」

ミケーレは痺《しび》れ切った感じがして自分のものとも思えない腕でウラニアを抱き締めた。

「帰って来たって、どこから？　待って……僕はいったい……？　ああ、そうだ、僕はあそこにいたのかな？　何て言ったらいいんだろう。あの……」

ミケーレは記憶よりも感触としてだけ残るものを説明する言葉を持たなかった。だがそれを言葉で説明する必要はなかったのかもしれない。ウラニアは黙って頷いた。

「だけどどうやって？　僕はどうやって帰って来たんだろうか……？」

「私が聴いていたから」

ウラニアはそれだけ言うと、ミケーレの腰に腕を回してしっかりと抱き締めた。

「そうか……そうだね。あの時僕が向かったのは、あなたのほうにだったんだね」

広間にはツェーレンフォルゲ伯爵の姿はなかった。どれくらいの時間が経ったのかも判らない。下着の上に薄いガウンを羽織っただけのウラニアは、身体がすっかり冷え切って蒼白《そうはく》な顔をしている。ミケーレは自分の上着で包み込むようにして彼女を抱き、鼓動が落ち着いて平衡感覚が完全に戻って来るのを待った。

「恐かった。押し潰されそうだった。回線の全てを自分自身で埋めつくしてしまったみたいだった。身動きもできない、これ以上どうなりようもない、変化のかけらもない、閉塞《へいそく》し切った世界だ。自分以外の何も存在しない……。僕は分かったよ。歌は存在するだけでは駄目なんだ。流れるべき方向、向かうべき行き先がないと駄目なんだ。さっきあなたが何を言おうとしたか分かったような気がする。そう、僕たちはもうネットワークよりももっと欲しかったものを手に入れたんだから……」

「あなたの歌が何よりも美しいものでも、それが時間とともに消え去って行くのがどれほど悲しいか、私にもよく解るわ。でも、あなたの歌が残るのは、もっと抽象のレヴェルにおいてだと思う。それを聴く全ての人の心に感銘や愛を呼び起こして、それがその人の経験となり、人格の一部となってゆく。芸術家は新たな音楽の霊感を呼び覚まされて、その音楽がまた新しい感銘と愛を作ってゆく。そうでしょう？　そしてその音楽は残り、かつてあなたに導かれた霊感を、時を越えて伝えて行く。それでよいのではないかしら」

　翌朝、ライン川沿いに南へ出発する賓客たちを見送りに現われたツェーレンフォルゲ伯爵は、ごく普通の儀礼にかなった挨拶《あいさつ》をしただけで、昨夜のことには一言も触れなかった。ウラニアもミケーレもそれにならった。今さら何を言うことがあるだろう。伯爵はもしかしたら、アナログ回線に可能な限りのジャック・インの実験をしたかったのかもしれない。しかしもしそうだったとしても、もうそれもどうでもよいことだ。

　馬車の中でウラニアはしっかりとミケーレの手を握っていた。そうしていなければ、彼がどこか手の届かない時空の彼方に去ってしまうとでもいうように。しかしミケーレもまた、同じように強くその手を握り返した。彼女を地上につなぎ留めているのはただ、真空管の電算機とアナログ回線という技術の未熟さだけだ。しかしネットワークがロドリーゴの夢のように進化した世界でなら、ウラニアはとっくにミケーレの手を離れてその世界に飛び立ってしまっているのではないだろうか。ミケーレはどうしても、そう思わずにはいられなかった。

　ロドリーゴの装置は、それを維持できる技術者もないまま、伯爵の手元で朽ちて行くだろう。しかしいつの日か、彼に匹敵する、あるいはそれ以上の技術者たちや、ヴェネチア商人以上に恐れを知らないヴェンチャー投資家たちが現われて、ロドリーゴの夢を実現するかもしれない。デジタルの回線。デジタルの信号。真空管以上の集積回路。電算機の高速化、大容量化。ネットワークによる電算機同士のリンク。端末機のコードレス化。無限の情報のアップ・ロード。そして全ての人間がネットにジャック・インする日が来るのだろうか。バベルのネットワークは完成するだろうか。そこで歌うのはミケーレよりウラニアかもしれない。彼女はどんな歌《アリア》を歌うのだろう。楽士長バッハの曲が『G線《ストリング》上のアリア』とあだ名される未来、G《ギガ》バイトの数字列《ストリング》の上で。

アトラクタの奏でる音楽

扇　智史

好きな作品を順に集めた結果として、恋愛篇と言いつつ異性愛ばかりの保守的なアンソロジーになってしまったが、本作品は唯一、「百合SF」のベテランによる、同性同士の繋がりを描いたもの。近未来の京都を舞台に、ストリートミュージシャンの少女と京大工学部の少女が、等身大なガールミーツガールを繰り広げる。ARの溢れる京都の町の描写が楽しく、瑞々しい青春SFに仕上がっている。若手の男性SF作家で女性×女性の作品を題材にする書き手は、往々にして片方か両方を死なせることが多く、私もそうなりがちな一人なのだが、そこから逃れたいと感じる時はいつも、森奈津子の諸作品や「アトラクタの奏でる音楽」を読み返すことにしている。

扇智史《おうぎさとし》は一九七八年静岡県生まれ。『閉鎖師ユウと黄昏恋歌』で第五回えんため大賞小説部門編集部特別賞を受賞し〇四年デビュー。キャリアの転機となったのは二〇〇五年発表の、人型兵器に乗り込み侵略者と戦うための人材を育成する、全寮制の練兵女学院を舞台にした『春は出会いの季節です　アルテミス・スコードロン』。人類の敵と戦う少女たちの絆と日常、というテーマが時代に先行し過ぎていたためか続巻が刊行されていないが、これ以降、少女同士の絆にフォーカスした作品を発表し始める。今野緒雪の《マリア様がみてる》（コバルト文庫）がベストセラーになった後のこととはいえ、男性向けライトノベルレーベルで百合テーマのヒット作品が多数生まれるよりはるか以前のことであった。

歪気と呼ばれる瘴気めいたエネルギーが大気に満ち、それを循環させる巨大な塔が聳え

初出：『ＮＯＶＡ９　書き下ろし日本ＳＦコレクション』／河出文庫／2013年刊

る街を舞台にした超常ファンタジー『塔の町、あたしたちの街』（全三巻）は少女二人の関係性が大きなウエイトを占める作品だが、重く苦い結末が読者に強い衝撃を与えた。その他、『永遠のフローズンチョコレート』（以上、ファミ通文庫）、『アルテミジアの嗜血礼賛』（一迅社文庫）なども、百合作品でこそないものの一部に百合要素を含んでいる。

早い段階からWEBでの作品発表も行っており、ツイッター小説として発表した「リンナチューン」は、死んだ恋人のソーシャルログを拡張現実上で再生し続けるうちに、精神を蝕まれていく高校生の物語。これが話題となり、二〇一二年に改稿の上で河出文庫『NOVA7』に転載されたことで、SF界にも名を知られることになった。続いて『NOVA9』に収録され巻末を飾ったのが、対照的な読後感の「アトラクタの奏でる音楽」で、近未来が舞台・拡張現実が題材という共通項を持ちながらまったく逆ベクトルの作品を発表したことになる。ARが町に溢れるそう遠くない時代で繰り広げられる、女性キャラクターの感情に焦点を当てた物語、というSFにおける作風がここで確立された。

〈SFマガジン〉二〇一四年二月号の日本作家特集には「ナスターシャの遍歴」を掲載。ある女性のもとに幼少期の知り合いであった少女・ナスターシャが現れ、おとぎ話めいた遠い国の話を幾つも語ってくれる——という導入から、徐々に現実の足場がディック的に不安定になっていく、やはり二人の女性の関係性を軸にした作品で、作者のツイッターに曰く「おばあさん百合」を目指したものとのこと。〈SFマガジン〉が二〇一九年二月号で百合SF特集を組む五年も前に、既に百合SFのディープな部分に踏み込もうとしていたことが見て取れる。

商業作品の発表は二〇一五年の『アルテミジアの嗜血礼賛』以降途絶えているが、WE

B上には無料で読める作品が多く、SFに限ると、「リンナチューン」の前日譚「リンナバイト」はツイッター小説として発表したものがTogetterに纏められている。ほかに、オープンソースDNA配列に基づく遺伝子操作によって誕生した、デザイナーチャイルドにスポットを当てた《ガーデンメイドチルドレン》シリーズの三エピソード分がカクヨムに掲載されている。エピソード「おそらく花の中に最初の視覚が試みられた」は、DNA配列的に自分と全く同じ目を持つ相手と知り合った少女の闇を抉りだす。「アフロディテの解剖」は、ゲノムデザイナーによって遺伝子を設計され誕生し、後に当のゲノムデザイナーによって殺害されたアイドルの足跡を、ドキュメンタリー形式で明らかにする。「飽食のセイレン」は過食症の引きこもりでありながらアバターアイドルとして配信活動をする少女の苦悩を描いていて、昨今のVtuberブームを先取りしている感がある。「小説家になろう」掲載の「いきやみ」は口づけによってしか延命できない死病をモチーフにした掌篇。

現在では商業作品の発表は行っていない代わりに、WEB上で（書籍刊行したライトノベルの番外篇を中心とする）短篇集の販売を行っているだけでなく、カクヨムでは長短篇（大半が百合小説）を現在も黙々と発表し続けており、その数は二〇作品を超える。SF&ファンタジー百合のみで短篇集が一冊編めるほどの分量はあるはずで、百合SFが話題になる時代に、改めて注目されるべき作家の筆頭と言えよう。

深海を泳ぐように夜の三条通を自転車で西へと走っていると、かすかに音楽の欠片《かけら》が耳に浮かび上がってくることがある。検索深度はノード1.3から1.4、上げすぎても下げすぎてもいけない。聞こえるのはせいぜい、うっすらとしたピアノの旋律と途切れ途切れのボーカル程度で、時おり鳴佳《なるか》はその完成形を想像してみるけれど、うまくいかない。

それでも、断片だけの音色《ねいろ》は、彼女の気持ちをほんの少し高揚させてくれる。

ペダルを漕《こ》ぐ速度をわずかに上げると、音楽は夜露《よつゆ》のように消える。鳴佳にとって、その儚《はかな》い響きは加速をつける契機だ。

火曜の夜、大橋のたもとでギターを弾くことにした理由は特になくて、こうして続けているのも単なる習慣にすぎない。それでも、朝比奈《あさひな》鳴佳は今日も京阪三条駅前に自転車を止めた。

そこで、彼女は自分を見る。

　正確には、先週の自分だ。シンプルな3コードのギターに乗せて、やりきれない恋人への思いを唄《うた》う彼女のログが視野に投影される。

　先週の鳴佳は、短くしたばかりの茶髪、Tシャツにダメージジーンズ、とげとげしい拡張《ホロ》装飾《アクセ》を身にまとい、必死に声を張り上げている。たった七日でひどく色あせたように見えるのは、公共カメラの画質の限界のせいだろうか。

　鳴佳はログのいる空間をクリックして、再生数やタグを確認する。

　――赤い三角印と「1」のマークが、ログの片隅でくるくると回転している。

　とっさに信じられず、耳にかけた拡張《ホロ》モニタを指で直す。しかし、その小さな機械から網膜に投影された拡張情報《ホロデータ》に変化は見られない。

　つまり、今この瞬間、誰かがこの場所で、鳴佳のログを現地再生《ナマ》しているのだ。

　橋のたもと、夜景に溶け込む人影が鳴佳の目を惹《ひ》いた。長い黒髪を束ね、じっとログと向き合いながら、曲に合わせて肩を揺らしている。繁華街から流れてくる人並みから孤立したその佇《たたず》まいは、夜闇から半ば浮いて見える。

　鳴佳は慌てて横断歩道を渡る。黒髪の誰かに駆け寄り、

「ちょっと、あなた」

「え？」

　振り向いたのは、化粧っ気のない顔の、古臭いデザインの投影眼鏡《ホログラス》をかけた女性だ。彼女はぽかんと、目を丸くする。

怯《おび》えさせてしまっただろうか、と、［疑問］タグを表示して悪意のないことを示す。しかし、女性の瞳《ひとみ》はまん丸いまま、タグになんか目もくれずに鳴佳の顔を見つめ、

「――ナルカさん？」

かすかに震えた声が名前を呼んでくる。

「そう、だけど」

「ああ、やっぱり！　ここで張ってたらきっと会えると思ってた。毎週ここに来てるんだものね」

独《ひと》り言をつぶやきながら、彼女は何度もうなずく。が、すぐに我に返って鳴佳をまっすぐ見つめ、

「すみません、自己紹介が遅れちゃって」

彼女が手中の端末をいじると、ぱっ、と胸元にパーソナルタグが表示される。自分から身元情報を開示するのは、いちおう信頼していい相手。正規認証を示す青枠に浮かんだ名前は、

「陸奥《むつ》、待理《まつり》、さん？　同い年なんだ」

「あ、そうなんですか！　偶然ですね」

手を叩《たた》く彼女の様子は、誰が見ても［喜］タグをつけるだろう。目元のゆるんだ満面の笑みに、鳴佳は目を奪われた。

「……で、あたしにどういう用事？」

「はい、実は、あなたにお願いしたいことがあって」

「お願い、って？」

彼女――陸奥待理は、笑みを抑えた神妙な顔で、唐突なことを口走った。

「あなたの曲、すっごく気に入っちゃって。――だから、実験に使わせてほしいんです、あなたのログ」

近くの居酒屋で席を取り、最初の一杯を飲み終える頃には、二人はすっかり打ち解けていた。

「つーかびっくりしたわー、あったま良いんだねー。何学部？」

海藻サラダをつまみながら鳴佳が訊《き》くと、

「工学部、情報ね。プログラム組んでシミュレーションして」

待理は答えて、透明な日本酒の猪口《ちょこ》をかたむける。

「ああ、それでログとか使うわけ？　でも、情報系の実験ってどんなことすんの？」

「実験は社会学っぽいかなあ。路上でログ流して反応見て、って感じのことしたいんだけど」

「アンケートとか取るの？」

「うーん、アンケートはまどろっこしいのよね。私がやりたいのは、もっと直接、反応をデータ化して……」

「その話、長くなる？　先に注文いい？」

「ああ、ごめんごめん。食べながら話そ」

「おっけー」

鳴佳はテーブル上に手を伸ばし、投影された拡張メニュー《ホロ》に触れて生中《なまちゅう》を注文する。向こう側では待理がメニューをくるりと回し、串焼きと唐揚《からあ》げの盛り合わせを頼んでいる。

「アグレッシブだねー、カロリー高いよ」

「いいのいいの」待理はメニューの成分表示を指先で追い払いつつ、「ゼミのノリだといっつもこんなんだよ。アブラものガンガン来るし。男ばっかだからさ」

「そりゃいいねえ、もてるんじゃね？」

「あの人らにもてても、あんま嬉《うれ》しくない」

待理のあけすけな告白に、鳴佳は［最高］タグをつけて［言うねえ］と大笑い。待理は猪口をあおって、

「こういうことストリームでも喋《しゃべ》れないし。先輩たちともいちおうフォローし合ってるから」

「なかなかめんどくさいね、ゼミの人間関係ってのも」

「生臭いものからは逃げられないんだよね。幻滅する」

身もふたもない彼女の喋りは、鳴佳にやけに心地よく響く。

陸奥待理、京大工学部の三回生。今は北白川の下宿で一人暮らし。黒目がちの瞳と白い肌はなかなか美人の素質があるけど、それを活かそうとしていない。胸だって鳴佳より大きい。

声は低くやさしいのに、言葉は飾らず率直。

あんまり接点のなさそうな彼女と、今こうして差し向かいで呑《の》んでいるのが、なぜだか当たり前に感じる。

「だから、たまに引きこもりたくなるんだ。それで、すっごく深くログに潜るの、ノード3ぐらい」

「深すぎ！　うるさくってたまんないよ、それ」

今時の拡張端末は、検索深度を設定することでログや拡張情報の表示量を調整できる。鳴佳の普段の設定はノード1．3前後、2以上ではうるさすぎる。ノード3なんて、河原町がログと情報でぎゅうぎゅう詰めになるくらいだろう。視界は完全に遮《さえぎ》られ、音も混じり合ってまともに聞こえないんじゃないだろうか。

待理はその光景を思い出すように、うっとりと何もない空間を見つめる。

「そこまで深くなっちゃうとさ、ただの偶然みたく、よっぽど波長が合うものが、ぽんっ、て浮かび上がってくるの。で、鳴佳を見つけて……すっごく、会いたくなっちゃって」

鳴佳は、三条通で聴くかすかな音楽を連想する。鳴佳がいつも振り捨てていくその音色を、待理はしっかりとつかまえようとしたのだ。とても、深い所から。

陶然としていた待理に、注文を届けに来た店員が声をかけた。我に返った彼女は串焼きと唐揚げを受け取りながら、

「ごめん、世界入っちゃってた。で、実験の話をしたかったんだよ」

示す。

「いいけど、小難しい話は勘弁してよ。酔ってるし」

「んー、まあ努力する……プレゼン用の映像あるから、それ使うね」

待理は串に刺さった鶏肉《とりにく》を一気に口にくわえると、裸になった串で空中を指揮者みたいに
と、テーブルの上にちっちゃな鳴佳が現れた——過去の演奏のログか、ギターを抱えて何か唄っているが、音声はない。その周辺を、たくさんの棒人間が歩き始める。

「これが、鳴佳のライブと、三条大橋近辺の人通りの再現ね。で……」

もう一度待理が串を振ると、空中に二つの球体が出現した。球体はゆがんでいて、表面には色とりどりのラインが引かれている。押し潰《つぶ》してゆがめた毛糸玉、といった感じだ。

「こっちが、鳴佳のログをデータ化したもの」

言いながら待理が指先で片方の球体に触れると、そこに［鳴佳］タグがつく。

「声とか、身体の動きとか、目線とか、ギターのコード……そういうあれこれをざっくりまとめて、三次元くらいのグラフにしてるの」

「へえ……」

鳴佳は感心して、くるくると自転するグラフを見つめる。この毛糸玉の中に自分の行為がまとめられているなんて、なんだか魔法みたいだ。

そんな鳴佳をしり目に、待理は隣のグラフに［聴衆］とタグをつけた。

「で、こっちは、それを見聞きする通行人とかのデータね。歩く速度、人数、視線、こっち

の要素もすごくたくさんあるから、思いっきり簡略化してるけど。で、この二つのグラフは相互に影響し合う。鳴佳の歌を聴いて、通行人が振り向くみたいにね」

ぎゅっ、と、待理の指が［鳴佳］グラフをつまんで上に引っ張る。ぎゅっと縦にグラフが伸びると、［聴衆］グラフの方もそれに連動して形を変える。ただし、それは［鳴佳］グラフとはまったく違って、グラフが円盤状になる変化だった。眉《まゆ》をひそめた待理は「だいぶ簡略化したけど、まだ挙動が予測不能なのよね。カオスだわ」とため息をつく。

「……今の、どういう意味？」

「大雑把に言うと、曲のBPMをすごく速くしたら、注目する人とさっさといなくなる人の両極端に分かれた、みたいな感じ」

テーブル上の人の動きも、だいたい待理の言う通りだ。鳴佳の周囲にいくらか人だかりが出来た代わりに、通り過ぎる人々の足は速くなっているように見えた。

「厳密に何がどう作用してるのかは、ちゃんと調べないと分からないんだけど。ともかく、曲調やパフォーマンスが変われば人々の反応も変わる。それはいいよね？」

「当たり前の話に聞こえるけど……」

「でも、実際にどういう風に関係してるかは分からないわけよね。今見た通り」

「……だろうね。いろいろ試しても、うまくいく時もいかない時もある」

「そこをうまくいくようにしたいの。聴いた人が離れていかないような変化、最初に聴いてもらうための同調——私が鳴佳を見つけた時みたいに、いろんな人の検索を浮き上がらせるわけ。

だから、グラフにして観察して、歌と人がどう影響し合っているのかを解く。で、最終的には……」

ぐっ、と、待理は［聴衆］グラフを握りつぶして、高く放り投げる。天井《てんじょう》にぶつかったグラフは、そのまま突き抜けて消える。

「一人でもたくさんの人が、鳴佳の曲を聴くようにしたい。そして、夢中になって、鳴佳の歌を聴き惚《ほ》れるようにしたいの」

つかのま、天井を仰ぎ見る待理の表情に、鳴佳は目を奪われる。眼鏡の奥、待理の瞳はどこか遠くに焦点を合わせている。それは未だ投影さえされない、夢のような未来の風景を見ているみたいだ。

視線をテーブルの上に戻せば、まさに黒山の人だかりが出来ている。熱狂する棒人間の群れが、両手を空に突き上げる。群衆は後から後から押し寄せ、もはや中心にいる鳴佳の姿は見えない。

いや、見えた。黒い塊の奥から、液体状に溶けたログが、油がしみ出すように流れ出てくる。

「……うえ、これ、あたしなの？」

鳴佳の声に反応して、待理もテーブルに目をやり、失望したようにため息をつく。

「うん。今のままじゃ、変数が複雑すぎて計算しきれない。だから、こうなっちゃう……ログが人の形さえ留めなくなるの。それじゃ意味がないから」

「じゃあ、どうするわけ？」

「それをこれから考えるの。変数の重み付けとか相関の分析とかいろいろ……数学の話は、まあいいかな？」

「聞いても分かんないし。それに、全然食べてないよ、待理」

鳴佳の突っ込みに「そうだね」と笑って、待理はテーブル上の映像を片手で追い払い、軟骨の揚げ物をつまんだ。鳴佳も、すっかり泡のなくなったビールを口にする。

料理と酒をちまちまと追加しながら、二人は料理を片付けていく。あまり喋らなくても間が持つのが、鳴佳には新鮮だった。これまで、そんな相手に巡り会ったことはない。

テーブルにデザートだけが残る頃、待理はぽつりとつぶやいた。

「……私、迷惑じゃなかったかな」

「え？」

「だって、まだ実験のデザインもろくに定まってないし。私のこだわりと、今まで喋った大まかなイメージだけしかないの。そんな、先の見えないことに、鳴佳を巻き込もうなんて、押しかけて……」

「怒ってないよ。ほんとに。ほんとに」

先に二回言っておけば、確認の手間は省ける。待理も、信じてくれたのかどうか分からないけど、二度うなずいた。

「ほんとは、実験デザインも全部決めてから、会いに行こうって思ってたの。だけど、いてもたってもいられなくて」

「行動家だよね、待理」

苦笑しつつ、鳴佳は頬杖《ほおづえ》をついて待理の顔を見つめる。

「あたし程度のライブでも、見に来てくれる人はいるの。ストリームで声をかけてくれる人だっている。だけどさ、会いに来てくれたのは待理だけなの。すごく嬉しかった」

「……そう」

ほんのりと、待理が顔を赤らめた。あまり好意を向けられるのに慣れていないのかな、と思う。その辺は、たぶん、鳴佳とも似ている。

「今度またいっしょに、河原町あたり回ろっか。実験とか関係なしでも、さ」

鳴佳の提案に、待理は手元のプリンを見つめて首をかしげる。

「……何するの？　食べ歩き？」

「そういうとこを直すの！　待理、女子力低そうだし」

反発されるかと思ったけど、待理は唇を尖《とが》らせて鳴佳を睨《にら》んだだけだった。自覚はあるらしい。

「お化粧もちゃんとしてさ。工学部なんて、どうせ夜中まで学校いるんでしょ？　夜更かししたらお肌荒れるよ」

「いいもの、生の化粧なんか。どうせ拡張《ホロ》で隠すし」

「どんどん重化粧になるのは悲惨よー。こないだも厚塗りで落ちまくってるのに全然気づかないおばさんいて、見てらんなかった」

「うわ……」

どん引きする待理にもう一押し、

「だから、生化粧も生アクセも大切！　センスは身近な所から！」

「……分かった」

「じゃ、今度の土曜ね。予定空いてる？」

ひょい、と空中にメモを開き、鳴佳は予定表に［待理］タグを貼《は》り付ける。その間に待理も自分の予定を開いて「……午後なら」とつぶやいた。

「それなら決まり！　大丈夫、いいもの見繕《みつくろ》ってあげるから！」

ちょん、と指先で待理の額をつついて、鳴佳は微笑《ほほえ》む。待理は途惑《とまど》いがちに、見つめ返してくる。

さっき、天井の上の虚空《こくう》を見上げていたのとそっくりな、切実な瞳だった。その瞳の色は、鳴佳を捉えて離さない。

「……ありがと」

「お礼はあたしが言うほうだよ」

もう一度、待理の額をつついてやると、彼女は複雑な表情で、その指を自分の指で押し返す。異星人とのコミュニケーションみたいなそのやり取りで、鳴佳の指先には、待理の温度が残る。その温度は、しばらく消えなかった。

検索深度を1.5ほどに上げれば、ショーウインドウから店内のトイレに至るまで、どこに行っても最新流行のおすすめばかりが目に入る。もちろん買う気がないなら、表示を浅くすればすっきり消えてくれる。スペースばかり取る上にどかせられない看板なんかより、ずっと奥ゆかしい。

いずれにせよ、目を惹かれれば、ついついお金が飛んでいく。河原町のショッピングビルには、そんな広告が手ぐすね引いて待ち構えていて、その罠《わな》に鳴佳と待理は我から飛び込んだようなものだった。

「うう……服にこんなにお金使ったの、生まれて初めてかも。クーポンつきすぎて気持ち悪いし……」

両手に紙袋を抱える古典的なスタイルでエスカレーターを降りながら、待理はやるせなさそうにつぶやく。

彼女の周囲を、ポイントの数値やホロクーポンがひらひら浮遊している。タッチすればすぐ利用できるとはいえ、放っておいたら増えていくばかりなので、重要度を下げて表示させないのがふつうだ。その辺の勘が鈍いあたり、待理は本当に買い物慣れしていないらしい。

けれど鳴佳に言わせれば待理はまだまだ控えめなもので、

「いいじゃん、こういう時こそぱーっと発散しないと」

エスカレーターを駆け下りて、鳴佳は子どもみたいに待理を手招きする。

「ほら、今度は化粧品も見てこうよ。冬の新色」

クーポンを一つひとつ非表示にしていた待理は、いよいよげっそりした顔で、

「だからそういうの、ほんとに分かんないんだって」

「教えるから大丈夫だって。待理に恥はかかせないよ」

「……ほんと、頼むからね」

そっぽを向きながら、それでも待理はうなずいてくれた。

二人で三階の化粧品売り場を巡る。ちょっと見回せば、艶《つや》やかな口紅や羽毛のようなファンデーションの宣伝が満ちあふれている。

「ああいうのって、どういうソフト使って、どれくらいお金かけてるんだろ」

待理のピントの外れた感想に、鳴佳は小さくため息をつく。

「気にならなくもないけどさ……あ、」

ふと耳に入った音楽が気になって、検索をかける。曲名とアーティスト名を呼び出して、

「へえ、タツキ・ヨシザキの新曲じゃん」

「ん？」

振り向いた待理の顔の横にも、同じ曲のアートワークが表示されている。ただのBGMだった楽曲が、二人の間でだけ浮上して音量を高める。流れてくるのは、澄んだシンセサイザ

ーの音色と、頭をほどよく揺さぶる音圧の高いバスドラム。

「ああ、こういうの興味あるんだ、鳴佳も。てっきりもっと生音系かと思ってた」

「けっこうエレクトロ好きだよ。それにタツキ・ヨシザキは地元だし」

「じゃあじゃあ、今度いっしょに蔵蔵《クラグラ》行こうよ」

待理が子どもみたいに表情を輝かせる。ヨシザキがしばしばDJをしているそのクラブには、もちろん鳴佳も何度も行ったことがある。一人でも、友達とも、いる時には恋人とも。

店の名前が出るなり、ウインドウが二人の前に広がる。ヨシザキがプレイするイベントの日付と、前売チケットのネット販売ページもすぐに表示された。

「あ、けっこうすぐじゃん、次の火曜だって」

「祝日か、ラッキー。行こ行こ、クラブ行くのも久々だよ」

待理は手早くチケットを二枚分取ってしまう。サンキュー、とキッチュな顔のショップキャラに拡張チケットを渡されて、鳴佳は苦笑気味に、

「疲れてぶっ倒れないといいね、待理、インドア派っぽいし」

「そこまで年寄りじゃないよ」

唇を尖らせる待理に、鳴佳は冗談めかして［老］タグを貼る。「やめてよもう」と待理はぷんすかしながらタグを引き剝《は》がしつつ、ふと真面目な顔になって手を止める。

「けど、蔵蔵って設備けっこうすごいよね。3Dプロジェクションあるし、なんかの参考になるかも」

「そんな考え過ぎなくても。楽しんだ方がいいアイディアは出るんじゃない？」

「かもね。まあ、考えるのも仕事のうちだけど。当日はちゃんと楽しむよ」

「そうそう。そのためにもオシャレの準備しないと。ヨシザキさんに会うのにすっぴんじゃまずいっしょ」

「話戻すの？　っていうか別に本人には会わないよ」

「えー、可能性なくもないっしょ？　ひょっこり声かけられたりして」

「それただのナンパだよね……」

肩を落として、待理が苦笑いを浮かべた。鳴佳はくすくす笑いながら、彼女を化粧品売り場の探検へと導いていく。


「おお……見違えたねー」

待ち合わせのコンビニ前に現れた待理をひと目見て、鳴佳は感嘆の声を上げた。

「そ、そうかな」

しきりに照れくさがりながら、待理は顔を覆う。

ずぼらの象徴だった黒髪は、色艶を増して清楚《せいそ》さを演出している。逆に顔色は、化粧でびっくりするほど健康的になり、大きなバストや背の高さと併せて健《すこ》やかな奔放さを醸《かも》し出す。眼鏡は以前のままでまだ野暮ったいけれど、そんなギャップもまたセクシーで、男心も女心もくすぐるだろう。これなら、どこに連れて行っても恥ずかしくない。

「上出来上出来。やっぱあたしの見立ては間違いないわ」

鳴佳はしみじみとしてしまう。待理が自分の歌を見つけてくれた代わりに、鳴佳は彼女の内なる魅力を見つけられた――そんな気になる。

「さ、行こ。そろそろ開いてるだろうし」

「ん」

うなずいた待理は、鳴佳の前に立って歩き出す。どこか緊張したそぶりだけど、それだけイベントを楽しみにしてるんだろう。鳴佳も浮き立つ足を早めた。

クラブ・蔵蔵までは歩いて二分もかからない。チケットを渡してホロサインをもらう、これがあれば入退出は自由だけれど、フロアから抜け出したい人なんかめったにいない。

来場者はキャパシティぎりぎりという感じで、受付にまで熱気が犇《ひしめ》いている。人混みをさっさと通り抜けて階段を下り、ドアをくぐれば、そこは――

「!!」

ずしりと叩《たた》きつけるような音圧が、鳴佳の全身を貫いていった。

音の直後に襲いかかるのは、虹色の渦。目まぐるしく移り変わる色彩が、波のように鳴佳の全身を包んでいく。拡張情報《ホロデータ》ごと体を持っていかれるようなインパクトに、一瞬、心臓まで止まったように思った。

すぐそばにいた待理も、ぽかんと口を開けていたけれど、すぐさま解放されてオーディエンスの波の中に飛び込んでいく。鳴佳もそれを追いかけて――

そこから先は、記憶も時間もすっ飛ぶ。スピーカーから叩きつける低音に乗って跳ねる。上りつめるメロディは荒々しい。音色の乱高下は3Dエフェクトの波紋となってオーディエンスを突き抜けていく。その脈動が鼓動に変わって鳴佳たちのリズムを刻む。つかのまのブレイクと、さらなる轟音《ごうおん》。頭を両手でつかまれて引きずり回されるような音楽の乱舞。小さな波が大きな波に移り変わって彼女たちの意識までも拡大する。

「!!」

いつしか彼女は腕を振り上げて叫び、その場に倒れ込みそうになる。

「――わ!」

どしん、と、待理に寄りかかってしまい、鳴佳は我に返った。ちょうど音楽もチルアウトに移り変わり、一息ついた所だった。天井のあたりを流れるブルーのさざ波と、紅潮した待理の面差しが重なり合う。待理はちらりと二階席に目をやり、

「ちょっと休む?」

「そだね……飛ばしすぎた」

あっという間に汗だくになった顔をゆがめて、鳴佳はうなずく。

階段を上がって、ドリンクコーナーでジンジャーエールを二杯頼んだ。アルコールを入れたら、今度こそ精神ごと吹っ飛んでしまいそうな気がした。

鳴佳は腰を下ろし、ぐったりとジンジャーエールを口にする。一方、待理は手すりにもたれかかってフロアを眺めて、目を細める。

「へえ、上から見るとこんな波形なんだ。BZ反応みたい」

待理のつぶやいた専門用語の解説が空間に浮かんで、すぐに押し流されて消えていく。フロアから流れてくる音楽と、連動して脈打つ3Dビジュアル。待理はそれに、心奪われているようだった。

「そっか、こんな風に……プロジェクションして……でも、これ、ほんとにVJが全部操作してるのかな……リアルタイム……」

「──待理」

鳴佳は待理の手を引いていた。手の中のコップがテーブルの上で回って、こぼれそうになる。はっ、と待理はこちらを向いて、

「あ、ごめん、つい」

「踊ろ！　せっかく来たんだから、もっと体験しなきゃ損だよ！」

「……うん！」

ぴょこんとうなずき、二人はいっしょに階段を駆け下りていく。フロアに降りれば、ふたたび、熱狂と音の嵐。チルアウトの時間は終わり、暴力的なビートと感傷的なメロディが支配する──流れ出すのはタツキ・ヨシザキのアンセム、『ルミネッセンス』。

「────！」

声にならない声を張り上げ、昂《たか》ぶる鳴佳。

そのかたわらで、待理はむしろ立ち尽くして、じっと音と光に身を委ねる。

それでも、二人が同じビートを感じているのが分かる。鳴佳の跳ねるのと同じタイミングで、待理は膝《ひざ》と腰と腕と、全身でリズムを刻んでいる。

「——楽しんでる⁉」

大声で問いかけ、直後にストリームで〈楽しい？〉と訊《たず》ねる。待理は自分のストリームを見つめ、ふと動きを止める。どうしたの、と問う前に、待理の微笑。

化粧で飾った花のかんばせに、VJの操る七色の波が押し寄せて、彼女を彩《いろど》る。

鳴佳の高鳴る心臓にぶつけるように、待理は低く、しかしはっきりした声でひとこと、

「分かっちゃったかもしれない」

「何が？」

「内緒！」

叫んで、待理は両腕を振り上げ、渦の中へと飛び込んでいく。鳴佳も、わずかに遅れてそれに合わせる。あとは奔流に身を任せれば、時間だけが過ぎていく。

すぐそばで跳ねる、待理の吐息を感じ、鳴佳もひたすらに跳ねた。


その夜から、ストリームに流れる待理の言葉が変わった。

〈モデルの思い切った簡略化［ブックマーク］〉

〈コード進行なんてライフゲーム［参照］みたいにルールが決まってる。ジャズのアドリブとか［ブックマーク］〉

〈メロディのエントロピー［参照］はコードによって規定される［ブックマーク］〉

〈フレーム問題［参照］はログ取得で一定の解決［ブックマーク］〉

〈捨象された情報を拾う範囲［課題］〉

ぽつりぽつり、昼夜を問わずつぶやかれるのは呪文《じゅもん》のような独り言ばかり。難しい単語を参照タグで拾ってもちんぷんかんぷん、鳴佳には歯が立たなかった。

こちらから話しかければ、〈調子は良いよ〉と返事が戻ってくるけれど、あまり話題ははずまなかった。何かに没頭していることは伝わってくるのに、その先の話が聞こえてこなくて、鳴佳はもどかしかった。

対照的に、曲作りは捗《はかど》った。あっという間に歌詞を書き上げ、曲もつけ、火曜の夜には三条大橋のたもとで披露した。

〈新曲聴いたよ。なんかもどかしい感じになってたね、ああいうのも良いよ〉

さすがにその夜には、待理も即座にストリームに感想を送ってくれた。

〈ありがとー［喜］実験はどう？〉

〈そっちは少し待って〉

〈こないだから何やってんの？［疑］〉

〈目途《めど》ついたら教える〉

素っ気ない回答は、よけいに鳴佳を不安にさせ、新しい曲を書かせた。思い煩《わずら》えば煩うほどに新しい曲想が湧《わ》くのは、これまで経験したことのない精神状態で、鳴佳にはそれが興味深いと同時に辛《つら》くもあった。

そんな時間が、一月ほど――

待理が北白川の自室に鳴佳を招いたのは、夜気が芯《しん》から体を凍えさせ始める十二月のことだった。


「鳴佳！」

ドアを開けて、部屋から顔を出した待理は、初めて出会った頃の彼女に戻っていた。髪は伸ばし放題、服も安い量販店で揃《そろ》えたような素っ気ないもの。二人で選んだロングスカートやマフラーも、タンスの肥やしになっていそうだ。

「久しぶり、待理」

笑顔がうまくなかったのは、自分でも分かっていた。［喜］タグを貼るのもあざとく思えて、鳴佳は部屋の奥に目をやり、

「入っていい？」

「あ、うん。迷わなかった？」

「ずっとナビしてくれてたでしょ」

ストリームで教えてくれた通りの道順で来たんだから、迷ったらむしろ待理のせいだ。彼女は「そうだよね」と苦笑して、鳴佳を招き入れた。

「……あたしはどこに座ればいいの？」

散らかり放題のリビングに立ち尽くす鳴佳に、待理はぺらぺらのクッションを差し出す。何が驚きと言って［お客様用］とタグがついていたことだ。

「お茶でも淹《い》れるね。コーヒーでいい？」

鳴佳がうなずくと、待理はさっさとインスタントコーヒーを二杯淹れた。カップの片方は真新しく、あまり使っていないか、あるいは買ったばかりのようだった。

薄いコーヒーを一口すすり、ようやく鳴佳は切り出す。

「で、今まで何してたの、待理」

「うん……どこから説明すればいいかな」

待理はくるくると、スプーンでミルクをかき混ぜる。褐色の液体の上に白い渦が流れ、

「きっかけは、例のイベントの夜なんだけど」

「それは分かってる。なんかあれから、雰囲気変わったし」

「フロアで思いっきりはじけて、こんな風にみんなをはじけさせたい、って思って。そのための実験のデザインをね、煮詰めたんだ」

待理がテーブルの上を指でなぞると、ウインドウが開く。黒背景に白い文字、門外漢の鳴佳でさえ古臭いと分かるプログラミング環境だ。

ウインドウのてっぺんに貼り付けられたタグは、［HoTAL］。

「ホタル？」

「このアプリケーションの名前。可愛《かわい》らしいけど、難産だったよ。ゼミの先輩とかにも手伝

ってもらって、それでも寝ないでコード組んで」

「お疲れ様……で、これを実験に使うわけ？」

「そういうこと。──昨夜のログ、借りていい？」

藪《やぶ》から棒に待理が訊ねる。「いいけど」と鳴佳がうなずくと、待理は微笑《ほほえ》んでログを呼び出す。最初からログのアドレスが分かっていたかのような手早さ──いや、実際分かってるんだろう。彼女ほど鳴佳のログに精通しているファンはいない。

部屋の狭さに応じ、ログの表示はこぢんまりとした平面展開だ。マイナーコードを基調にした、寂しげなバラードが流れ出す。パーカーのフードをかぶったまま唄う鳴佳を見つめながら、

「鳴佳の曲、雰囲気変わったよね。何ていうか、ふくらみ？　みたいなのが出てきた」

「太ったって言いたい？」

「違うって。それに、今の音楽も、私は好きだよ」

そう言って、待理は平らなログを指で撫《な》でるようにして、ひょい、と［HoTAL］のウィンドウに放り込む。

紙を丸めたみたいにログが潰れ、ウインドウに呑み込まれる。かと思うと数秒後には、ぺっと吐き出されて復帰した。現れたのは、さっきと変わらない鳴佳の姿だ。

はたしてどうなるのだろう、と、じっと鳴佳は小さなログを見つめる。けれど、ログは前と同じように、彼女の歌を唄うばかりだ。ちょっと苛立《いらだ》って、

「どうしたの？」

声を上げると、かすかに違和感を覚えた。——今、音が変わったような。

「何？　何かした？」

手を伸ばしてログに触れる。

と、ログの映像がうねり、曲がる。鳴佳の指の動きがリズムをわずかに速め、それに同調するように声がわずかに高くなる。

「え、え？」

「うん、なかなかいい感じ」

途惑う鳴佳と対照的に、待理は満足げにうなずいていた。それで鳴佳も察する。

「これが、リアルタイムのログ改変？」

「そう。ユーザーがいじるんじゃなくて、周囲の変化に対応して」

「——どうやってるの、これ？」

「今はカメラ回してる。その情報を解析してるの」

待理は自分の耳、眼鏡のツルにくっついた小さなコブのようなレンズを指さす。

「……ほとんどリアルタイムみたいに見えるけど」

「そこは［HoTAL］が頑張って、何とかね。まだまだ部屋の中でしか試してないけど」

待理はくたっと、テーブルの上にうつぶせる。一瞬、ログはのけぞるような仕草を見せたけど、すぐに元の調子に戻り、むしろ声量を下げた。リズムはゆったりとし、コードやメロディもマイナーからメジャーへと移調したから、もう別の曲のように聞こえた。

自分で作ったような、そうでないような曲。ぎこちないが、これはこれでまとまっているように思える。どっちつかずな感じが居心地悪くて、鳴佳はクッションの上でお尻《しり》を動かす。

「これ、どうやって曲を変化させてるの？」

「決め手はリズム。歩いてても、踊ってても、絶対に人って自分のリズムを持って動いてるし、集団で行動すればその集団がリズムを生む。いちばんシンプルで音楽に直結してるそれを、いちばん重要な情報量として読み取ってる。コードやメロはそれに馴染《なじ》むように、補正をかけてる。それ用に楽曲のデータベース作るのがいちばん大変だった気がするけど……」

待理が喋るたび、それに同調するように曲のビートが揺らいで高まる。

「ホタルって名前は、リズムの協調をコンセプトにしてるから。ホタル、見たことある？」

「林間学校で。ログだったけどね」

小学三年生の時、廃村のさらに奥まで先生の車で往復した。疲労困憊《こんぱい》の記憶が大半の、しんどいイベントだった。

でも、川辺に灯《とも》ったホタルの光はよく覚えている。もちろん野生のホタルなんていないから、わざわざ観光用にレンタルしたログを河原に投影して観賞したのだ。実物のあるなしによるリアリティの差は紙一重で、川のせせらぎと点滅するホタルの群れは充分に生々しかったと思う。

待理は「ああ、似たようなの、うちの学校でもあった」と苦笑しつつ、説明を続ける。

「ホタルの群れって、いっせいに光るの。たいして知恵もないはずの単体のホタルが、どうしてきれいに同調できるのか——それを調べ始めて、ついには一つの専門分野が出来た。その分野の端っこにいるのが、うちのゼミ。

群衆と音楽の同調ってのも、その一環だからね。だから先輩も手伝ってくれたんだけど、ちょっとハードル高すぎる、って言われて、アドバイスされて……」

重たい待理の嘆息に応じるように、ギターがアルペジオをかき鳴らす。

「けどさ、絶対やってみたいんだ。外に持っていったら、もっといろんな人や物と相互作用し合って、ログがすごくいろいろ変化をする。誰も予想もしないほど……その変化に、周りがどう反応するのか見てみないといけないけど、その反応がポジティブなものなら、そのフィードバックループでどんどん盛り上がる空気も作れる。

みんなが鳴佳のログを見る」

「——あたしのログを、［HoTAL］が作り替えたログ、でしょ？」

「そう、そうね。私と鳴佳、二人の力を合わせたログ」

鳴佳のか細いつぶやきに、待理はきっぱりとうなずいた。寝不足でテンションが上がっているのか、彼女はぶんぶんと何度も首を縦に振る。ログがその勢いに乗って、曲の速度を高めていく。

つかのま鳴佳の心にさした影は、力強いメロディに紛れて消えていく。自分のものであるような、そうでないような、心をざわつかせる音楽。

その不安は、ときめきと裏腹だ。未知のものに相対しようとする瞬間の、怯えてすくんだ足を好奇心が突き動かす感覚――

疲れ切った待理の、それでもなお力強い笑顔が、鳴佳の胸をつく。先の見えない賭《か》けに飛び込むのなら、彼女といっしょがいい。そう、素直に思える。

自然と、口からこぼれたのは、感謝の言葉だった。

「……ありがとう、待理。こんなに頑張ってくれて」

「これくらいなんてことないよ、楽しかったし、半分は自分のためだしさ」

さらっと言ってのけた待理だったけれど、語尾にはまたため息が忍び込んだ。

「ほんとに大丈夫？　疲れてるんでしょ？」

「いいの、もう平気。いちばん辛かったのは、鳴佳に会えないことだったから」

そう言って待理の浮かべた笑みは、鳴佳の胸にすっと刺さる。女の子なら愛想でも口にできるような言葉が、こんなに真に迫ってくるのは、未だに鳴り続けている音楽のせいなのだろうか？

「……照れるね」

そのつぶやきで、鳴佳は自分の感情と待理のささやきに［冗談］というタグを貼った。待理は寂しそうに唇を尖らせたけど、それ以上は追及せず、言った。

「［HoTAL］をもう少し調整したら、外で試そう。きっと、面白いことになる」

最初の実験は、いつもの三条大橋のたもとで行うことにした。

その夜も、鳴佳は自転車で三条駅に乗り付けた。とっぷりと日が暮れて、河の対岸に見える町屋の灯《あか》りが、まるで祭りの行列のように浮かんでいた。橋を行き交《か》う人々と、彼らの周囲を巡る拡張装飾《ホロアクセ》が夜を彩っていた。

待理は、と辺りを見回した鳴佳は、ストリームに彼女の言葉とフォトが流れてくるのに気づいた。

〈頑張って［エール♪］ちゃんと見てるから〉

貼られていた写真は、鳴佳のいる交差点を斜め上から見下ろすものだ。角度からだいたい見当をつけて顔を上げると、駅ビルの三階、ハンバーガーショップの窓際《まどぎわ》に、ちかちかとマーカーがまたたいている。

気づいた待理が、こちらに手を振った。鳴佳は苦笑いして、手を振り返す。

〈手筈《てはず》は大丈夫？〉

〈心配ないって〉

実験に関係することは、待理があらかじめプログラムしてくれている。鳴佳はそれを実行した上で、唄うだけでいい。アコースティックギターの手慣れたチューニングと、自分の曲と、待理の［HoTAL］を信じて。

いつもと同じように唄えばいい。そう心に決めて、彼女は橋のたもとへと横断歩道を渡っていく。

先週の自分のログが唄っている。今日これからと、先週のそれと、どれくらい差があるのか、どれほどの差が生じるのか――

鳴佳はろくに想像もしていなかったし、結果的には、待理さえちゃんとした予想は立てられていなかったのだ。

それが今だけは幸いした。鳴佳は安らかな心持ちで、橋のたもとに立っていた。道行く人は誰も、彼女になど見向きもしない。帰り道を急ぐか、端末を操作しているかのどちらかだ。だから、やっぱり気楽に、鳴佳はその空間に立つことが出来た。

先週のログを消去し、人々が行き交う橋の上へと向き直り、落ち着いた心持ちで鳴佳は演奏を始めた。

昨日書き上げたばかりの、ほやほやの新曲だ。特にテクニカルな遊びはなく、オーソドックスなコード進行と軽やかなメロディに乗せて、見えないけれど手を伸ばせば届きそうな希望を唄う。

寒さにかじかむ指で弦《げん》を押さえながら、白い息を吐きながら。

一曲を終えた鳴佳に、ぱらぱらと拍手が起きる。鳴佳の歌を聴いていたのは、二、三人の常連と、あったかい店の中から高みの見物を決め込んでいた待理くらいだ。

頭を下げて、鳴佳はギターを背負ってその場を離れた。横断歩道を渡って、駅の出口へ。

もう少し唄っていたかったけれど、今日の目的はそれではない。

このままビルを上って待理と合流しようかとも思ったが、せめて最初の夜くらいは、なるべくログに近い場所で顚末《てんまつ》を見届けたいと思った。自販機でコーヒーを買い、指を温めながら、鳴佳はログを再生する。

初めは、何も起こらなかった。同じ歌を同じように唄うログが、夜の街角に埋もれているだけだった。

ログの脇《わき》を、駆け足の男性が通り過ぎる。その駆け足に呼応して、ログの演奏がわずかにテンポを速める。男性はその音を聴いたみたいに――聴いたのかどうか、その人の深度がどの程度なのか分からないけれど――一瞬だけ、橋のたもと、ログの方を振り返る。その人に向けるように、ログは体の向きを変えた。

そんなことが幾度か、何周か繰り返された。曲は鳴佳が唄ったよりいくぶんテンポを早め、メロディの振幅も激しいものになっていた。彼らは鳴佳のログを見やった後、時に素通りし、時にログを意識する人は増えていった。

は［良］タグをつけてくれた。

待理の言った通りだ、と、鳴佳はちらりとビルの上を見やる。待理の顔は見えないが、たぶん、今は彼女もログの様子をじっと注目しているだろう。

――人は同期を求める。歩くペースだってふつうはばらばらだけど、たとえば吊《つ》り橋が揺れたりすると、その上を歩いている人はつい、揺れに歩調を合わせてしまう。

その、最初の橋の揺れを、音楽によって引き起こす。

ただ曲を流すだけじゃだめ。今時、街中に流れる音楽なんて誰も真面目に聞かない。だから、音楽の側から相手に合わせる。通行人のペースに合わせてリズムと音色を変えれば、それはその人の検索の海を浮き上がってくる。

ほんの一瞬の同期でも、長く続けていれば、影響も遠くまで伝わっていくはず。

それが閾値《いきち》を超えれば、大きな波になる――

待理の述べた理屈は、鳴佳にはちんぷんかんぷんだったけれど、少しは理にかなっていたらしい。

わずかずつ、わずかずつ、曲を聴く人は増えているはずなのだから。

〈やるじゃん［褒］待理の言った通りだよ〉

ストリームにそう送ったが、返答はない。鳴佳は肩をすくめて、むぎゅむぎゅと両手を握り合わせる。コーヒーの缶はとうの昔に捨てた。

　ログといっしょに唄えれば、寒さも紛れるかもしれなかったけれど、それは待理に止められていた。いくら［HoTAL］の支配下にあると言っても、ログは元々鳴佳自身で、よく似たリズムを内在している。鳴佳の演奏は、ログに強く影響しすぎて、実験結果をゆがませてしまう――そう待理は説明した。

寒さに震える鳴佳と対照的に、ログは疲れ知らずに歌い続ける。その、微妙に揺らいでいく曲調を聴くともなく聴いていると、彼女はうっかり眠りに落ちそうになる。眠気をこらえ、立ったり座ったり、時々体を動かしたりして、彼女はぼんやりと人の波を眺める。

そう、まさに波だ。信号のタイミングや地下鉄の発着のような大きな波もあれば、ちょっと誰かがつまずいただけで通行人全体の歩くペースが落ちたりもする。

それは長い目で見ると一定の揺らぎを持っていて、いつしか、夜景そのものがだんだんと波そのものに近づいていくように鳴佳には感じられた。そして、巨大な揺らぎの中に、鳴佳自身も巻き込まれ――

ききぃっ、と、甲高《かんだか》い音が耳をつんざき、鳴佳は我に返る。

〈事故?〉

ストリームに流した時には、目の前を流線型のスポーツカーが速度を上げながら通り過ぎていった。運転席と助手席で、男女が顔を近づけていた。口論なのか、いちゃついていたのかは分からない。

一瞬遅れて、ギターの激しい響きが辺りにこだました。

――鳴佳の視線はログに惹きつけられる。今のスリップの音に反応したのだろうか、ログが唄う曲は突如として荒々しさを増した。

その音に、通行人の視線が集まる。

鳴佳の心臓が、急に強く打った。

ついさっきまで、ログの曲をちゃんと聴いていたのは二、三人だったはずだ。なのに、今は橋を渡っていた人や駅から出てきた人の大半が、ログに注目を向けている。

今のスリップのせいだろう。急激な動きと甲高い音はログに強く作用した。通行人は、スリップ音とスポーツカーの挙動に注目し、おそらくは歩調も鈍ったろう。

その通行人の挙動が、ログと嚙《か》み合ったのだ。ふと歩みをゆるめ、不快に眉をひそめ、歩き出そうとした人々の動きは、跳ね上がったギターの響きと同調した。音楽が検索を跳ね上がり、皆の耳に届いた。

〈すごい〉

ストリームに待理のつぶやきと、フォトが流れてくる。さっきと同じ店内、しかし人々の目が窓の外へと引き寄せられている。店の中にも、同調の波は届いている。

同じ曲を、皆がずっと聴き続けていたわけではない。人々の多くはふたたび足を早め、去っていこうとする。

けれど、それを追いかけるように曲は速度を増す。加速する旋律は、立ち去ろうとする人々の背中を捉える。そこへ、さらに新たに橋を渡ってきた学生らしき一団が、唄うログへと注目を向ける。

そして、鳴佳の後ろからも――電車が到着したのだろう、上がってきた人々が横断歩道を渡り、その何人かがまたログに意識を向ける。

彼らすべての波長にログは働きかけるし、ログも相手の周波数を読み取っていく。またたく間に、ログを意識する人々が増えていく。

通りすがる人がログを振り返り、歩き去る頃にはログのリズムに自分の歩幅を合わせている。

リズムの波が、広がっていく。

〈閾値、超えるかも〉

待理のつぶやきを、鳴佳は目の端っこでだけ見た。それよりも、自分のログがどうなっていくのか、見守っていたかった。たぶんその時には、彼女自身もログのリズムに取り込まれていた。

――ログが跳んだ。とうとう、ログの映像さえも変化し始めた。人々の視線を繋《つな》ぎ止めるためにそうすることもある、と待理から聞かされてはいたけれど、まさかいきなりそれを目撃するとは思わなかった。

〈[驚]〉

つぶやいたのは、鳴佳ではない――

待理だった。はっとして鳴佳が駅ビルを見上げると、待理が食い入るように窓から外を凝視しているのが分かった。ガラスにべったりと貼り付いているのは見たこともない間抜け面だったけど、からかう気にはとうていなれない。

なにせ、待理のすぐそばのテーブルの客さえ、同じような顔で外を見つめていたんだから。それだけの影響を、すでにログは及ぼしていたんだから。

ログの歌は遠く広がり、車道にはみ出すほどの人々がそれに聴き入り、そのそばを通り過ぎる人々もログのリズムに歩調を合わせていた。

いつの間にか、ログの周囲に膨大なタグ。[微妙]が[良]に押し流され、[神演]と[自演]がせめぎ合い、そのうち[泣けるナマ歌]が浮かび上がる。

これほどまでに鳴佳の歌が、耳目を惹きつけたことは、かつてなかった。

京都三条大橋、京阪三条駅前の交差点を、朝比奈鳴佳が揺さぶっている。その事実に、当の鳴佳自身が茫然《ぼうぜん》と、見とれた。

……その熱狂は、長くは続かなかった。夜が更ければ、自然と通行人も減っていく。波を引き起こすエネルギーそのものが衰えるのに、抗《あらが》う術《すべ》はなかった。人々がいなくなるのに合わせて、ログが唄う曲も、静かな短調のものに移り変わっていった。

ログの歌声が、もはやかすかな鼻唄ほどに弱まった頃、

「——大丈夫？」

ぽん、と、待理に頭をはたかれた。振り向いた鳴佳の頬に、彼女の手が差し伸べられる。待理の手のひらの暖かさに、自分の顔が冷え切っていたことを知る。苦笑して、待理はファーストフードの袋を差し出す。

「閉店だって、追い出されちゃった。ついでだから買ってきたの。差し入れ」

「……さんきゅ」［感謝］と袋にタグを貼り、チーズバーガーを取り出して口に入れる。チーズが口の中で溶けていく。待理はそんな鳴佳を見ながら、湯気の立つコーヒーを飲んでいた。

二人とも、何も言えない。ただ、静まりかえる夜をかすかに彩る、ログのか細い歌声、熱狂の余韻だけを二人は聴いていた。

いったん［HoTAL］は停止した。夜中でここまで盛り上がるのなら、朝の通勤時間帯で

稼働させたら、トラブルを起こす可能性もある。そこまで危ない橋は渡れない。［HoTAL］を使うのは夜だけ、ということにした。

相談を交わしたのは、鳴佳のマンション。盛り上がった時間帯のログを部屋で再生しながら、二人はコンビニで買ったビールで乾杯した。ファーストフードのハンバーガーに、コンビニで買った駄菓子とビール、表示されるカロリー警告は全部無視だ。こんな夜に、脂肪になんかかまっちゃいられない。

鳴佳はポテチをつまみながら、

「で、［HoTAL］を動かすのは、毎晩？　それとも、間を空《あ》けた方がいい？」

こたつの天板にあごを載せただらけた姿勢で、待理は応じる。

「出来れば毎晩、取れるデータはきっちり取りたいし。映像は遠隔でも見れるから、いちいち駅前まで出向くこともないしね」

「使うログは、今夜と同じ？」

「しばらくはそのつもり」

待理の目は、天板の上にひしめく空き缶とポテチの袋の隙間《すきま》、唄う鳴佳のログを見つめている。元のログではなく、［HoTAL］の効果で変化したログの方だ。アンプを上げすぎたような轟音ギターをかき鳴らすログも、手のひらに載るような大きさになってしまえば、ささやかで微笑ましい。空気が違えば、音楽の力も変わる。

ログの右肩に、再生数を表示する。リアルタイムの再生数は数百で止まっているが、配信再生はわずかずつだがまだ増加し続けている。

およそ三時間分のログだから、保存しておくにはサーバー容量を増やさないといけなくて、ちょっとした出費になった。とはいえ、この数字の満足感の対価とすれば、安いものだ。

「同じ場所で同じログ使っても、日によって結果は違うからね。なるべく条件を等しくしたデータをたくさん取った方が、結果は信頼できるの」

つぶやいていた待理は、ふと目を上げる。

「でも、鳴佳はライブもしたいでしょ？」

「そりゃもちろん」

「だよね。だから、同じログ使うのは一週間が限度かな、って。これまで通り、毎週火曜、鳴佳が弾き語りして、それに［HoTAL］使って、みたいな」

「いいんじゃない？　細かいとこは待理に任すよ」

「うん……」

息をついて、待理はぼんやりと空中に目をやる。焦点の合っていない目線は、呑みすぎたせいではなさそうだ。そもそも酒豪の彼女が、缶ビール数本で酔っぱらうはずはない。

ポテチの袋の隙間で、ログは細々と歌を奏でる。待理の目はそのログを透かして、はるかその先まで見通そうとしているかのようだった。

「……正直」

待理がぽつりと、つぶやく。

「初日から、こんなにうまくいくなんて思わなかったんだ。何日か、へたしたら何ヶ月かに一度の大当たりみたいな日があるのは、想定してたけど」

すっ、と彼女の指先が、ログをいとおしむように撫でる。

「でも、あんなの見せられたら……錯覚でも、これからもずっと、こんな風に成功し続けられるんじゃないか、って、期待しちゃう」

「期待しても、夢見てもいいじゃん。［HoTAL］が、待理がそんだけすごいってことだよ」

鳴佳もログに指を伸ばす。

ぶつかった感覚は、待理の指。目線が重なる。ぼんやりした瞳と、上気した頬。

待理が、ログを透かして、鳴佳の指に指を絡《から》めてくる。

「ログの歌はさ、すごく、熱かったり、優しかったり、いろんな表情を見せるけれど。それは鳴佳のじゃないよね。分かってるよ、私は」

「……待理？」

「鳴佳の思い、歌の源は、寂しくて、でも何か大切なものを抱えてる感じ。それを私は知ってる……」

きゅっ、と指同士が結び合わされる。二人の鼓動が、薬指で敏感に重なる。

「私と会って、鳴佳の曲は変わった。もしも、あなたの抱えてる大切なものが……」

「待理、呑みすぎ」

微笑んで、鳴佳は待理の指を外した。ふわり、と、名残《なごり》惜しげに待理の指が揺れて、その

ま彼女はテーブルに突っ伏してしまう。小さな声で、ぽつりと、

「……意地悪」

鳴佳は聞かなかったふりをした。二人の関係はあくまで、新しいプログラムの実験に協力する仲間――とまでは割り切れない。

友達だ、とは言える。だけど、その先は鳴佳には見当もつかない。そうした経験はなかったし、想像もしていなかった。待理の方がどうかは、知らないけれど。

ただ、待理が言葉にしようとした心情に、今の鳴佳は共振する気にはなれなくて、だから彼女は手を引っ込めてしまった。

酔いが醒めてきたのか、指先はほんのりと冷えていた。彼女はその指を振って、未だ再生数の伸び続けるログを消す。おそらく寝たふりをしている待理にタオルケットを掛けて、彼女もこたつに潜り直し、眠りに落ちた。


それからの数日は、喜びと、失望と、それから諦《あきら》めが次々に訪れた。

最初は物珍しさと、おそらくはログを見た評判で訪れた人々が大橋のたもとに集まり、曲に合わせて盛り上がったりしていた。そのノリに合わせるようにログもテンションを上げ、なかなかの活況を呈した。

鳴佳のストリームには、好評と悪評が代わるがわる押し寄せた。［神］タグと［クソ］タグが入り交じり、直メッセの通知が警告音のように途切れなく響き渡った。

一晩で数万のPVを稼ぎ出す有名人には及ばないが、たまにタグをつけてもらう程度だった路上ミュージシャンには、ストリームを見知らぬ相手の直メが埋める景色は、寒気さえ感じさせた。

〈[疑問]　どうしたらいい？　[不安]〉

〈とりあえず誹謗中傷はブロック。いらない言葉は重要度下げるの、クーポンと同じ〉

待理の言葉に苦笑しつつ、鳴佳は言う通りにした。けれど、そのままやり過ごせなかったらどうしよう、と、ストリームを開くのが少しだけ怖くなった。

とはいえ、その怯えは杞憂《きゆう》だった。急騰は数日しか持続しなかったのだ。ログの挙動はわりとすぐに硬直化してしまい、その殻《から》を破るまでには至らなかった。

みるみるうちに減っていったメッセと再生数は、鳴佳をしょんぼりさせた。が、待理はそうでもなかったらしい。

〈同じタイミングで同じような人が来て、雰囲気が固まっちゃうのはやむを得ない。この傾向は、むしろ事前に予想《ホロ》してたのに近いよ〉

部屋で自分の曲の拡張譜をいじっていた鳴佳のストリームに、待理の言葉が滑り込んでくる。鳴佳は手を止めて、ストリームに目をやる。

〈こうなるって分かってたわけ？〉

〈想定の範囲内、ってこと[参照]〉

待理がダイレクトに送ってきたグラフには、左端を山の頂上にした、なだらかな曲線が描かれていた。数値はたぶんタグ添付数とか再生数だ。なるほど、黒い実測値の曲線では、赤く表示された予想値より山の頂上は高い。これが、あの初日の大ブレイクを指しているのだろう。

しかし、時間が経過してグラフが裾野《すその》に至ると、二つの値はほぼ同じ平坦さに落ち着いている。そして裾野は、盛り上がらないままゼロに近づいていた。

〈新曲の効果が薄いよね〉

黒い曲線には、小さな山が一つ出来ている。実験初日から一週間後の夜、新曲を唄った時の反応だ。意外に、と自分で言うのはおこがましいが、聴衆の反応はいまいちだった。曲も、そのログも。

〈目新しいこととしても、いつも効果が出るとは限らないし。これだけ数字が上がってれば上出来だと思うけど〉

〈そんなもんかな［疑問］〉

〈そうそう。気長にやろうよ〉

のんきな待理の言葉は、鳴佳の心にかすかに引っかかる。目の前には同じグラフがあるはずなのに、向こうとこっちで評価がずいぶん違うようだった。

〈でも、鳴佳が物足りないって思うなら、新しい手を打つのもありだよね［参照］［参照］［参照］〉

待理のメッセにはいくつかのグラフが貼られている。どうやら、様々な条件下で鳴佳のライブと［HoTAL］を使用した際の結果予想らしい。場所を新京極や祇園《ぎおん》に移した場合とか、京大キャンパス内なんてのもある。

他にも、新曲のリリース、ライブの長さや開始時間——待理はいろんなケースを検討しているらしかった。グラフの形状も多様で、予測の上下幅が大きかったり、凸凹が多かったりする。人気が低下した平坦な裾野に、急に尖った山が現れるものもある。

ただ、現状よりも変化の可能性がありそうなのは、確かだった。

〈これ、どうしてこんなに幅があるの？〉

〈他の場所だと交通量が多かったり、不確定要因が増えるからね。計算量が爆発的に増大するから、簡略化してもすぐカオスになっちゃう〉

〈京大のキャンパスも？〉

〈人は繁華街ほどじゃないけど、配信とかやってる学生が多いの。そこに写り込む可能性がものすごい高いから〉

鳴佳の通う専門学校でも、そういう手合いは見かける。学生なんて似たようなものらしい。

〈だから、学内だと配信側の反応がすごく大きいんだよね［参照］〉

待理が送ってきたのは、いつか酒の席で見せてもらったのとよく似た、毛糸玉のような立体グラフだ。一見しただけでは違いが分からない。

〈前に見たのとおんなじ感じだけど［疑問］〉

〈でも変化にすごく敏感だから〉

「へえ……」

声に出してつぶやきつつ、鳴佳はグラフに指を触れてみる。

瞬間、二つのグラフが爆発した。そう見えるくらいの巨大な変化が、鳴佳の部屋の天井を突き抜けるほどに伸び上がった。

〈[驚]〉

のけぞりながら、ストリームにタグを貼り付ける。うっかり全員に見えるようにしてしまったため、〈何々？〉〈事件？〉〈大丈夫？〉口々にメッセが飛んできた。〈[感謝]部屋でつまずいただけ〉と適当な返答を流し、クッションに座り直す。

目の前には、見知らぬ深海生物のように相互に絡み合い、ぐにゃりと伸びては縮む物体が蠢《うごめ》いている。マグリットの絵を立体化したような、複雑怪奇な繋がり。

待理は計算できるのかもしれないけれど、鳴佳には得体の知れない世界の真理、あるいは怪物にしか見えない。その恐れを、鳴佳はそのままタグにして、今度は待理にだけ見せる。

〈[困惑][恐怖]〉

ストリームを埋め尽くす賞賛と悪意のタグが、脳裏《のうり》をよぎる。目の前で膨張と収縮を繰り返すグラフは、つまり鳴佳に押し寄せてくるであろう反応そのものだ。

その爆発に、彼女の曲は、彼女の心は、耐えられるのだろうか。

想像すると、心がすくんだ。目の前に広げたたくさんのグラフを、ひと思いに振り払う。

ノイズを発してスクリーンが消え、ストリーム上の待理の言葉だけが目に映る。

〈大きな成功を目指すなら、覚悟すべきリスクだよ〉

それから、ほんの一呼吸。

〈私の個人的な思いを言わせてもらうなら、鳴佳の歌と［HoTAL］があれば、どこに行ってもきっと成功できる。信じてる〉

心臓が強く鼓動を打つ。どれほどの速さでタイプしたのか、確固とした待理の言葉は、鳴佳を高揚させながら、同時にうそ寒い不安をも呼び起こす。あえて忘れようとしていた、この実験の根本的な疑問だった。

自分の生み出した音は、そのそばから［HoTAL］によって再構築される。

——［あたしの音楽］。

そう書いたタグを、鳴佳は自分の譜面に堂々と貼り付けられるだろうか。

あるいはそのタグは［HoTAL］に、待理に上書きされてしまうのだろうか。

鳴佳はストリームを前に、どう言葉を発していいか迷う。歌詞の大切な一単語を決める時のように、彼女の指は空中を彷徨《さまよ》う。

そして、結局、鳴佳は何も書き込めなかった。

いつしか、待理のつぶやきもストリームに流れてこなくなっていた。寝てしまったのか、それとも実験のことでも考えているんだろうか。ひとこと書き込めば、答えてくれるのかもしれなかったけれど、それも出来なかった。

床に散らばったはずの拡張譜は、いつの間にかクラウドの彼方に消えていた。そんなのすぐに探せるけれど、今日はもう書く気がしなくて、鳴佳は検索深度をゼロにして寝転がった。芯から冷える京都の十二月、床の冷たさが背中から鳴佳を浸して、少し震えた。

今夜の鳴佳は一人、ハンバーガーショップの窓際から橋のたもとを見届ける。寒さ知らずのログは、一月の夜ももとのともせずに唄い続け、喝采とタグを浴びている。ばらばらな拍手に、ログは笑顔で応対する。以前は過剰に反応して飛んだり跳ねたりしたものだが、待理が調整したらしい。

毎週火曜の路上ライブの様相は、すっかり安定していた。最初の夜のような大成功は一度もないが、クリスマスや大晦日《おおみそか》の人出の多い夜には、わりと活況だった。幾人かの固定ファンも付き、前よりは人気を博している。

でも、それだけに、ラディカルな曲の変貌を耳にすることもなくなった。鳴佳はほっとしたような、いくぶん寂しげな気持ちで、冷めたコーヒーの最後の一滴をすする。

〈ごめん、今日は行けない〉

待理のメッセを鳴佳が見たのは、今朝《けさ》だった。年が明けて試験やレポートで忙しいとは聞いていたから、たぶん修羅場をこなしているんだろう、と思って、〈頑張《がんば》ってね〉と労《ねぎら》いのメッセを送ったけれど、返事はなかった。

息を吐けば、窓が白くけむる。季節がクリスマスから新春へと移り変わるように、人の流れに波が訪れるように、人の距離は変わる。

鳴佳と待理の距離も、今は遠いのかもしれない。でも、待理が［HoTAL］の実験を続けようとする限りは、鳴佳のそばにいるだろう。その先のことは、分からない。

ぼんやりとストリームを巻き戻し、

〈『路上のカオスが奏でる音楽』〉

そうタイトルされた記事を開く。たくさんのストリーム上を拡散した人気の記事で、ついているタグは［情報］［複雑系］［ログプロ］といった所――［音楽］タグではない。

その記事に、待理が掲載されている。

写真の中の待理は、蔵蔵に行った時よりいっそう美人になっていた。女子大生というキャプションの影響や、加工の可能性も否定できない。しかし、白を基調にした清楚なファッションや、眼鏡に合わせたアイラインの描き方は、鳴佳が教えた手法によく似ていた。

待理が語ったのは、もちろん［HoTAL］のことだ。質問している記者は、ウェブや端末関係を専門にしている人らしく、鳴佳のログを見てその基盤である［HoTAL］に興味を覚えたという。そこから待理にたどり着くまでの熱意は只事《ただごと》ではなかったろう。

記者は［HoTAL］のコードの中身やその理論的なバックボーンについて、待理に鋭い質問をぶつけている。待理の回答は、文字だけでタグもないけれど、浮き浮きして見えた。

〈CGMが拡散しきって、その広がりに反比例してコンテンツには閉塞感さえ漂っている。そこへ新たな切り口を見せた［HoTAL］は、新しい時代を照らしていく灯火《ともしび》になるのかもしれない。〉

紋切り型の表現で、その記事は結ばれていた。

最初から最後まで探しても、鳴佳の名前も、彼女の曲名も、一度として現れはしなかった。ただ、〝路上で唄っていたアマチュアシンガーソングライター〟という表記があるだけ。鳴佳のログやストリームへのリンクはあることはあるが、関連度は薄いとされていて、興味を持って読まなければ浮かび上がってはこない。そして、この記事を読む人の大半は唄い手自身に関心を抱かないことも想像できた。

この記事がもてはやされる文化圏では、鳴佳は注釈ほどの価値もない。

路上には、もうあまり人がいない。夜の気温はこのところ急に下がって、路上ライブなんか見に来る物好きの撤収時間も早くなった。もう、ここからはよほどのアクシデントがない限り、成果は期待できない。

ストリームを見ても、毎晩手を変え品を変え送られてくる、［死亡］だの［通報］だののとタグのついた悪罵が目につくだけだ。いくらブロックしてもかいくぐってくる粘着——あるいは、学校の知り合いだったりするかもしれない。

丸めたまま隣の席に放り出していたピーコートを着て、トレイに載せたゴミをダストシュートに放り込んで店を出る。ギターケースを背負って、一人で立ち尽くす駅前は、気温よりも寒く感じた。

道の向こうでは、ログまでいよいよ元気をなくしたように静かにギターだけを奏でている。元の曲がアッパーなテンポなだけに、そのアレンジはいっそうもの悲しかった。

その音から逃げるように、鳴佳は検索深度を浅くする。ノード1．3から0．2へ——遠い街灯りのいくつかが消え、路上の拡張情報《ホロデータ》の大半が見えなくなる。

それでも、ログは街角から消えない。彼女はこんな歌を作ったことも演奏したこともないけれど、呼吸のタイミング、ふとした瞬間の身じろぎ、そんな身体活動のリズムが、ずっとログと鳴佳を結んでいる。

凍えそうな夜気に沈む細い歌声は、あまり自分のものとも思えない。待理と出会い、［HoTAL］を使い始めて、鳴佳の曲はすっかり変わってしまった。すべて［HoTAL］のせい、と言い切れてしまえば、簡単だったけれど。

……違うよね。

最初の一小節、一音を生み出すのはやっぱり鳴佳自身だし、根源にあるのは彼女のリズムだ。それが自分からかけ離れたように思えるなら、聴いている自分の心に問題があるのかもしれなかった。

三条大橋の人通りは多く、鴨川の西岸には灯りが連なり、冬の宵《よい》をにぎやかに彩っていた。けれど、検索深度を浅くした鳴佳の周りは、いやに夜の闇が深く思えた。タグもログもない街並みは、この世から隔絶されたような寂寥《せきりょう》を、鳴佳の胸中に呼び起こす。

郊外の住宅地を思い出した。鳴佳の生まれた街だ。

遠い大都市への道標しか表示されない、国道沿いのうつろな景色。潰れた店舗に貼られたまま凍りついた［改装セール］タグ。がらんとして、検索をどれほど潜っても紛《まが》い物しか見つからない、水槽のような街並み。息が詰まり、いつも追いつめられていた。

家を出る直前、空っぽだった校舎に貼り付けた悪態のタグだって、今でも覚えている。歌を唄うだけで嘲笑《ちょうしょう》されたことへの、ささやかな意趣返しだった。

……あの頃から、意に沿わないタグを貼られることには慣れていた。それでも、彼女はずっと、唄い続けてきたのだった。自然に生まれる、最初の音の衝動に身を任せて。

ログのギターが途切れた。その瞬間に、鳴佳は横断歩道に飛び出す。ノード０．２では警告も小さくて、信号が点滅してたのも横からバイクが来てたのにも気づかず、あやうくギターケースを引っかけられる所だった。

甲高いブレーキ音にログがぴくりと反応し、駆けてきた鳴佳に微笑みかける。それは［HoTAL］の構築する偶然の挙動だけど、まるで過去からの誘いのようだった。鳴佳も応じて笑い、ギターを担ぐ。

実験は台無しになってしまうだろうが、かまわなかった。待理には後で謝ろう。

顔を上げれば、拍手と口笛が聞こえる。しぶとく粘っていた固定ファンの何人かが、予期せぬアンコールに［喜］タグを送ってくれる。

鳴佳は息を吐き、弦を押さえる。京都で一人暮らしを始めた頃に何度も演《や》った曲、目を閉じてても、譜面を見なくても、自分で作った曲のコードはひとつ残らず覚えていた。

ログはきっと合わせてくれる。だから自分のタイミングで、鳴佳は弦を鳴らした。そして、曲名を叫ぶ。あの時貼り付けた大きなタグと、同じことば。

「――［大嫌い］！」

　演奏を始めるとすぐ、ログは乗ってきた。テンポはさすがに当意即妙、ぴったりだ。最初はテンションを盛り上げるような衝突気味のコードを奏でていたけど、そのうち隙間を埋めるような平行のマイナーコードを合わせてくる。

　ぐんぐんと、背中を押されるように鳴佳は唄う。ノードは0．2のままだから、辺りの景色は暗く凍っているみたいで、その氷を砕き割ってやるように唄う。

　サビを唄い終えて一息――

　その瞬間、ログが歌をかぶせてきた。さすがはログだ、歌詞をしっかり覚えていて、だけどそのテンションは鳴佳には物足りない。もっと、もっと高めたい。凍りつくような京都の夜気を根こそぎ吹っ飛ばすつもりで、鳴佳はさらに高い声で、のども潰れそうな程に唄う。

　橋のたもとにまた観客が集まってくる。アンコールを待機していたのか、ネット越しにでもチェックしてくれたのか。ともかく常連から一見《いちげん》まで、かなりの勢いで人が集まり始めている。［まさかのアンコール］［夢の共演］なんて素敵なタグが視界の隅を流れていく。

　声を昂《たか》ぶらせていた時、不意に、目の前にストリームが開く。

〈［驚］何やってるの！〉

　待理だった。叱《しか》られるかと思いきや、

〈やるなら教えてくれたらよかったのに！　最初っから生で見たかった！　すぐ行くか

ら!〉

声も聞こえてきそうな悲鳴のようなメッセ、怒りではなくて嘆きだ。怒らせたってよかったのに、なんだか当てが外れた気分だ。

でも、今にもどこからか必死で走ってくる待理を想像すると、おかしくてつい、声が笑ってしまう。ぶれた歌声に、ログもおどけたアドリブで応じ、観客も歓声と手拍子で盛り上げてくれる。

――間に合うかな。

目の前に赤い騒音警告が表示される。なにせ夜更けだ、あまり騒げば抗議も来るだろう。ログが取られてるのは常に監視されてるということで、どこの誰に通報されてもおかしくはない。

せめて、あの子が来るまでは唄っていたい。遠く夜の果てを見やり、自分の声をログと共鳴させて、少しでも長くこの時間を続けたくて、鳴佳は声を張り上げる。

タグはますます流量を増し［神アクト］［究極のハモり］［近所迷惑］［通報］［ノリノリ］ストリームに大量の感想メッセが流れ、リアルタイム再生がみるみるうちに増えていく。通りすがった自転車が「うるせえぞ!」とがなり立てるので、鳴佳は下品な罵倒で答える。それでますます再生が伸び、［放送禁止］タグがついた。中傷メッセが飛んでくるが、もう知ったことじゃなかった。

凍える指がコードを弾きそこね、ログはそれを聴いてアドリブでメロディを変える。鳴佳は照れ笑いしながら、ちょっとだけ昔と違う歌詞を唄う。

辛い閉塞を、希望に変えて。

歌が終わる頃、赤色灯を回転させてパトカーが道の向こうから走ってきた。

すぐ横に、のろい足を懸命に動かして車と競争する、とっぽい眼鏡の彼女がいる。

「待理！」

唄い終えた直後のかすれた声で呼ばわると、

「鳴佳！」

待理は満面の笑みで応じた。

「逃げる！」

「うん！」

互いの言葉に、迷いはなかった。

よたよたと走ってくる待理に、観客も道を空けてくれる。ギターケースにギターを放り込むように片付け、駆けてきた待理の手をリレーみたいにつかむ。拍手がわき起こり、「駆け落ち」とか「百合《ゆり》」なんてタグがたっぷり貼り付けられてしまうが、もうかまわない。

走り出す二人の背に、鳴佳のログが高らかにファンファーレのようなメロディを奏でてくれる。

鳴佳たちは笑い合いながら横断歩道を駆け抜け、止めてあった自転車に飛び乗る。騒音に違法駐輪に二人乗り、軽犯罪のスリーアウトは日本の法律にはなかったと思うけど、とにかくやばい。

だから、全力でペダルを蹴《け》って、東へと三条通をぶっ飛ばす。鳴佳の背負ったギターケースの後ろ、窮屈そうに腰に抱きついた待理が、

「ちょ、速い！」

「パトカー追ってくるし！」

そんなわけないとは思うけれど、待理が怯えるのがなんだか面白くて、がんがんペダルを踏み続ける。肌を切るような夜風も、ちっとも寒く感じなかった。

「今日さ、どうして来れなかったの？」

その速度の勢いのまま、問いかける。待理は「ああ……」とため息混じりに、

「人と会ってたの。今朝急にメッセもらって、会わないか、って」

「誰？　大切な人？　彼氏……じゃないよね？」

もしそうだったら鳴佳はいろんな意味でショックだったろうけど、待理は首を振り、ずっと予想外の返答をしてきた。

「――ヨシザキさん。タツキ・ヨシザキ」

「へ⁉」

動揺のあまり、一瞬ハンドルから手が滑った。転びそうになって「危ない危ない！」「わわ！」と慌てながら、ガードレールを蹴っ飛ばして何とか体勢を整える。

しかし鳴佳は、聞かされた名前があまりにショックで、唖然《あぜん》としていた。また自転車がぐらぐらとバランスを崩しそうになり、鳴佳は耐えかねてブレーキをかける。急停止した自転

車から、二人は倒れ込むように歩道に降りた。

速度がなくなって、残ったのは縮こまって向き合う鳴佳と待理だけだった。人影もなく、拡張もほとんど見えない歩道では、逃げ場はない。

「……どうして？」

かろうじて訊ねる。待理ははにかんだ微笑に、わずかに誇りをにじませて、

「[HoTAL]に興味ある、って。例のストマガ、あれ読んだらしいの。それで、自分のDJにはうってつけだから、使わせてほしいって言われて」

少しだけ口ごもり、

「……浮かれて、会って話したい、って言っちゃってさ、火曜日だって忘れてて。ごめんね」

「そう……なんだ」

頭に血が上りそうになったけれど、すぐに冷えた。たぶん鳴佳だって、タツキ・ヨシザキから直メを受け取ったら、他のことなんか吹っ飛んでしまう。

それに、[HoTAL]のデザインのインスピレーションを得たのは、ヨシザキのプレイするフロアで踊っていた時だった。彼女にとっては、この上ない恩返しになるだろう。

なのに、待理は肩をすくめて、

「断っちゃったけど」

「――どうして!?」

「あんなの、お金取って使ってもらうわけにはいかないもの。そもそも実験のために作った

ものだし。そりゃ、ヨシザキさんに声かけてもらえて嬉しいけど、それとこれとは別で」

目を伏せてつぶやいた待理は、しかし不意にぱっと顔を明るくする。指先が宙をなぞり、浮かんできたのは古めかしい鍵《かぎ》の形のクーポンアイコン。

「代わりに、蔵蔵のチケットもらったの。次から割引してくれるって、得しちゃった」

その、無邪気な待理の笑顔に、鳴佳は力が抜けた。

「そりゃよかった」

「ペア有効だってさ、今度もいっしょに行こうよ。他に蔵蔵なんて連れてける友達いないんだ、私」

「はいはい、あたしが一肌脱いであげるよ」

苦笑して、鳴佳は待理の頭をぽんぽんと叩く。待理は嬉しそうにそれを受け容れていたけれど、ふっと、その笑みが薄れた。

「――ほんと、ごめんね、すっぽかしちゃって」

「別に、怒ってないよ」

「あんな歌唄ってたのに？　実験もぶちこわしにして？」

「――聴いてたの？」

「ログはずっと見てたんだよ、ヨシザキさんといっしょに。面白いことやってる、って褒めてくれて。

そしたら、いきなり鳴佳が戻ってきて、唄い出したから。ヨシザキさんにちゃんと挨拶《あいさつ》もせずに、お店飛び出してさ……」

　不安げな顔をする待理に、鳴佳はよけい、申し訳なく思えてくる。

「……謝らなきゃいけないのはこっちだよね。ごめん、実験……」

「うん、それはまあ、いいよ。データは取り直せるし、昨日までの分でも何かの足しにはなるだろうし。ただ、あの曲、生で聴けなかったのが残念でさ……新曲？」

「昔の曲」

「ああ、なんだか分かる。すごい追いつめられてるっていうか、思春期らしい焦燥感っていうのかな……ああ、また聴いてみたくなっちゃった」

　待理がログを呼び出すと、再生数がすごいことになっていた。リアルタイムが四桁《けた》に乗るなんて初めてだったし、配信再生もどんどん伸びる。

「現地は？」

「ん――あはは、愉快なことになってる！」

　橋のたもとでは、パトカーの周辺で人々がまだわいわいと騒いでいる。しかも鳴佳のログが煽《あお》るように演奏を続けていて、野次馬の一部はそれに乗って唄ったりしている。

　笑っていた待理だけれど、ふと真顔に戻り、

「うう、でもこれやばいかなあ。原因が［HoTAL］だって分かったら怒られちゃうかも」

「それって、卒論に支障出そうってこと？」

「最悪の場合はね」

「それじゃしょうがないか。ログ消しちゃお。証拠隠滅」

「いいの？　あんなに盛り上がったのに」

「［HoTAL］が国家権力に潰されたんじゃもったいないでしょ。待理の将来の方が大事だよ」

「――ごめんね。謝ってばっかり」

「いいっていいって」

軽く言って、鳴佳は待理の横からウィンドウを操作し、［HoTAL］を停止した上で、ログ消去の手続きをする。公共のものだが、ログには被写体のパーソナルタグも記録されている。当人が消したいと思えば、よほどでない限り拒絶はされない。

ふっとログが消滅し、野次馬の一部からブーイングが飛ぶ。ストリームにも〈何で消したのー〉〈［空気読め］〉とメッセが来るが、すべて無視した。

あんなセッションはもう二度と出来る気がしないけれど、背に腹は代えられない。細いため息が、唇から自然とこぼれ落ちた。

「……やっぱり怒ってる？」

訊ねる待理は、魂の抜けたような顔で、こちらを見つめている。

その表情を、鳴佳は知っていた。最初に会った日、〝迷惑じゃなかったかな〟とつぶやいた時の顔だ。痛みに怯えて、伸ばした手を引っ込めるような。

……今にして思えば、あの夜、鳴佳が待理と友達になろうと決めたのは、その壊れそうな表情を見た瞬間だったんだと思う。

「——怒ってたかも」

　ぽろりと口からこぼれた言葉は、本音とも、言い訳ともつかなかった。自分でも測りかねる、タグもつけられない気持ちをととのえるような、多分に自身のための言葉だ。

　でも、待理に聞いてほしかった。この場で、この音色で、別のログに変わる前に。

「ほったらかしにされて、その間に待理はヨシザキさんと知り合って、あたしのとこにはおざなりなタグとひどい誹謗中傷ばっかり飛んできて、待理はインタビューもされて、うまくいってるのに、なんだか、あたしばっかり損してるような気になっちゃって」

「鳴佳」

「実験がうまくいって、卒論書けたら、待理はちゃんと京大卒になるんだよね。だけどあたしは、歌、唄ってるだけで、先のこととか」

「……鳴佳」

　突然、鳴佳は言葉を失った。

　胸元から伝わるあたたかさ——待理の凍えそうな額が喉元《のどもと》に押しつけられて、きつく両手で抱きしめられて、一瞬、このまま消えてしまえると思った。ここが道の真ん中で、誰かに見られるかもしれないとか、ログを取られるかもしれないとか、そんな思いは全部吹き飛んで、待理の温度に溺《おぼ》れそうだった。

　女の子の手が、こんな風に体を支えてくれることがあるんだと、初めて知った。

「そんなこと、話してくれたの、初めてだよ。鳴佳、自分のこと、あんまり話さないから」

待理の切なげな声が、コート越しに鳴佳の胸に忍び込む。

「自信ありげだし、お化粧も教えてくれたし、私、頼りきりだったね」

「……頼られてたなんて、思ってないよ。あたし、今度のことじゃ、たいがい待理に引っ張られてたと思ってる」

「同じこと」

つぶやいて笑う待理の吐息が、ピーコートの合わせ目からカーディガン越しに胸へと溶け込む。こそばゆい。

「頼るって、自分を守ることだから。人の善意を当てにして、失敗したら誰かのせいにして、自分は変わらないままでいられるように。だから、変化するのは頼られる方。

でも……ごめんね。それじゃあ、結局、心地いい速さで歩けないものね」

林間学校で、道に迷いかけたことがある。他の子どもと打ち解けず、ずんずん歩き続けた幼い彼女は、山道の途中で脇道に入ってしまったのだ。べそをかいていた所を先生に見つかり、軽いゲンコツ一つぶんだけ怒られた。

薄暗い、拡張案内《ホロガイド》もない森が、迷路のように広くおそろしいものに思えたのを、今でも鳴佳は折に触れて思い出す。その夜に見たホタルの灯りは、あるいは、自分の導き手になってくれはしないか、と夢想した。

それよりも簡単な方法を、しかし今の鳴佳は知っている。

「手を繋げばいい」

「──そうだね。二つの振り子は、繋がればきっと共振する。お互いがいちばん気持ちいい周期で」

　待理の言葉が小難しくて、むしろ詩的にさえ感じられた。そういうフレーズを使えば、いい歌詞が出来るのかもしれない。

　そのまま、待理は押し黙って、それでも両腕を解こうとはしない。押しつけられた胸から、鼓動が伝わる。

　抱きしめたらきっと泣いてしまうような気がした。しかし、鳴佳は導かれるように、両腕を待理の背中に回していく。繊細な指先で、待理を受け容れる。

　耳元に、ふわりと音楽が浮かんだ気がする。もうじき、あの破片の音楽を自分の形に作り直せるかもしれない。

『ね、ほんとにいっしょに唄っていいの？　私、音痴《おんち》なんだけど……迷惑かけちゃいそう』

『［HoTAL］に音程調整あるんでしょ？　心配ないって』

『……［HoTAL］って鳴佳用なんだけど、私の声までちゃんと直してくれるかなあ』

『いいから、とにかく唄ってみようよ』

　早春の陽射《ひざ》しの下、鳴佳は自分の自転車に寄りかかり、一月前のログを再生している。新京極の路上で、鳴佳と待理が並んで唄い出す。

鳴佳はライブの場所をこの新京極に変えた。場所を移すことで監視の目を逃れるとか、こならいつも騒がしいから多少のことではしょっ引かれないとか、そういう打算的な判断もあったけれど、本音は、ともかく変化をつけたかったのだ。

記念にしたくて、鳴佳はある晩、待理といっしょにこの場で唄った。彼女との初めてのデュエットは初々《ういうい》しくて、ピッチも外れて、けれどとても楽しかった。［HoTAL］の威力でましになったログもあるけど、今は元のログを再生している。待理はまともに音程も取れてないものだから、見ているだけで苦笑がこぼれる。

「――ああ、また何てもの再生してるのよ」

と、細い路地から顔を出した当の待理が、ログを見つけて不満げに唇を尖らす。彼女は即座に再生を止めると、鳴佳の前に仁王《におう》立ち。

「家で見るだけって言ってたのに」

「ごめんごめん、つい」

「もう……」

「それより待理、久しぶり」

「ん。ようやくレポート終わったよ……必修の実験もあるし、［HoTAL］の改修もあるし、死ぬかと思った」

げっそりした顔の待理に苦笑い。三年生ならそんなに授業も多くなさそうなものだけど、やはり試験期間はなかなか大変らしい。

「それにまあ、院に行くことになりそうだしね。院試の準備も始めないと」

「あ、決めたんだ」

「［HoTAL］面白がってくれる先生がいて、勧めてくれて。親も承諾してくれたし」

「そりゃおめでとう。……あたしはどうしようかなあ、いろいろ考えてるけど」

「……卒業したら、京都を出るの？」

「さあね、まだ何も決まってないし」

「それなら一つ、お願いがあるんだけど」

「お願い？　また実験？」

初めて会った時みたいに神妙な待理。思わず鳴佳は茶化してしまったけれど、待理は大きく一度、うなずいた。

「そう……実験」

陽射しの下、うっすらと音楽が響いているような気がする。鳴佳とログがいっしょに唄ったあの曲が、今でも空気に溶け込んで、検索の深い奥底からうっすらと浮上してくる。そんな取り留めない場面が、鳴佳の頭をよぎる。

まっすぐに、視線で二人を繋ぐように、待理は鳴佳を見つめ、告げる。

「他人と同居すると、相手と生活サイクルが同調するんだって――私たちで、試してみない？」

人生、信号待ち

小田雅久仁

人は人生の間でどれほどの時間、信号待ちをするのだろう。そんなありふれた疑問と、毎日通る道で顔を見知っているだけの女性と信号待ちをする、そんな日常的でミニマムなイベントから、読者を滑らかにワンダーの世界へ連れて行く。ラテンアメリカ文学風、あるいは七〇年代日本ＳＦ風のアイデア・ストーリーを、コンパクトにしかし魔法じみた時間制御をもって描き出した愛すべき短篇。ハヤカワ文庫ＪＡ『２０１０年代ＳＦ傑作選』2巻にもし「11階」がページ数的に収録できなければこちらを入れる腹積もりだった。初出は二〇一四年、〈en-taxi〉vol.40、書籍初収録。

小田《おだ》雅久仁《まさくに》は一九七四年生まれ。宮城県仙台市出身、関西大学法学部政治学科卒業。二〇〇九年に、第二十一回日本ファンタジーノベル大賞受賞作『増大派に告ぐ』（新潮社）でデビュー。ホームレスと中学生を主人公とした、世界を影で支配しているという〈増大派〉についての妄想を巡る、悪意と鬱屈に満ちたノワールで、個性派揃いの同賞受賞作の中でも、ダークで衝撃的な作品だった。第二長篇『本にだって雄と雌があります』（新潮文庫）は、書物同士の交わりによって幻書が生まれる、という奇想を足掛かりに饒舌な語りで紡いでいく、全ての本好きを祝福するマジックリアリズム家族史。第三回Twitter文学賞国内部門で一位を獲得するなど広く話題になり、「ベストＳＦ２０１７」国内篇七位にもランクインしている。

デビューから十一年で単著は上記の二冊のみだが、〈小説推理〉二〇一六年二月号「そ

初出：〈en-taxi〉vol.40／扶桑社／2014年刊

して月がふりかえる」に始まる《月》シリーズが同誌二〇一九年四月号まで連載され完結しているほか、〈小説新潮〉〈SFマガジン〉などの小説誌に、昏い幻想作品を中心として多くの中短篇を発表しており、絵空事に息詰まるような圧倒的リアリティを持たせる瞠目の筆力を見せつけている。

中短篇のうち、比較的入手しやすいものを並べると、「食書」（創元SF文庫『年刊日本SF傑作選　さよならの儀式』）は、本のページを食べることで本の中に入り込むことができるようになった男の転落を、「髪禍」（創元SF文庫『年刊日本SF傑作選　プロジェクト：シャーロック』）は、毛髪を神聖視する新興宗教のグロテスクな儀式を描いており、ともに怪奇色の強い作品となっている。『2010年代SF傑作選』2巻に収録した「11階」は第二十五回SFマガジン読者賞国内部門受賞作で、過去の事件をきっかけに、十階建てのマンションに暮らしながら存在しないはずの「11階」を幻視するようになった女性の人生を、この世ならぬ光景とともに描き切り、胸に刺さる傑作。（〈SFマガジン〉初出とはいえ）幻想文学やホラーの方に区分しやすい作品と知ったうえでSFの名を冠するアンソロジーに収録したが、読者の方々のご好評をいただいて安堵している。初出以来、もっと多くの人に読まれてほしいと感じていた作品だったので、願いが叶ったことを嬉しく思う。こちらも未読の方はぜひ。

〈SFマガジン〉に掲載されているのはあと二作で、「廃り」（二〇一四年五月号）は人間社会の片隅に存在する、〝廃り〟と呼ばれる色彩を持たない灰色の人々と関わってしまった姉弟の辿り着いた先を描く。「長城」（二〇一五年一月号、二月号、四月号に分載）は、外世界からこちらの世界に侵入し殺戮をもたらすとされる〈夷狄〉を倒すため、一部の人間にだけ聞こえる〈叫び〉に呼ばれて〈長城〉に集まる兵士の一人の長く孤独な戦いを、ディック的なあるいは杜子春的な現実溶解感でくるんだ作品。これらはいずれも「11階」以上に闇の成分が濃い物語だ。

日本ファンタジーノベル大賞出身作家の電子アンソロジー『万象』に発表されたのち、単体で電子販売された中篇「よぎりの船」は、目の前を〝よぎる〟この世ならぬ存在に狙われる人々をテーマにし、「廃り」同様、日常のふとした場所に口を開ける異界についての強烈な幻視性を伴っている。アンソロジー『「いじめ」をめぐる物語』（朝日文庫）に収録された「明滅」も電子書籍で単体販売されている。この短篇は、上に挙げたような作品に比べて超常要素は限りなく薄めだが、少年の臆病心や小さな選択の誤りによって、親友が窮地に陥っていくという真綿で首を絞められるような展開が、著者ならではの繊細かつ華麗な文章で語られ、心を抉る物語になっている。

その他、SFファン向きの作品として、時間を操る〝息〟の力を持って追跡者から逃げ続ける母娘の物語「少女が重みを返すとき」（〈小説新潮〉二〇一二年九月号）は、サスペンス性の高い超能力ものを、情感豊かな幻想小説の文体で描いており、お勧めである。

純文誌に作品が掲載されれば芥川賞の候補にもなるだろうし、上述したような幻想小説の精華が一冊に纏まった暁には、英訳すれば世界幻想文学大賞を狙えるクラスの作品集になるはずだ。読者・編集者とも更に注目して欲しい書き手である。

世の中には余計な計算をして人々の気を滅入らせる連中がいる。人間が一生のうち何十年眠っているかとか、男が一生のうち何年間、淫《みだ》らな妄想に耽《ふけ》っているかとか、女が一生のうち何年間、鏡に向かって化粧をしているかとか、その類いの計算だ。それを聞かされると、何やらもうこれまでの人生を随分と怠《なま》けてしまった上にこれからの人生の分まで前借りしてすっかり怠けてしまって、いよいよ取り返しがつかないような心持ちになってくる。しかも、だからと言ってやめるわけにもいかないようなことばかりで、誰も得しない。

しかしある日ある時、彼は自分のほうからその手の余計な疑問をいだいてしまった。人間は一生のうち、何日間、信号待ちをしているのだろうと。それとも何日どころではきかなくて、何カ月にもなるのだろうか。いや、開かずの踏切のそばにずっと住んでいる人がなんとなく百年ぐらい生きてしまったら、一年ぐらいはぼうっと線路わきに突っ立って過ごした勘定になるのかもしれない。もしその百歳の老爺《ろうや》の今わの際《きわ》に、それを伝えたらどうなるだろう。一年間、何もせずただぼんやりと踏切が上がるのを待っていたご気分はいかがですか？しかしそんな調子で情け容赦なく人生の無駄を指摘してゆけば、ほとんどの人はそもそも生まれてくる必要もなかったという結論に至るに違いない。だから老人にはぜひこう答えてほしい。それが踏切であれ死であれ、待っているあいだこそが人生だ。とまあ、そんな馬鹿馬鹿しい想像を巡らせてしまったのも、彼がやはり信号待ちをしていた時のことだ。一年どころではきかない長い長い信号待ちを……。

彼の名は寺西啓介《てらにしけいすけ》という。先週二十八になったばかりだが、もちろんもう誕生日なんか嬉しくも可笑《おか》しくもない。かと言って二十七歳が名残惜しいというほどのこともなく、つまり人生これからのような、しかし夢を追うには手遅れのような、どっちつかずの年ごろだ。所帯は持っておらず、それを言うなら交際している相手すらいない。つねづね恋人欲しさに悶々としているのだが、元来、自分より数段上等な高嶺《たかね》の花に惚れがちな上に、次につきあう時はいよいよ結婚を前提に、と若いわりに気構えが大袈裟なのも悪いのだろう、かれこれ三年半ほど女日照りが続いている。しかし心の片隅ではつねにささやかな片思いを一つ二つ温めていて、時折、妄想の舞台にその相手を引きあげてはいちゃいちゃよろしくやっている。要するに彼はその凡庸さをそこそこの生真面目さと温厚な性格とで補うことによってさらに凡庸さに磨きをかけた、どこにでもいる普通の若者なのだ。

生まれは大阪だが、転勤で東京に出てきて以来、狭苦しいワンルーム・マンションで数匹のハエトリグモと無数のダニを侍《はべ》らせて一人暮らしをしている。最寄り駅はD駅で、マンションのすぐそばを通る高速道路の下を通勤のために朝晩歩いてくぐらねばならない。その高速道路を挟んで南北に一つずつ、「梅之町北」と「梅之町南」という二つの交差点があり、そこの信号待ちが実に長いのだ。その上、青の時間が理不尽なほど短いから、もし爺さん婆さんが二つの信号を一気に通り抜けようとしたら、半世紀ぶりのクラウチングスタートとしくじった時のための遺言状が必要なぐらいだ。まだ若い彼でも相当心してせかせか歩き通さないと、二つ目の信号で引っかかって高速道路の下で立ち往生ということになる。仕事に遅刻しそうな時にそんなはめに陥ると、信号機を蹴り飛ばして遅延証明書でも吐き出させてやろうかと思うほどやきもきしてしまう。

しかし、不幸中の幸いと言えるほどの幸いではないが、彼が尋常とも思えない赤信号に足止めを喰ったのは出勤時ではなく、休日の昼の二時ごろだった。しかもD駅のすぐそばにある古本屋で漫画の立ち読みでもして時間をつぶすかとぐだぐだ歩いていただけだったから、なかなかないぐらいにちっとも急いでいなかった。だからと言って、じゃあ梅之町の信号で存分に引っかかっても文句はないかと問われると、それはそれで別腹と言うか、別問題なのだが。

でも一回はゆるそう、と彼は思っていた。一度も引っかからずに南北二つの信号を歩き抜けられることはまずない。必ずと言っていいほどいずれかで引っかかる。もしなんの引っかかりもなくつるっと二つの信号を通り抜けられた時は、逆に怪しいと思ったほうがいい。そのあと、工事現場の横を歩いていたら象でも殴り殺せそうなクレーンが倒れてきてぺちゃんことか、電車とホームのあいだにすっぽりはまってさあ大変とか、何かしらの償いの時がやってきそうだ。でも二回はゆるさない、と彼は思っていた。南北両方の信号に引っかかるなんてのは、爺さん婆さんかよちよち歩きの餓鬼か、あるいはなんらかの理由により高速道路の下の薄暗い感じが好きな人間だけだ。彼はそのいずれでもない。

彼はその日、まず手始めとして梅之町北の信号に引っかかった。別にかまわない。想定内だ。信号が青に変われば、遅滞なくスタートを切り、一気に二つの横断歩道を歩き抜ける。それだけのことだ。本来の力を発揮し、プレーを楽しめれば、なんの問題もない。はずだった。最初の信号待ちでまず、想定外のことが起きた。一メートルほど右に人の立つ気配がした。なんの問題もない。別に彼が白ペンキを買ってきて手ずから塗り塗りした横断歩道ではないから、誰が渡ろうと文句を言える筋合いではないのだ。が、その時、横に立ったのは、ちょっとした顔見知りの女だった。

顔見知りと言っても本当に顔を見知っているだけで、名前も歳も知らないし、そもそも言葉を交わしたこともない。しかし住所は知っていた。たぶん同じマンションの二〇三号に住んでいる。一階の郵便受けのところで、二〇三号の箱をがさごそ漁っているのを二、三度見かけたことがあるから、そこに住んでいるか、そこに住んでいる人を愛してやまないストーカーか、どちらかだ。しかし郵便受けに名前を張り出していないところを見ると、女の一人暮らしの可能性が高いし、それを言うなら朝の通勤電車や近所のスーパーでも時折、姿を見かける。などと理屈をこねるまでもなく、常識に照らして考えれば彼女は二〇三号の住人なのだろう。ちなみに彼は五〇三号に住んでいるから、床をすり抜ける病気にでも罹《かか》れば彼女の部屋まで落ちてゆけるが、二階で止まる保証は全然ない。

彼女はかなり可愛い。彼女も自分が可愛いことを重々承知していて、可愛いでしょあたしみたいな露骨な顔をしないように気をつけているのよあたしみたいな澄ました顔をしている。二十代半ばぐらいだと思う。真っ黒なショートヘアが印象的で、乳鉢みたいに真っ白でつるつるした肌も魅力的だ。ややふくよかだなという感じもあるが、ばしっと肩を叩いて、きみはそのままでいい、と元気づけてあげたいけどそれはやめといたほうがいい、と彼は思っている。つまり彼女は、彼のささやかな片思いの相手の一人、というより、目下そのリストの筆頭にあるわけだ。

そんな彼女が梅之町北の信号で横に立った。まあ横にも立つだろう、赤信号だ。それはそうと、彼女はどこへ何しにゆくのだろう。D駅から電車に乗ってデートにでもゆくんだろうか。ひそかに思いを寄せる彼としては当然、気になるところだ。グレーっぽい服装と茶色いショルダーバッグが視界の隅にちらついていて、なんとなくよそゆきの気配が漂ってくるのだが、シマウマではないからそんなに上手に横を見られないのがもどかしい。

青に変わった。とその瞬間、彼の中に迷いが生じた。彼女の前に出るべきか、それとも後ろにつけるべきか。もっとも理想的なのは、彼女の前に出て、ぐっと振りかえり、正面から思う存分じろじろと人相風体を観察することだが、しかしもちろんそこまで欲望の赴くままに生きることはできないし、よく考えたらそんなことはもっとも理想的というほどのものでもない。会話をするとか交際するとか、もっと目指すべき高みがいくらでもある。となると、ここは何歩か引いてせめて後ろ姿だけでもしっかりと拝みながら歩いてゆこうか。いや、しかし取りあえず前に出ておけば、ものすごくさりげなく振りかえる理由を万一思いついた時にそれをすぐさま実行できる。前か後ろか、後ろか前か……結局、彼はその決断を下せないまま、もっとも旨みのない彼女の真横をずっと歩いてゆくはめになった。

横断歩道を一つ渡り、高架下で彼女のほぼ真横を歩きながら、彼は妙なことに気づいた。速さだけでなく、二人は左右の足の運び、そして足音までが寸分違わずぴたりと揃《そろ》っているのだ。気持ちが悪い。彼はそういうのを特に居心地悪く思う質《たち》で、誰かと同じ瞬間にラーメンを啜《すす》りあげてしまっただけで自分の人生をひと啜り分横取りされたような心持ちになるくらいなのだ。ああ、気持ち悪い。いっそのこと足を速めて前に出てやろうか。しかし彼女のほうもまったく同じことを考えたらしく、ぴたりとそれについてくる。こうなったら後ろに下がるしかない。しかしそれもまた彼女と同様の作戦だったらしく、二人は速くなったり遅くなったりしながら、いつまでも離れがたく真横に並んで歩きつづける。ああ、なんだこれは、こんなことが起こり得るのか、と彼は驚きに打たれ、脚を交互に動かしながら、自分でも意外なことに段々とこの奇跡的な二人の揃い具合が心地よくなってきた。いつまでもこうして彼女と歩きつづけていたい。こんなことが起こってしまっては、二人はもう他人とは言えないんじゃないか。何も言わずに右手を横に伸ばしてみれば、向こうも同時に左手を伸ばしてきていて、二人はひと言も言葉を交わさぬままにしっかりと手をつないでしまうんじゃないか。

　束の間ではあれ、そんな正気とも思えない想像に耽ったのがもしかしたらまずかったのかもしれない。二人が高架下を抜けて二つ目の横断歩道に足を踏み入れようとした刹那、突然、信号が赤に変わった。そんな馬鹿な、という点は二つある。まず一つ、信号というものは青がちかちかと点滅してからようやく赤に変わるものだ。こう出し抜けに赤に変わったのでは、横断歩道の真ん中でつんのめって猫のように立ち竦《すく》んでしまう。次にもう一つ、こんなに早く赤になるのは尋常でない。二人はぴたりと揃って歩きながら、若干速くなったり遅くなったりはしたものの、均《なら》せばいつもよりむしろ速いぐらいの歩きっぷりだったはずなのだが、なぜか信号に引っかかってしまった。通常ならあり得ないことだ。

　信号が赤に変わる瞬間までは、まるで双子のように歩調を合わせていた二人だったが、最後の最後で乱れが出た。彼のほうは赤信号にばしっと鼻っ柱を叩かれるみたいにして即座に立ち止まったが、彼女のほうは勢い余って横断歩道に足を踏み出してしまった。それを横目に見た彼は、なんたることか、とっさに右手を伸ばし、彼女の左手をつかんで引きとめてしまった。彼女は赤信号でも全然めげずに渡り切るすごい女かもしれないのに……。と同時に、彼女は前を向いたまま、思わずといった様子で、「嘘?」と声を放った。タイミングからして、その「嘘?」はどうやら彼が手をつかんだことにではなく、信号の不埒《ふらち》な変わり様に向けられたものらしかったが、だからと言っていつまでも彼女と手をつないでいてよろしいということには全然ならない。

「あ、すいません！」と言いながら、彼は熱いものにでも触れたように手を放した。「危ないって思ったもんで……」

当然のことだが、彼女はつかまれた左手を胸に引きよせ、ぎょっとしたようにこちらを見つめていた。子鹿のように大きな黒い瞳が震えている。何この男？　なんでつかんだの？　確かにおかしい。ちょっとのあいだ奇跡的なまでに歩調を合わせて歩いたからと言って、口をきいたこともない女の手をいきなり握るのはどう考えてもおかしい。すごくまずいことになった。こんな痛ましい状況でこの長たらしい信号待ちを堪《た》え抜かねばならない。この赤信号が何分続くのか計ったことなどなかったが、印象としては、ウルトラマンがここに引っかかったら戦う前にカラータイマーが鳴りはじめて宇宙怪獣の不戦勝という感じだ。ああ、気まずい。息苦しい。自分が恐ろしい。なんで手なんか握ってしまったのか。しかし彼女は突然の蛮行に及んだ男を責めるでもなく、するりとこう言った。

「なんか今おかしかったよね？」

今度は彼のほうがびっくりし、しばし彼女を見つめることになった。何やらもう、幾度も二人でこの交差点を渡ったことがあるみたいな馴れ馴れしい口ぶりだった。もちろんそんなはずはないが、彼としてもこの降って湧いた心安い雰囲気に呑まれるにやぶさかではない。つきあって四年目ぐらいの安定感を努めて出しつつ、

「うん、おかしかったな。急に赤になったし、なんか、やたらと青が短かった気がする。うんうん……」と幾度かうなずいた。

左手から押しよせてきた車の群れが、轟々と二人の前を横切りはじめた。なんとはなしにあたりに視線をさまよわせながら、彼はちらちらと彼女の格好を盗み見た。取り立ててめかしこんでいるふうではないが、角のない柔らかな立ち姿が、やはり彼の心地よいところにすとんと落ちてくる。それにしてもなんだろう、この感じは……。ひょんなことで俄《にわか》に縮まったかに思われた二人の距離だったが、果たしてどれほど縮まったと見なしてよいのか彼はまだ測りかねていた。そのあたりを突《つつ》いて確かめてみたく思い、彼はふたたび恐るおそる口火を切った。

「あの……同じマンションの……」

「ああ、うん」と彼女はどことなく照れくさそうにうなずき、なんたることか「時々、朝の電車も一緒になるよね……」とまで宣《のたま》った。

彼は巨大な扉が目の前で眩しく開くのを感じた。そして彼女も気づいていたかと思うと、ずんずんと先までゆけそうな心持ちがしてき、口のほうも調子づいてきた。

「ああ、そうやね。……あ、五〇三の寺西です」と彼はややおどけた調子でぺこりと頭を下げ、笑みをひろげた。するとは彼女のほうも、

「あ、二〇三の渡辺《わたなべ》です」と同じ調子で頭を下げ、笑みをひろげた。

彼女の笑顔を初めて見たのだったが、黒目がいっそう潤んできらきらと輝き立ち、彼の心は底の底までそっくり照らし出されてしまった。

「へえ、渡辺さん？　俺の知ってる渡辺はきみでちょうど九人目。これで野球チームがつく

れるな。ワタナベズっていう……」

「それ言いにくい」

そんな調子でその後も不思議と話がはずみ、彼は色々と彼女についての情報を仕入れることができた。名前は渡辺あかり。歳は二つ下の二十六歳。大学入学時に栃木から東京へ出てきて、現在は玩具メーカーで営業をしている。その日は別にデートに行こうとしていたわけではなく、友達と映画を見る予定らしかった。彼のほうも大阪から敵地東京にスパイとして送りこまれてきたとか、それなのにオフィス用品の通販の会社と家を行き来してるだけでいつまでも東京を転覆できずにいるだとか、そんなしょうもない話で必死に彼女をくすぐりつづけた。しかしふと、

「なんかこの信号長くない？」と彼女が言い出した。

確かに長い。なんだかもう十五分ぐらいこうして楽しく健やかに立ち話をしている気がする。彼は携帯電話を取り出し、なんとなく時間を確認した。14：11。いったい何時からここに突っ立っているのだろう。そこで妙なことに気づいた。

「うわ、圏外や」

彼女も言う。

「うわ、あたしも！」

まさか頭上の高速道路が電波を遮っているわけでもあるまいし、今時どうしてこんな都会の真ん中で圏外になるだろう。

「まずい。遅刻しそう。友達に連絡しないと……」と言って、彼女はアンテナが立つところを求めてそこらをうろうろしはじめた。

　しかしこの場の圏外は根が深いらしく、一向にアンテナが立たないようだ。ここで恩を売っておくのも悪くないと思い、彼も携帯電話を手に一緒になってアンテナの立つところを探しまわる。ひろさで言ったらどれぐらいだろう。高速道路の幅が二十メーター、その下の歩道の幅が五メーターだとすると、百平米ほどの場所を二人で隈《くま》なく歩きまわったことになるが、一カ所たりともアンテナの立つところが見つからなかった。そうするうちにも二、三分ほどは経過したはずだが、信号はすっかり赤で凝り固まって、ぴくりともしない。そしてそれをいいことに夥《おびただ》しい車が猛スピードでひっきりなしに通り過ぎてゆくから、信号無視をして向こうに渡るわけにもいかないのだ。

「もしかして、閉じこめられたんじゃない？」と彼女が言った。

　いかにもその通り。行くも車、退《ひ》くも車、二人は高速道路の下の薄暗い空間に囚われてしまった。二人は顔を見あわせ、しばし途方に暮れた。こんなことがあるだろうか。どこかから出られるはずだと思い、あたりを見まわすが、何かがおかしい。何がおかしいのかしばらくわからなかったが、彼はようやく気づき、思わず声を漏らした。

「誰もおらへん……」

　二人のほかに、誰一人として信号待ちをしていないのだ。高架下で信号待ちをしているのが二人だけだということにはすでに気づいていたが、信号の向こうにもまったく人影が見あたらない。のみならず、車道のほうでも、一台の車も信号待ちをしていないのだ。動いているものと言えば、彼ら二人と、二人の前後を挟んで轟々と駆け抜ける奔流《ほんりゅう》のごとき車の群れだけ……。いや、街路樹の枝葉が風に揺れているのも入れようか。あとは犬猫一匹見あたらない。そこでまた、

「なんか、車速くない？」と彼女が言い出した。

それもまた確かにその通り。二人を高架下に閉じこめている二本の車の流れが、何やら異様な速度になってきていた。赤信号に引っかからないのをいいことに、どいつもこいつもまるっきりアウトバーン気分ですっ飛ばしているらしい。しかしそんな流れをじっと見ていると、それどころの話ではないと激しく胸がざわめいてくる。ひと言で言えば、映像の早送り、いや、世界の早送りを目の当《ま》たりにしている感じなのだ。しかもどんどん速さを増しているように見える。いや、見えるではない。確かにみるみる速くなってきている。遠くにぽつんと小さく現れたと思った車が、瞬く間に目の前を通り過ぎ、疾風のごとく視界から消えてゆくのだ。こんな暴走車に轢《ひ》かれたらひとたまりもない。

そこでまた彼はとんでもないことに気づいた。

「なんか暗くなってきてへん？」

彼女は慌てて携帯電話を見、言った。

「えっ！　もう五時半だって！」

そんな馬鹿な。しかし確かに彼の携帯電話も「17：32」となっている。二人はまたもや顔

を見あわせたが、言葉もないとはこのことだ。そうして唖然とするあいだにも、空はいよいよ青暗くなってきており、ああもうすぐ陽が落ちる、などと考え終わるころにはすっかり夜更けになっていた。二人はどちらからともなく歩みより、寄り添い、高架下の暗がりでひんやりとした地面に腰を下ろした。彼女がぽつりと、

「なんか、すごいことになったね」と言った。

彼はうんと静かにうなずきながら、そっと手を伸ばし、彼女の柔らかい肩を抱いた。なぜか初めてのような気がせず、二人の手と肩は互いにしっくりくる収まりどころを知っていたかのようだった。二人の目の前を、もはや車と見定めることも適わない、凄まじい速さでひた走る何かの群れが絶えることなく流れていた。

彼は座ったままついうとうとしてしまい、はっと気づくと、空が白んでいた。慌てて携帯電話を取り出し時間を確認するが、圏外どころか、なぜか画面が真っ暗だ。電池切れらしく、ボタンを押せども押せどもいっかな電源が入らない。隣の彼女も座ったまま膝を抱えて眠っているが、その足下に携帯電話が落ちていたので、ちょっと拝借と手に取った。しかし同じだ。画面が真っ暗。いったいどれぐらい寝てしまったのだろう。信号はもちろん赤のままで平然と立ち尽くしており、車らしきものの轟々たる流れに前後を阻まれている状況にもまったく変化はない。

それにしても落ち着いてよく見ると、恐ろしく妙な空模様だった。これが本当に朝だと言うのなら東の空から明るくなってくるはずなのだが、どうもそんな単純な気配ではない。西

の空に目をやってもまったく同じような様子で、高速道路の下から見わたせるかぎりでは、空一面がべったりとした暗い灰色なのだ。その灰色も仄《ほの》かに青みを帯びており、いくら目を凝らしても晴れているのか曇っているのか定かにならない。いや、それを言うなら、朝とも夕とも判じがたい不思議な暗さのほうも相当に不気味だ。何やら昼夜晴曇《せいどん》すべての空を均等に混ぜあわせて満遍なく塗りつけたようである。ふと、いったい太陽はどこにあるのだろうと思い、横断歩道に近づいてこうべを巡らすが、どこもかしこも一様な明るさ、というか薄暗さで、一向に見つからない。やはり曇っているのだろうかと首を傾げた瞬間、背後から何やら、

「おぎゃあ！」という場違い極まりない声が聞こえ、彼はびくりと振り向いた。

なんと、彼女がいつのまにか立ちあがり、どこから取り出したのか、真っ赤になって泣きわめく小さな赤ん坊を抱いて、優しく頬笑みながら揺すっているではないか。

「え、何その赤ちゃん？」と彼は素っ頓狂な声を上げた。

しかし彼女のほうこそきょとんとした様子で彼を見、「何って、ヒデ君のこと？」と訊きかえしてきた。

ヒデ君？　どこかで聞いたような……。そうか。日出幸《ひでゆき》のことか。日出幸なんだから、もちろんヒデ君だ。二人でずっとそう呼んでたじゃないか。どうしたんだろう俺は、と彼は首をひねった。なぜ自分の息子を見てぎょっとしたんだろう。しかし何かが腑に落ちないまま、彼はなんとなく赤信号に目をやった。それにしてもえらく長い赤信号だな。いったいいつか

らこうして待ってるんだっけ？　いや、そもそも俺たちどこに行こうとしてたんだ？　と、そこで、

「お父さん！」という声が背中に飛んでき、彼はまたびくりとして振りかえった。

すると、三歳ぐらいのマッシュルームカットの男の子が満面に笑みをはじけさせて、とてとてと駆けてくる。一瞬、誰だこの子は、と訝《いぶか》しんだが、お父さんと呼ばれたことを思い出した途端、それが当然、日出幸であることに思い至った。彼は手を伸ばし、胸に飛びこんでくる日出幸を受けとめると、父親らしい笑い声を上げ、言った。

「ヒデ君、おっきくなったなあ。ついこないだまで、こんなにちっちゃかったのになあ」

「ちっちゃいって、ハルちゃんぐらい？」と日出幸が訊いてくる。

「ハルちゃん？」

「うん、ハルちゃん」

日出幸の視線を追うと、あかりがまた小さな赤ん坊を抱き、何やら鼻唄を歌いながら揺っている。赤ん坊は彼女のおっぱいに夢中で喰らいついていたが、父親の視線に気づくと、顔を上げてこちらを見、歯のない口でうっすらと笑った。ハルちゃん……そうだ。春香《はるか》だ。青々と新緑が香るころに産声を上げた、俺たちの大事な娘じゃないか。それにしてもあかりによく似て色白で、柔らかそうで、なんて可愛いんだろう。こうして母子で一緒に頬笑んでいるところを見ると、本当にそっくりだ。

「そうやなあ。ヒデ君もハルちゃんと同じぐらいちっちゃかったなあ。でも、いつかお父さ

ん同じぐらいおっきくなるんやで……」

「ふうん。お父さんはもうおっきくならへんの？」

「ならへんなあ。あとはもう、歳喰ってお爺ちゃんになるだけや」

ほどなく、次男の耀太《ようた》が生まれた。五歳になった日出幸は、どこから持ってきたのか、ご機嫌な様子で補助輪付きの自転車をがらごろと乗りまわし、二歳の春香は地べたに寝そべって大きな紙をひろげ、色とりどりのクレヨンをそこらにぶちまけて思うさま前衛的な絵を描きなぐっている。そんな二人をなんとなく眺めていると、耀太を抱いたあかりが頬笑みを湛《たた》えて近づいてき、つくづくという口ぶりで、

「みんな元気でよかったねえ」と言った。

「うん。ほんまに俺ら、運がええわ」と彼は答えた。「でもまあ、一つ問題があるとしたら、この赤信号やな。もう何年もここにおるような気ィする」

「あたし、だんだん慣れてきちゃった。いいんじゃない？　このままで……」

「ええんかなあ」とつぶやきながら、彼は横断歩道の向こうの近くて遠い世界に目をやった。

三人の子供たちは高速道路の下で瞬く間に大きくなった。そして、どこへどうやって消えたのか子供たちはそれぞれに独り立ちしてゆき、ふと気づくと、またあかりと二人きりになっていた。あかりががらんとした薄暗い高架下を見わたしながら、

「なんだか懐かしいねえ」と言った。「最初は二人だけだったもんね」

「そう言えば、そやったなあ」と言って彼はあかりに歩みより、久しぶりにその柔らかい肩

を抱いた。あかりも彼の肩にことんと頭をのせてきた。心地よい重みだった。

しかし二人きりの時間はそう長くは続かなかった。二十九歳になった日出幸が別嬪《べっぴん》な嫁さんを連れて、しかも生まれたばかりの赤ん坊まで抱いて帰ってきたのだ。ついこないだ赤信号に引っかかったと思ったら、もう孫ができたのである。

「女の子だよ。名前は菜々美《ななみ》にした」と日出幸が言った。

日出幸はすでに手わたされ、彼は恐るおそる初孫を抱いた。日出幸や春香や耀太が赤ん坊だった日々はすでに遠く、どうやって抱いていたのかもう思い出せなかった。菜々美のおもちゃのような小さな手に触れると、人差し指の先をそっと握ってきた。彼の顔を見てかすかに笑ったように見えたが、気のせいだったかもしれない。彼はちょうど六十に、あかりは五十八になっていた。

その後、春香も実直そうな夫を連れて、耀太もころころとした気のいい嫁さんを連れて帰ってきた。孫も次から次へと生まれ、高速道路の下はかつては想像もしなかったほどにぎやかになってきた。彼とあかり、三人の子供、子供たちの伴侶、そして七人の孫、総勢十五人の大所帯になっていた。彼はそれを一歩離れて眺めながら、

「まさか信号待ちしてるあいだにこんなことになるとはなあ」と言った。

「ほんと……。あたしたち幸せだったねえ」と隣であかりがうなずいた。

「だった？　何言うてんねん。まだまだこれからや。だいたいやな、ここを渡らんうちに三《さん》途《ず》の川を渡るわけにはいかん。せやろ？」

「元気ですねえ、お爺さんは……」とおどけるように言ってあかりが笑った。「あたしゃこの通り腰が悪いもんで、青信号になったら、お爺さんに負ぶってもらいますよ」

そんな調子で老いを弄《もてあそ》んでいると、孫の一人が何ごとかを言いたげに駆けよってきた。七歳になる、耀太の息子の道宏《みちひろ》だ。彼は道宏を抱きあげ、

「どうしたんや、みっちゃん。なんかあったか？」と訊いた。すると、道宏は道路のほうを指さし、

「うんとね、だんだんね、車がね、ゆっくりになってる」と言った。

言われてみれば、なるほどそう見えなくもなかった。車の流れは長いあいだほとんど鎌鼬《かまいたち》の群れのように目にも止まらぬ速度で行く手を阻むばかりだったのだが、道宏の言う通り、なんとはなしに車が通っていると感じられるほどにゆっくりになってきている。彼は興奮し、

「おい、日出幸！　見てみィ！　車が遅《おそ》うなってきてるぞ！」と声を上げた。日出幸も慌てて近づいてき、

「あ、ほんとだ。ひょっとしたら、そろそろ青になるかもしれないな」と言って感慨深げに顎を撫でさすった。

みながぞくぞくと横断歩道のすぐそばに集まってきた。ひ孫も生まれ、信号待ちの人数は十九人にまで増えていた。そしてみなが見守る前で、徐々にではあるが、確かに流れが緩やかになってき、一台一台の区切りのようなものが目に映りだした。それに伴い、空模様にまで変化が現れてきた。コンクリートの天球のごときべったりとした灰色の空が、青みを増し

つつ段々と暗くなってきたのだ。

「ああ、夜になる……」と誰かが言った。

確かにその空は、遠い昔に見た、記憶の中の夜空に似てきていた。いや、似てきたどころか、東のほうからぐいぐいと図々しいような勢いで真ん丸な月まで上がってきたのだから、これぞ夜空以外の何ものでもあるまい。しかしその久方ぶりの月はなんとも素っ気なく、ろくに再会を喜ぶ暇《いとま》もないうちにどぷんと西の彼方へ沈んでしまい、それに代わって東の空がぼうっと青白く明るんできた。

「おい、あかり！　もうすぐ太陽が昇ってくるぞ！」と彼は嗄《しわが》れ声で言い、振りかえってあかりの姿を家族の中に探すが、どうしたものか見あたらない。「おい、久しぶりの太陽やぞ。久しぶりに朝が来るんやぞ……」

しかしあかりを見つけられないうちに、いよいよ炎を腹に抱えこんだ生まれたての太陽が姿を現し、みなに深い溜息をつかせた。六十年ぶりに見る夜明けだった。太陽はじりじりと空を這いあがるにつれて白々と眩しく輝きはじめ、ついには世を覆うほどの爆発的な光を放射し、道路の彼岸を鮮やかに際やかに照らし出すようになった。

車の流れは今や腕を突き出せば止められそうなほどにのろくさく、一人一人の運転手の顔立ちまで見極められるようになっていた。そしていつのまにやら、横断歩道の向こうにぽつりぽつりと人影が現れはじめていた。自転車に乗った小学生たち、ベビーカーを押す若い母親、携帯電話で話しながらしきりに腕時計に目をやるサラリーマン……。

「あ、車の信号が黄色になった！」と誰かが言った。

その黄色が、みなの見守る中、とうとう赤に変わった。

「おい、あかり！　やっと青になるぞ！　やっと渡れるぞ！」と彼は子供や孫やひ孫たちを染みの浮いた弱々しい手で掻き分け、あかりの姿を必死になって探した。「おい、どこへ行ったんや！　こんな肝腎《かんじん》な時に！」

すると、でっぷりと肥え、髪に白いものが交じった日出幸が、彼の肩をつかみ、ひと言ひと言を遠くなった耳に押しこんでくるように言った。

「お父さん！　お母さんはもういないんだよ。去年、亡くなったでしょ？　心臓を悪くして死んじゃったでしょ？　忘れたの？」

彼はぎょっとして立ち尽くした。そうだった。もうあかりはいないのだ。六十年前、あかりと二人きりでこの信号に引っかかったのがすべての始まりだというのに、いよいよ青になるというまさにこの日この瞬間に、もうあかりはいないのだ。

「ああ、そやったな……」と彼はつぶやいた。「もうおらんのやったな……」

車の流れが途絶えた。青になった。信号機の青い光の中で、小さな白い男がどこか浮き浮きしたような足取りで歩いていた。彼も白い男のように威勢よく歩き出そうとした。この青信号はやたらと短いのだ。急がなければ……。が、彼は老い果て、思うように足が前に出なかった。一歩ごとに体の節々が軋むようだった。若々しい孫たちは、すでに横断歩道を渡りきり、彼が自分たちのもとに辿り着くのを見守っていた。「お父さん、ほら……」と言って、日出幸が肩を貸そうとしてきたが、彼はうなり声を上げて振り払った。長きにわたって行く手を阻んできた憎たらしい道路だ。誰の手も借りずに、一歩一歩踏みにじりながら渡ってやる。

とうとう彼は渡りきった。ふたたび赤になろうとする寸前に、どうにかこうにか元の世界に辿り着いた。彼の血を引いた者たちが集まってき、彼をにぎやかに取り囲んだ。しかし彼はその中にあって一人振りかえり、霞んだ目で、人生の大半を過ごした、高速道路の下の狭い薄暗い空間を打ち眺めた。

二つの人影が目に止まった。横断歩道の向こうで、六十年前の彼とあかりのように、互いにあまり知らぬげな若い男女が腑に落ちない様子で顔を見あわせ、たたずんでいた。きっと、こんなところで信号に引っかかるとは思っていなかったのだろう。綺麗な顔立ちの娘が、幾分頼りなげな若者に何か言ったようだったが、すっかり遠くなった彼の耳ではとうてい聞き取れるものではなかった。しかし彼は、まるで昨日のことのようにありありと、「なんか今おかしかったよね？」と言うあかりのみずみずしい声を思い起こすことができたのだ。

ムーンシャイン

円城　塔

講義室、机の上に横たえられた少女を尻目に、教授たちはホワイトボードの周りに集まって数学的な議論を繰り広げていた。「僕」はその横で、襲撃者から少女を守るため、慣れない銃を手にしている。少女は、数字に纏わる共感覚の持ち主だった——同じ本に共感覚者の少女テーマが二本入っているのはどうなのか、というご意見は当然お有りだろうが、むろん意図的なもの。すでに一度そのモチーフに触れた方には、こちらの物語が若干理解しやすくなっているはずだ。「一」節では、頭でっかちな主人公が群論の基礎を語りつつ状況説明、「二」節では、少女の視点から、数字が人間に見える共感覚の世界を描き、「三」節では、数学的共感覚の例を史実から紹介する。ここまで読めばあと半分で、わからない部分もあるだろうが、ぜひ美しいラストまでたどり着いてほしい。普通は恋愛ものとは呼ばない作品だが、数との恋愛と強弁してでも入れたかった。

数学の群論の世界では、有限散在型単純群（って何？）のうち最大のものをモンスター群と呼び、その位数は、八十恒河沙〜と、作中で印象的に繰り返される巨大な数になる。一方、数論の世界では、多くの対称性を持ったモジュラー函数であるj‐不変量（何それ）というものがある。モンスター群に纏わる数とj‐不変量に纏わる数に意外な関係がありそうだ——というのが数学の命題「ムーンシャイン予想」だが、理解できなくても（私は理解できてません）読めます。

初出は二〇〇九年刊、大森望・日下三蔵編『年刊日本ＳＦ傑作選　超弦領域』（創元Ｓ

初出：『年刊日本ＳＦ傑作選　超弦領域』大森望・日下三蔵＝編／
創元ＳＦ文庫／2009年刊

F文庫)。二〇〇八年の円城塔には年刊傑作選級の作品が多数あり、どれを入れるか迷った大森望が本人に意見を聞いたところ「だったら今から全力のSFを書きますよ」と言って書き上げたのが本篇。異例中の異例だが、文句の付けようもない剛速球のSF。本書で最も歯応えがある作品だし、巻末でもいい内容なので、難しいと思ったら他の短篇を読み切ってから再挑戦してみて下さい。

年刊日本SF傑作選でしか読めない作品はもう一作、宝玉を輸送する奇妙な儀式への参加が義務付けられた都、見た人間を泣かせることのできる情報構造、物理法則に反する回避行動を取る紐虫など、SF読者好みのジョークめいた奇想が満ちた、第五〇回群像新人文学賞応募作「パリンプセストあるいは重ね書きされた八つの物語」(創元SF文庫『年刊日本SF傑作選 虚構機関』)もお勧め。

円城塔には、ボーイミーツガールやロマンスの要素を含んでいる作品が少なくない。並外れた奇想世界へ読者を誘うにあたって、少しでも入りやすいよう、人間どうしの関係という卑近なとっかかりを埋め込んでおく、という戦略だと思う。代表的な傑作群——数学的構造物の一人称で語られる数学者の初恋と、読者の認識をハッキングする球体の物語「Boy's Surface」(ハヤカワ文庫JA刊の同題短篇集収録)、超記憶を持ち記憶の街と現実世界を混同しながら生きる男が、記憶の街で妻と知り合う「良い夜を持っている」(新潮文庫『これはペンです』)などは、円城塔流の正面切った恋愛小説だし、互いに著作を翻訳し合う二人の作家の奇妙な関係から、人類史のハイライトが浮かぶ「松ノ枝の記」(講談社文庫『道化師の蝶』)もロマンス的側面がある。

短篇集未収録作品では、平安時代から垂直移動の案内を職掌としてきた一族と、水平移動の案内を職掌としてきた一族の運命が交錯する「バベル・タワー」（創元SF文庫『年刊日本SF傑作選　行き先は特異点』）、道端で発見されたものが手帖かどうかを判定するために、手帖判定用の人間と宇宙を創る実験が繰り返される「手帖から発見された手記」（新潮社『小説の家』）、後ろ足の幻肢を持つ男がデータ上に生命を創造する「リアルタイムラジオ」（大森望編『ヴィジョンズ』講談社）、個人的な願いが願望課への申請によって叶う都市で、時間遡行によって妻との別れを書き換えようとする「Four Seasons 3.25」（大森望編『SFマガジン700【国内篇】』ハヤカワ文庫JA）なども、やはりロマンス要素が絡んでいる。いずれも「ムーンシャイン」よりは柔らかく、これらを収録してもよかったが、SFのエッジ作品を優先した次第。

たまにアンソロジーなどで円城塔を読むが難しい／よくわからない、という方には短篇集『シャッフル航法』（河出文庫）をまずお勧めする。縮小する宇宙の中で、記述方式の更新によって宇宙を拡大させ生き延びようとする「φ」や、母親のお腹の中から出てこないままどんどん成長する子供を描いた「つじつま」など、本の前半は比較的わかりやすい作品が多い。後半はギアが上がるが、どこまでついていけるか楽しんでみて欲しい。文系読者だけどSF的な想像力にも関心があるという方なら『これはペンです』を、血気盛んな大学生SFファンなら『Boy's Surface』をどうぞ。近年の〈SFマガジン〉発表作は、物理書籍が衰退し本がデータ上の存在となった時代に、昔ながらの書店に遭遇する「書夢回想」（二〇一九年四月号）など、わかりやすい部類の作品が増えている。

円城塔《えんじょうとう》は一九七二年北海道生まれ。詳細なプロフィールは『2010年代SF傑作選』1巻を参照のこと。

Moonshine

1：戯言《たわごと》
2：密造酒
3：モンスター群とモジュラス関数のミシン台の上での出会い

一

千九百十一という数について長々と語りはじめることは僕などにはなかなか難問であり、それがお前の才能の限界であると言われればその通り。これがたとえば、千七百二十九とかであれば話は別で、まあ千七百二十九なるその数が、二つの正《せい》の立方《りっぽう》数の和で二通りに書き記すことのできる最小の数なのであり、そいつがタクシー数と呼ばれているとかいう話題やら理由については、みんなとうの昔に飽《あ》き果ててしまっているだろうと思う。

数そのものとかいう難儀《なんぎ》なものには御勘弁を頂くとして、千九百十一年ということにするなら多少の話題の持ち合わせがある。たとえばファイト－トンプソンの定理の元になったバーンサイド予想が提唱されたのがこの年だったりするわけだ。

曰《いわ》く、「非可換《かかん》な有限単純群《ぐん》の位数《いすう》は偶数である」というのがバーンサイド先生の述べた大層《たいそう》有り難い予想なわけだが、これを発展させたファイト－トンプソンの定理は、「奇数位数の有限群は可換である」ことを主張する。これらの定理の完成により有限群の分類という苦難に満ちた長大な歴史が幕を開けることになるわけだが、大多数の人々にとってそんなことは暮らしに活《い》かしようのないことだろうし、正直、僕にとってもどうでも良い。何故《なぜ》初《しょ》っ端《ぱな》からこんな無茶な話題振りをしてぐだぐだと茶を濁しては沸かし直しているのかというと、そうでもしないとやっていられないからというのが、目下《もっか》偽《いつわ》らざる僕の気持ちなのであり、現在の僕の手の中には、何故か千九百十一がある。あると言ってしまった以上は解説なりとが要《い》るはずだが、僕はこいつについてあまり多くを語りたくない。勿論《もちろん》、数そのものなんていう物騒な代物《しろもの》ではなく、こう、鉄から出来上がっており、ずっしりと持ち重りがする上に、引き金なんてものまでついている。腹の中には.45ACP弾七+一発。いわゆるコルト・ガバメントM1911A1。思わず、それは千九百十一個の要素の入れ換えに関する単純群ですかと訊《き》き返したくなるところながら、無論違う。マシュー群はM11、M12、M22、M23、M24しか存在しないことが知られているから。この奇妙なパズルについて解説するには、圧倒的に時間が足りず、今のところホワイトボードの空《あ》きも存在しない。ありったけのホワイトボードには教授連《れん》が群がっており、現状を打破する方法をあっちの方から模索中。

無茶だからという理由だけから、全《すべ》ての説明を放棄するというのもあれかも知れないので努力はしてみる。いわゆる群《ぐん》の定義からはじめてみようか。i】単位元が存在します。ii】結合法則が成り立ちます。iii】逆元が存在します。試験に間違いなく出てくるので暗記すること。っていうか、実感すること。これで何かが少しは分かり易《やす》くなっただろうか。今、もうわけのわからん呪文《じゆもん》を唱え続けるのはやめてくれと頭の中で呟《つぶや》いたのは僕ではない。

おうけい。もう少し真面目にやってみよう。あなたの前に、一枚平らな鏡がある。この状況を、そこに対称群があると数学者は呼ぶ。そこのあなたと、左右を入れ換えたあなたが、鏡を挟《はさ》んで向き合っている。i】あなたを鏡に映さない。ii】鏡に映さないあなたはあなたで、鏡に映したあなたは鏡に映ったあなたで、鏡に映っていなかったあなたを鏡に映すと、鏡に映ったあなたが登場。iii】鏡に映したあなたをもう一度鏡に映すと、鏡に映さなかったあなたになる。ここらでやめても何処《どこ》からも文句は来ないと思う。僕はこうして黙ったまま、廊下の窓枠の下、M１９１１を膝に抱えて壁に背中をつけて座り込んでいる。おまけ。あなたの前に、互いに九十度の角度をなした二枚の鏡が突っ立っていると想像しなさい。まあ、万華鏡《まんげきよう》みたいなもの。

派手な銃撃戦とかいうものを期待されても、僕にそんなものを描写する能力のあるはずがなく、そんな事態に立ち至ったなら、呑気《のんき》に実況なんてしている余裕があるはずもない。書いている途中で何物かに襲われる手記に似るのがせいぜいだろう。ああ、今何かがドアを開けはじめた、悲鳴、一巻の終わり。おお、バーリン。死んでしまうとは情けない。だいたい、銃はここに一丁あるきりで、先方《せんぼう》の人数も武装も未《いま》だはっきりしていない。ああ、窓に、窓に。今日も青空。

ほい。

机の引き出しから取り出した千九百十一を気軽に投げて寄越した教授に恨《うら》みつらみを感じないでもないものの、現状は僕が役に立てるような場面ではないわけであり、そんなことは口頭《こうとう》試問を受けなくったってわかっている。普段から良くおきましょうっていうのはこういうことかね。いざというとき、ホワイトボードの前に立ち続ける権利を保有するか、撃てばまず間違いなく肩が抜けそうな四十五口径を手に廊下にへたり込む羽目になるのか。

腹が減ったなと考えながら、遮光《しゃこう》カーテンを引いた講義室の光景をドアから覗く。講義室の中央には、ベッドを真似た机の寄せ集めに横たわる一人の娘。年齢《とし》の頃なら十二、三、四、五、六、七、八、九の多分前半のより以前。傍《かたわ》らには、蒼褪《あおざ》めた馬のような顔つきで娘を見守り、か細い手を握り続ける中年女性。その二人に背を向けて、運び込むにいいだけ運び込んだホワイトボードに群がる八人の男。うち一人が僕の指導教官《ボス》。一応念の為《ため》につけ加えておくならば、これは数学科の日常的な光景ではない。ありったけの窓硝子《がらす》にがんがん頭をぶつけながら歩く老人や、壁に向かってぶつぶつ独り言を述べ続ける人物《ひと》や、歩いているうちに井戸に落ち込む間抜け野郎や、空から降って来た亀に頭を割られる不幸な人物には不足しない学科であるが、これは流石《さすが》に、きちんと異常な光景だ。解剖台の遺体を取り囲み、という話であれば、テュルプ博士の解剖学講義、みたいな話になるが、娘さんはきちんと着衣の姿を保っているし、教授連中はそれに背を向け、なんだか意味のとれない単語を矢継ぎ早に言い交わしては、またホワイトボードに戻るのだから、どこから突っ込みや解説を入れて良いのかわからない。とりつく島が視野の限りに見当たらない。

不安げに目をあげる中年女性と視線が合って、僕は左手をひらひら振ってみせる。奇妙な親子と奇人の群《むれ》。僕はどちらかといえばこの中年女性に近い性質を、つまりはこのままお茶の間に移植するだけで、違和感なく日常の風景に溶け込むことのできる性質をまだ持っており、これは仲間意識の表明なのだが、おばさまの視線は僕の右手に握られた鉄の塊《かたまり》に釘付けだ。怯《おび》えたように目を逸《そ》らす中年女性の気持ちはわからぬでもない。むしろわかる。感情移入に長《た》けた方には、長らく入院していた娘が暴漢に連れ去られかけ、あれよそれよとなりゆきにより数学科へと移送され、何者かの追跡から逃れるように数学科から数学科を乗り継ぎ続け、はや一週間、誰からもこれといった説明のないまま、ホワイトボードに包囲された意味のわからない議論の輪の中央に置かれて放置され、大変に頼りのなさそうな若者が、ごつい銃を片手にやる気がなさそうに廊下に座り込んで護衛にあたっている、なんていう状況に投げ込まれた母親の気分にとくと浸かって頂くのが良い。僕には皆目《かいもく》わからない。

多分これは、悪夢的な状況ではあるのだろう。試験の準備をしていないのに、当日を迎えてしまった子羊のような気分なのかも。それはまあ、僕なりにこの状況の解説を続けてみることもできぬではない。充分な時間が与えられれば。今こうして同時並行的に書き記されていく板書《ばんしょ》一枚につき、三日か四日の時間を解読用に貰えるならば。つまりは、書きなぐられては消されていくホワイトボードの上の記号を、僕は全《まった》く追えずにいる。細部を確認するより先にどこかへ流れていってしまう映画の断片。ごく平凡に考えるなら、一人一人の見ているものをいちいち新たに見直すのには、生活時間に人数を掛けた分の時間が必要となる。五日をくれればそこらへんを通りかかった院生に、大体の勘所《かんどころ》を伝えるくらいのことはできると思う。そのあたりに立ち尽くす縁なき衆生《しゅじょう》に解説するなら、まあ、五年。糊《のり》しろを見て十年くらいは要請したい。ひょっとして僕の年齢と同じくらいの時間が要るかも知れない。そういうことを平気な顔で言い続けると、決まって不誠実だと非難を受ける。

「人を馬鹿にして」

そう真っ当な道理を言い捨てて、僕の前から姿を消した人物は三指《し》に余る。

そう言われてもね。たとえばファイト－トンプソンの定理の証明は、論文にして二百頁《ページ》を超えているのだ。それを一言二言、前菜《ぜんさい》と魚料理の間の軽い冗句《じょうく》としてアレンジせよと命じられて、応《こた》えることのできるシェフなんてものはこの世にいないと僕は思う。専門家の間でさえも、有限群論に関する論文のあまりの長大さには悲鳴が上がり続けているというのに。有限群の分類に関する論文を頭から尻まで並べてみせるのに何千頁が必要なのか、まだどれだけの証明ギャップが見過ごされたままそこに存在しているのか、知っている者は誰もいない。

「何を言ってるのかわからない」

かつての恋人たちから言われた台詞《せりふ》を、僕は現在、自分に向けて投げ返している。僕も自分が何を言いたいのか、何を知っているのかわからない。ホワイトボードの間を飛び交う単語は僕の頭を右から左へ素通りしていく。

きっとここで僕が滔々《とうとう》と語りはじめるべきなのは、群の定義なんかではなく、どうしてこの娘が誰かに狙われ、この教授連中が何をどうしようとしているのかってことなのだろう。

残念ながら、その細部についても僕が何も知らないこと、怯えた目をした中年女性と何も違うところがない。救急車のサイレンが講義棟《とう》に横付けされ、ストレッチャーが運び込まれて、ボスが千九百十一を投げて寄越して、この一週間を促《うなが》されるまま移動したこと。それで全《ザッツ・オール》てで正しく右で権利をなす《ライト》。

「とりあえず起動まではこれで何とか」

　ホワイトボードの前でボスが呟き、隣の教授がボスの手元を覗き込む。

起動、の単語は多分数学事典の中には存在しない。走らせたり使いっ走りをさせられたりといった出来事は、数学の方からしてみれば、全く関係のないことだからだ。点《つ》けたり消したりできないもの。それが論理だ。取りつけたりはずしたりできるのは前提の方で、つまりはこちらの頭の方で、何かの流れに横合いから接続することができるだけ。その流れが有効なのか、ただ流れ浮かび結ぶものかの判定は誰かのお好みに任されている。

　僕は体を壁から起こし、右手を上げて廊下の突き当たりに出現した影を牽制《けんせい》する。律儀《りちぎ》に引っ込むスーツの裾《すそ》を視界の隅にちらと捉《とら》える。そいつがジーンズにTシャツ姿でのこのこ登場したのなら、僕も判断に迷うところだが、相手はどうも未だにこちらの流儀を把握している様子を見せない。FBIだかCIAだかDIAだかNSAだかMI6だか、GSG－9だか、第一空挺団《くうていだん》だか知らないが、もう少しやりようなり格好なりがあるだろうに。

「来ましたよ」

他にすることもないので、わざとらしく前転をして講義室に転がり込む。尻をかすめる弾丸を期待していなかったと言えば嘘になるが、とりあえず先方に問答無用の発砲意思はないらしい。

「あとは魔法陣さえ描けば当座はしのげる」

ボスの不気味な笑みが僕を迎える。魔方陣？　いや、魔法陣。背後では残りの教授連中が、先程までボスの位置していたホワイトボードの前に群れ集い、いやしかし、それはそれ、これはどれ、いつはそこ、わたしはそれ式の繰《く》り言を相互に並べ続けており、やっぱり何が何だか把握し切れぬ中年女性が、何が何やらわからぬなりに、娘を庇《かば》うように両手を広げて、前へ一歩踏み出している。

ボスは点滴に繋《つな》がれた娘の乗るテーブルの横、中年女性に猛烈に睨《にら》まれながらもどこ吹く風、奇態《きたい》極まる紋様《もんよう》を嬉々《きき》としてレポート用紙に記《しる》しはじめる。

「いい加減説明はあるんでしょうね」

と問う僕に、

「彼女がするさ」

ボスは顎《あご》を使って彼女を示す。だからもう少しの間、そのでかぶつを構えていてくれ給《たま》えと言う。

机の上には、力なく横たわる一人の娘。無慈悲な夜の女王そこのけに無表情極まることなく、丸い目を開け、天井を睨む。僕はこの一週間、彼女が何かを喋《しゃべ》るところや、何かを食べているところを見たことがない。一体生きているのかというと、それなりに人の道理に従い、動く。骨や関節、筋肉により。物質の道理に逆らっては動けないから。そうしたいのかどうかにかかわらず、ぎくしゃく動く。大抵《たいてい》、虚空《こくう》を睨んで仰臥《ぎようが》している。何かを認識しているのか、犬を犬と、猫を猫と、人を人と、物を物と識《し》っているのかどうか、甚《はなは》だ怪しい。

「なあ、やっぱりモジュラス側からムーンシャイン経由で」

知り合いの教授が、ボスの肩越しに声をかける。

「時間がないよ」

とボスが応える。

二

百億基《き》の塔の街で、私は育つ。

正確には、八十恒河沙《こうがしや》八千十七極《ごく》四千二百四十七載《さい》九千四百五十一正《せい》二千八百七十五澗《かん》八千八百六十四溝《こう》五千九百九十穣《じよう》四千九百六十一秭《し》七千百七垓《がい》五千七百京《けい》五千七百五十四兆三千六百八十億基の塔の聳《そび》える街。ただ一基の増減さえも許されず、塔の数は、七十一以下、三十七、四十三、五十三、六十一、六十七を除く素数で割り切れる。もう、地球を構成する全ての原子の数よりも多い塔。それでも私は、塔の数を正確に把握している。どのようにそこにそうして見えているように。聞こえるように。香るのと同じ。舌の上を丸く転がり、黄色く叫び、塩辛い羽音《はおと》のように、微《かす》かに苦く高音で叫ぶ。肌理《きめ》の上面《うわつら》を滑る指のように明らかで、柔らかく、ただ冷たく、青い。

時折、街のどこかでは、記憶から忘れ去られた塔が崩落している。でも大丈夫。これだけの塔の全てを、一息に押し倒してしまうことは誰にも決してできないから。倒れた塔は理に機に応じ、定められて対応する二つの塔に刻まれた道理に従い再建される。世の中から十が失われても、一と九が残っていれば二つを足して再建できるのと同じこと。一も既《すで》に失われていたとして、その場合、三から二を引くだけのこと。全てを反故《ほご》にしてしまうには既に疾《と》うにそのはじまりから巨大にすぎて、剣によって薙《な》ぎ払われた草原は風を招き火を呼んで、加害者を排し、修復する。

私は、十七と十九、双子《ふたご》の兄弟と一緒に育つ。

「ねえ、いつ戻るの」

二人は同じ形の口を同じように動かして言う。発声の間には微細な差異が挟まって、過大なステレオ効果を伴って私に届く。あるいは私の頭蓋《ずがい》の中央で焦点する一つの声。右の子が右。左の子が左。右の子が左。左の子が右。双子の声は私の頭の中をすれ違う。身じろぎもせず左右の位置を交代しては遊んでみせる双子へ向けて私は微笑《ほほえ》む。双子も穏やかに微笑み返す。小さな手が差し出され、一つずつを両手に握る。双子が握手してくれる。腕を摑《つか》んで軽く上げると、きゃっきゃと笑う。

この街では、誰も新たに産まれるということがない。最初からそこにおり、いつまでもいる。始まりの前のその向こうから、終わりの時のその先でも、まだ平気な顔をしているだろう。だから私も、ここに改めて産まれることは起こらない。この街では誰も育つことがありえないので、双子の兄弟はいつまでも双子の兄弟の姿をしている。半ズボンをサスペンダーで吊り下げて、お揃いのチョッキを身につけている。ふわふわとした金髪が、揃いの磁器のように対称な顔を包んでいる。

私は多分育つだろう。私はいずれ、ここを出て行くことに決まっているから。それとも、ようやくここまで、たどり着いたところだから。

「ねえ、いつ戻るの」

そのうち私は元いたところへ戻るのだろう。そのうち私はまたここへ戻って来るのだろう。何処にもなく、ここにあり、いつかあったためしはなく、いつでもある。私が見ていない間も月はある。私が見ていない間も、月は私を見つめている。このことは本来、受け入れ難《がた》い。私が消えれば、月も双子も消えるべきだと、私はどこかで考えている。同時にそんなことはありえないと熟知している。多分、事態は逆だからだ。双子が見ていない時には私はいない。私がいなくなったあとになっても、双子は私のことを見つめ続ける。

「待っているから行ってしまっても大丈夫だよ」

双子は言う。

「何なら、僕らの方から会いに行くしね」

私はこの街の構成要素に属していない。だからこの双子と違い、街の修復機能は私を再現することはない。ただの観光客に近く、全貌を漠然と把握することができるだけ。明晰《めいせき》に知ることはできるのに、書き下すには時間が足りない。いかなる細部を記そうとも、細部はまた別の細部と繋がった緊密な網目《あみめ》を形成しており、記述は常に間に合わない。街には、八十恒河沙八千十七極四千二百四十七載九千四百五十一正二千八百七十五澗八千八百六十四溝五千九百九十穣四千九百六十一秭七千百七垓五千七百京五千七百五十四兆三千六百八十億基の塔。一つ一つを弁別して記すだけでも陽《ひ》が暮れ昇り、子を生《な》し、滅び、世代が雪崩《なだれ》を起こしても尚《なお》足りないほどの時間と場所が必要だ。塔を個別に識別するのに要するビットは百八十。多いと見るか少ないと読むかは人による。

個別の塔に留《とど》まらず、それぞれの塔の間の関連を記述するには、最低十九万六千八百八十三×十九万六千八百八十三次元の正方《せいほう》行列が要る。二十文字×二十文字の納まる紙を用意して九千六百九十万七千二百九十枚分。それだけの場所を用いることで、ようやく塔の一つの描写が叶う。そんな行列がやっぱり八十恒河沙八千十七極四千二百四十七載九千四百五十一正二千八百七十五澗八千八百六十四溝五千九百九十穣四千九百六十一秭七千百七垓五千七百京五千七百五十四兆三千六百八十億個。

こうして見、触れることができるものに対して。外観だけを描写するのに。

地球を構成する原子の数より多い塔を持つ街を、どうして想像することができるのか。答えはあまりにはっきりしていて、その街は想像されたものではなく、こうして今ここにある。目の前にあるので見ることができ、聞くことができ、触れ、香り、舐《な》め回すことが可能であり、気になった部分があれば、そこへ行って実地に見てみれば良い。それだけのこと。双子に頼んで、どこへなりと連れて行って貰えばよい。

地球を構成する原子の数より多い塔を持つ街が、どうして地上に存在するのか。考え方は様々あり、屁《へ》理屈はどこにもどのようにでも貼りつけうる。この街は地球の中にはないのだとか。塔は原子で出来ているわけではないのだとか。実際のところ、どちらも正しい。星形に並んだ五つの点を二つずつ結んでみるだけで、十本の線が出現する。十本の線を二本ずつ結んでみるだけで、新たに四十五本の線が出現する。なにとなく、そのようなこと。そんな過程を繰り返して成長していく星形は、この宇宙の中にあり、この宇宙の中には入り切らない。多少厄介《やっかい》な事情としては、この街はそんな単純な構成から組み上げられる記述をさえも持ちえない。

私はこの街でこうして暮らしているものの、ここに時間は流れない。何もかもが不変であり、風景はいつも金色の光に包まれている。時の止まった巨大な構造物のほんの片隅、私は双子に挟まれ座っている。視野の限りに、大小細太様々の塔。それぞれの塔の表面では、無《む》尽《じん》に入り組む意匠《いしょう》が安易な解釈を飛沫《しぶき》のように撥《は》ね退《の》けて傲然《ごうぜん》と頭を上げている。いかようにも。塔は無音で叫び続ける。いかようにも表現するのが良いのだが、ただし一貫性をもって表現せよと咆哮《ほうこう》する。Aを一度Aと呼んだら、次のAもAと呼ばざるをえないのであると紋様は叫ぶ。

さもなくば。

「君は君でなくなってしまうだろうから」

双子は言う。

「いつも僕らが見ていることを忘れないでね」

双子は言う。


この街で私は、双子の兄弟から異国の言葉を学ぶ。それはとても奇妙な言葉で、言葉の動きが、ここには存在しない私の手足を構成する。束《たば》をなす感覚の流れが、それぞれ視覚と呼ばれ、聴覚と呼ばれ、嗅覚《きゅうかく》と呼ばれ、味覚と呼ばれ、触覚と呼ばれ、名付けられていることを知る。私は私を構成し、私を記述する術《すべ》を学ぶ。

「そう、僕らは双子だ」

双子は言う。

「君に見られるが故《ゆえ》に存在する、君のことを考えている双子で、君は僕らに見られているが故にそこにいる。本当は僕らのこの言葉の方が、異国の言葉のはずなのに」

おかしいね、と並んだ双子はくすくす笑いながらお互いの体をつつき合う。

「僕たちの教えることのできる言葉を、あんまり信用しちゃ駄目だよ」

双子は私の両耳に向け囁《ささや》きかける。

「ここにはたまに君みたいな人が来るのだけれど、生まれつきこっち側にいる君みたいな人は滅多《めった》にいない。滅多というか、僕らの知る限りにおいて初めてのこと。君にはあっちの方が偽物《にせもの》に思えてしまうかも知れないけれど、こっちが嘘で、ううん、とことん本物なんだけど、君にとってはあんまり本物の場所じゃない。君は街に組み込まれてはいないから。残念だけど。僕たちはここでのものの見方を教えてあげられる。僕たちを見なくても良くなるようなやり方を、君に教えてあげられる」

私は、こうして双子を見ていられればそれで良いと感じている。時の止まった空間で、私だけが歳を取り続けていくのでも。全ては整然と、膨大に、捉えようもなく、いつまでもこれからもそこにそうしてあり続け、知りたい細部は常に明晰に手にとれる。私の在不在にかかわらず。

「ねえ、いつ戻るの」

「戻って欲しいの」

私の問いに、双子がそろってかぶりを振る。一見、鏡を挟んだように映り、しかし圧倒的な差異を細部に抱える少年が二人、困ったように項垂《うなだ》れる。

こんな逢瀬《おうせ》は本来徹底的に間違いなのだと、双子は言う。六十一や六十七に知られたら、怒鳴られるくらいじゃ済まないんだから。

「本当は全部忘れてしまって、もう二度と戻って来ない方が良いんだよ。これ以上多くを望みたくなってしまったら、僕たちもどうすれば良いのか知らないから。それとも僕らが多くを望むようになってしまったら、何が起こるかわからないから」

だから早く言葉を全て覚えて、そうして忘れて貰わなくちゃと双子は言う。

三

現在は第三巻と第五巻の一部を断片として残すのみの、偽アポストロス・ドキアディス「全異端論駁《パナリオン》」は、当時の異端《いたん》的神学者の著作からの引用を多数含むという点において貴重なものと見なされている。既に失われた著作家たちの仕事を雄弁に語るこの著作の中で行われる多数の批判の対象に、二人の数学者が含まれていることは指摘されることがほとんどないが、偽ドキアディスがこの二人を数学者とは見なさなかったことは今からすれば理解し易い。二人の主張が一般に想像されるような数学者の言行とは乖離《かいり》していることが、二人の実像を見えにくいものとしていることは確かであるから。

ここで希臘《ギリシャ》の哲人として名指しされ、あるいは奇妙な石蹴り遊びの考案者として指名されているペトロス・パパクリストスは、一つ一つの数を生き物と見なした咎《とが》によりこの碩学《せきがく》から異端の烙印《らくいん》を押されている。特に、「それ自身と一以外によっては決して割り切られることのない数」に関するパパクリストスの執着は深く、それらの数の性質を人間そのものの振る舞いとして描写している。たとえば百一と百三の双子《ふたご》素数は、パパクリストスの夢の中に双子の少女の姿をとって登場する。哀しげな微笑を湛《たた》え、純白の貫頭衣《かんとうい》に身を包んだ少女二人は、当時パパクリストスが取り組んでいた難問に対する導き手として、また彼の未達成をあらかじめ告げるものとして執拗《しつよう》に彼を悩ませ続ける。夢の中で難問に挑み続ける彼を、ベッドの脇に佇《たたず》む少女二人は無言のままに微笑み見つめ、助言を求める彼に答えを返すことはない。

偽ドキアディスは、パパクリストスが最終的に精神の平衡《へいこう》を欠き、難問の解決を石蹴り遊びと同一視した末、嵐の中で落雷に打たれ亡くなったことを書き記しており、その罪状をこの少女二人へと帰《き》す。彼はこの双子を、はっきりと悪魔と名指ししている。

「全異端論駁《ろんばく》」に登場するもう一人の数学者、ロンディニウムのダニエルは、その主張の奇抜さにおいて、より一般の数学者像からは離れている。彼自身の手になる文章は今に伝わっておらず、「全異端論駁」が収めるのは、彼の行状を記した別人の手になる手記の一部である。

この報告者によると、ロンディニウムのダニエルは、数を風景に、風景を数に読み替えることが可能であったとされている。

石畳に色とりどりの線を波打たせて描いていくダニエルは、その紋様を、自分が見ているところの円周率の表現であると主張していたものらしい。彼は、路面に描かれうねる線の最初の山から次の山までが、円周率の冒頭十桁《けた》を表していると説明をした。もしも彼の主張が真実であるならば、彼が路面に記し続ける線は、その全長から類推して、円周率を数十万桁まで書き記したものだということになると、報告者は書き残している。ここで、人類が円周率を小数点以下百桁まで実際に計算できるまでには、十八世紀の到来を待たねばならなかったことを思い出すのも良いかも知れない。

ダニエルはまた、雲の形や木々の姿を単一の数として読み上げることができ、その変形を数の変化として捉えることができると主張していたとされており、このこともまた、偽ドキアディスの怒りをかったようである。報告者の言《げん》に従えば、ダニエルは雲の変形や木々のざわめきを、それぞれに固有の演算として認識することができていたということになる。一と一を足せば二であるように、一と一を掛ければ一となるように、一と呼ばれる雲と二と呼ばれる雲を、「雲る」ことにより、たとえば五の雲が生成するというのが、その骨子《こつし》であったらしい。

「神の定め賜《たも》うた手続きに、そのような余分な手続きを好き勝手に付け加えることは不遜《ふそん》である」とするのが、偽ドキアディスによる論難である。彼にとって数に対して許された演算とは、加減乗除四則《しそく》に限られたものであったらしい。偽ドキアディスは古典時代の神学者であり、無理数の存在を認めていなかったこと、また、整数で割り切れぬ割り算を、割り算とは認めていなかったこと、つまりは分数を数とは認めていなかったことには注意が要る。

この種の奇妙な能力を見せる人々の活動は、様々な偽書《ぎしょ》の中に確認することが可能である。中世においてキケロの手になるとして短期間流通したことのある「続アカデミカ前書」は、キケロの「アカデミカ前書」におけるテミストクレスの驚異的記憶能力をこの種の異端的数学能力へと帰している。

「アカデミカ前書」においてキケロは、古典期における優れた記憶力の持ち主として、ルクルス、ホルテンシウス、シモニデス、テミストクレスを挙《あ》げている。キケロによれば、ルクルスは事柄の記憶に優れ、ホルテンシウスは言葉の記憶に優れていた。言葉よりも事柄の記憶に本質を見出すキケロは、ルクルスに軍配を挙げている。シモニデスは体系的な記憶の術を編み出し、シモニデスを凌《しの》ぐ驚異的な記憶力の持ち主であるテミストクレスはその術の存在自体を嘲笑《あざわら》っている。

シモニデスの編み出した記憶の技とは、建築物の配置を記憶と同一視する技術である。人は建築物の配置に強烈な印象を持つものであるから、自分用に誂《あつら》えた理想の都市を記憶用に一つ保持することを、シモニデスは提唱する。現実の街でかつて起こったことのある出来事の一つ一つが、記憶の街の光景に対応することにより、記憶は明晰に呼び起こされる。誰が誰に刺されたのかを記憶するより、誰かが誰かに刺された光景の方を記憶せよということだ。たとえ刺された人物の名前そのものを忘れてしまったとしても、顔つきや物腰、その都市での人間関係などを手繰《たぐ》るうちに、遠回りの道を伝って、名前は思い出されることになる。要素ではなく脈絡を、そう大きくまとめることもできるだろう。

シモニデスはこの技術を、一つの崩落の中で発見している。

土地の金持ちの屋敷の新築宴会に出かけたシモニデスは、カストルとポルックスを讃《たた》える詩を吟《ぎん》じることを命じられる。この挿話《そうわ》の中で詩を披露《ひろう》したシモニデスには、何故か半額の礼金をしか支払われない。憤《いきどお》るシモニデスは暴発の直前、門のところへ二人の若者が来ていると告げられて、しぶしぶ屋敷を後にする。彼が退出すると同時に、新築の屋敷は見るも無惨に倒壊する。シモニデスが振り向くと、列席者は石材に埋もれて弁別《べんべつ》不能な死体と成り果てており、死者を引き取りに来た親戚たちは、どの肉片が愛する家人のどこまでなのか、頭を悩ませることになる。

シモニデスは、宴席の席次を光景として記憶しており、それゆえに、わだかまる肉の塊を、そこらへんはだいたい三丁目の佐藤さん、あそこらへんはだいたい四丁目の山田さん、と指し示すことができたのである。かくてシモニデスは写真のような記憶力を利用して、入り交じった肉塊を個々の人間へと差し戻すことを叶え、これが記憶の術の要諦《ようてい》であり全貌である。シモニデスを崩落から救い出したのが、カストルとポルックスの双子であったことは言うまでもない。

記憶を、記憶の中の光景と一致対応させること。シモニデスの発明したこの技術に対してテミストクレスはこう返したのだとキケロは言う。

「記憶する方法よりも、忘れる方法の方を教えてもらいたい」

偽書であることの判明している「続アカデミカ前書」によれば、テミストクレスはシモニデスと同様の記憶の術を使っていたのだとされている。ただしそこで記憶の基盤として用いられているのは、記憶の中のものなのか、実在のものなのかが最早《もはや》判然としない理想の街並などではなく、数の秩序そのものだったということになる。数などというものはそこらにいくらでも転がっているのであり、とりあえずのところ記憶や知覚にかかわらず存在している。ならばそちらを用いる方が余程《よほど》効率的であると、この奇妙な書物は説《と》く。

様々に理屈をつけるにせよ、街並も所詮《しょせん》、形態を変化させ、朽《く》ち崩れていく有命《ゆうめい》のものであるにすぎない。記憶の中の街並が崩壊することにより、そこに貼りつけられていた記憶もまた、共に崩壊せざるをえない。そもそも、記憶の術の生誕にしてからが、建築物の崩壊から生じたものであることは重大である。崩壊そのものをして崩壊を記憶するということになればどこか本末が転倒してはいないだろうかと、偽作者はテミストクレスの口を借りて問いかけている。

テミストクレスが忘却から切り離されていたのは、彼が崩壊することのない建築物により記憶を構成していたからだと、「続アカデミカ前書」は結論する。勿論その不朽《ふきゅう》の建築物は、彼に忘却を許さない。新奇なものは想起にすぎぬとしたのはプラトンであり、全て新しいものは忘却であるとソロモンは言う。つまるところ新奇なものは存在しえない。

千九百七十九年、ジョン・コンウェイとサイモン・ノートンは、モンスター群の表現とモジュラス関数のフーリエ展開の係数の間に奇妙な類似を発見する。一は一に似ていて、十九万六千八百八十四は十九万六千八百八十三と、二千百四十九万三千七百六十は、二千百二十九万六千八百七十六足す十九万六千八百八十三と、八億六千四百二十九万九千九百七十は、八億四千二百六十万九千三百二十六足す二千百二十九万六千八百七十六足す二掛ける十九万六千八百八十三と殆《ほとん》ど同じだという事実を、彼らは偶然発見する。

それがどうしたという理屈づけは、当時の時点で存在しない。彼らが発見したのは、本当にそれらの数字の間の奇妙な類似、ただそれだけだったから。

怪物的戯言《モンスタラス・ムーンシャイン》。

どうしてみたって、ただの偶然としか考えられず、偶然として片づけるにはあまりに整然としすぎている癖に、理解や筋道を完全に拒《こば》んだその対応をコンウェイは、人間の知性に挑戦をしかける全くわけのわからぬものとして、イギリス人らしい冗談まじりにそう名付けた。

四

そこに、数を数の持つ性質として直感できる人間がいたとする。その人物はたとえば千九百十一と数字を聞いて、そこに潜む無数の性質を立て板に水に話しはじめる。それが十三掛ける七掛ける七掛ける三だとか、一を千九百十一個足し上げた数だとか、一体何通りの整数の足し算に分割できるものであるとか。

そうした能力を備えた人物は、皆無《かいむ》ではない。

一瞬目にしただけの光景を何年経《た》っても忠実に再現することができたり、巨大な数を一瞬で因数分解してみせたり。大雑把《おおざっぱ》に、サヴァンと呼ばれ、ひとからげに分類されることもある。あるいは単に、数に対する絶対音感みたいなもの。

「そういう娘だったっていうことですかね」

千九百十一不法所持の罪名の下《もと》、油絞り機にかけられた末放免されることをえた僕は、更《さら》に一週間のダイエットを強要されてようよう帰還したボスに訊いてみる。教授は論文の山に埋め尽くされた机の表面を、感触を確かめるようにとんとん指で叩いて応える。悪いね。銃撃戦が発生しなくて。

「だとしたらどうだと思う」

まあ多分、大概《たいがい》のことが何故かそうなってしまっているように、大変に下らないことなのだろうと僕は思う。

「サヴァン・コンピューティング」

「古くさいよ」

ボスが面白くもなさそうに笑ってみせる。

「大体、彼女は、こちら側との対話さえ定かじゃなかったじゃないか」

「それ自体は関係がないのでは。彼女を高性能暗算機械として扱う分には。脳の電位でも何でも計ってしまえばそれで済むような」

「意外につまらん答えだな」

ボスがしかめ面《つら》をこちらへ向ける。

素因数分解が矢鱈《やたら》と早い人間がいたとして、一体何の役に立つのか。割り勘《かん》、の役にも無論立つが、現代の暗号理論の基礎部分は、巨大な数の因数分解が大変困難だという事実に支えられている。もしそんな能力を持つ小娘がいれば、世界中の暗号を容易《たやす》く解読してみせることができるだろう。まあ、言う程簡単なことではないわけだが、どこの何かは知らないが、情報部門としてはエィリアンじみて喉から喉を出して更に中から口を出したくなるような生き物だというのは多分正しい。

「今時ね」

教授が机を叩く調子が早くなり、論文の山が一つ崩れる。

「暗号文の内容なんてもので動く諜報機関なんて存在しないよ。書いた者がいる以上、当人をとっ捕まえて訊けば良いんだから。誰がいちいち文章の中身なんて読みたいものかね。情報が真《しん》に重要なものなら、そいつにつられて人が動く。そっちを見張る方がよっぽど効率的っていうものだろう。人間はそんなに複雑な情報処理をしていないよ。火がつけば逃げる、殴られれば殴り返す。殺されれば殺す。暗号文なんかよりもよっぽど単純な法則に従っている」

「じゃあ」

「まあ正解」

僕は、心底《しんそこ》つまらなさそうに台詞を吐くボスの薄くなった頭頂部を観察する。何かの特殊な能力を持った娘を、何かの役に立てるため、どこかの組織が略取《りゃくしゅ》しようと試みた。ボスは、人道的理由からだか、自分の研究上の興味からだか、その試みの阻止を企《くわだ》てたか、もしかして人類の平和や滅亡のため、人体実験にうって出て、何かの組織と衝突し、僕はそいつに巻き込まれた。あまりにもそのままで下らなく、何かにむけて怠惰の誹《そし》りを免《まぬが》れない気がして仕方がない。せめて銃撃戦なりとを経由しなければ、盛り上がりに欠けること甚《はなは》だしいと当事者である僕でも思う。踏み込んで来た情報部員に、両手を上げて降参したこと。それが僕らのやったこと。僕としても一応、震える腕を持ち上げて、千九百十一を構えるくらいはしてみせた。それを横目に制止したのはこのボスだ。腕を下げろ。そいつはおもちゃだ。渡すなよ。おもちゃ。

「先方はそう思いたがっているわけで、人は信じたいものを信じるものさ」

ボスは胃のあたりをさすりながら吐き捨てる。論文の山をがさがさ崩し、器用に一枚の紙切れを引っ張り出して、僕に向かって突きつける。

222222222 222222222
252255552 255552252
252252252 252252252
252252252 252252252
255552252 252255552
222222222 222222222

「どう見える」

僕は紙片を受け取り睨み、そこに見えるはずと知っているものを見出そうと試みる。こういうものに対しては、まず見る前に見方の方が決まってしまっているものだ。白と黒の斑点《はんてん》が乱舞する図を見せられれば、まずそこにダルメシアン犬を探すべきであり、右に回転している映像を突きつけられれば、左に回せないかと疑うべきだというのと同程度に常識問題。

「5と2」

そういうことさ、とボスは椅子の背に凭《もた》れ、顳顬《こめかみ》を片手で揉みながら、話は済んだからもう出て行けというように空《あ》いている方の手を振る。

こんな紙片が出て来るということは、あの娘は共感覚の持ち主だったということになるのだろう。おそらくは、数に特化された共感覚者。そいつがどんなものかというと、複数の感覚の入り交じりを指す。たとえば、2が灰色に見え、5が黄色に見えたりする。音が味を引き起こし、味覚が形を呼び起こす。誰にも多少は起こることのある混線であり、稀に顕著な例が発生する。なんとか味のどれそれ。食べた事がないのに、何故か味を知っているもの。カレー味の何か。何か味のカレー。化学物質の脳内での結びつき。何割かは化学的な紐帯《ちゅうたい》によって結ばれて、何割かは認知的な馴《な》れ初《そ》めにより結ばれる。

それほど珍しい事例ではない。それぞれ勝手に、好きなものを感じているというだけのこと。当然、体の構成に従い好き勝手に感じるので、個々人の間で統一性は見出せない。

紙片の例に戻るとして、2を□に、5を■に置き換えてみるとどうなるか。

2は□じゃないし、5は■じゃないのはその通り。でもそうして何がいけない。□が2でも■が5でも僕は一向構わない。

そいつが、文字と色に関する共感覚者の見ている風景を真似したものだ。2が灰色に見えるとして、5が黄色に見えたとする。その種の共感覚からすると、紙片の上には黄色く記された5と2の文字が浮かんで見える。

そうは見えない人のため。数字と四角を入れ替えると、無論こうなる。

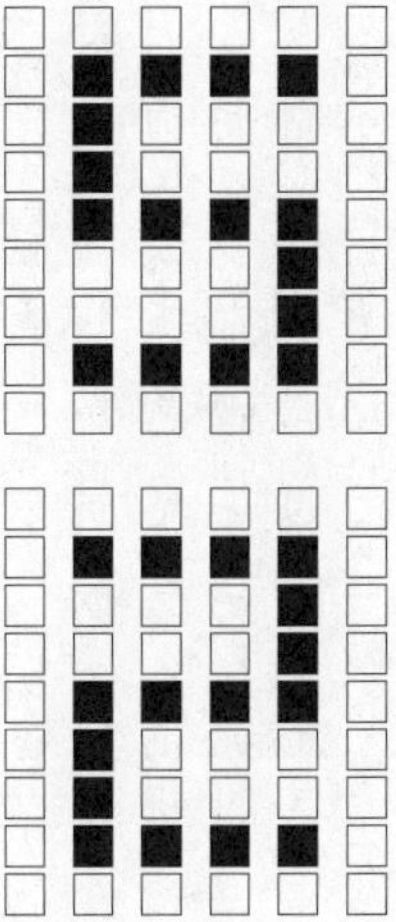

どうかな。

もしも、巨大な数に対しても、数字に色がついて見え、しかもその色の加減が、素因数分解に結びつく能力者がいたとするなら。数字の並びから5やら2やらが浮き出て見えるように、瞬時に素因数を認識しうる。先の図から数字を読み出すことは、共感覚を持たぬ者にも可能ではある。しかしその効率において、非能力者が圧倒的に遅れをとることは間違いがない。

数字と色の混淆《こんこう》は、共感覚の例として左程《さほど》珍しいものではないことが統計的に知られている。数字を風景として見ることのできた人物としては、ロンディニウムのダニエルなどが有名だ。その彼にしてからが、あまりに巨大な数に対しては、色がぼやけて判別が困難になることを自伝の中で報告している。その現象は、人間の脳が、掛け算割り算の秩序に追随することができなくなる過程として理解が可能だ。人間の脳が数学的秩序そのものとは異なっており、自然の言語は常に復号を必要とすること。デコードの追いつかないものは、なんだかぼんやりとしか映らないこと。おおよそそんな連想の傍証ということになるだろう。参考までに、掛け算は乗法群をなしており、割り算は掛け算の逆演算を構成している。

もしかして、数学的秩序におそろしい精度をもってそのまま一致している共感覚者。あの娘は、そういう種類の生き物だったということだろうか。

目を細めたり見開いたり、紙片をためつすがめつしながら僕は、ボスに率直なところを尋ねてみる。そいつは今時、かなりつまらない使い古されたオチじゃあないですかね。ボスは嘆かわしげに頭を振って、更に激しく片手を振る。ほとんど蠅《はえ》を追う動作に近い。まったくもって情けないというように、これみよがしに溜《た》め息をつく。

「図をわざわざ二つ並べた理由について考えることもできんのかね」

「親切のためでは」

勿論これは、ただの嫌みというものだ。

「僕は親切な人間じゃないよ」

わざわざ生真面目に宣言してみせるボスの言葉を聞き流し、僕は紙片を改めて睨む。2が灰色、5が黄色。灰色の四角の中から、黄色の文字が浮かび出す。黄色く浮かぶ、5と2の文字。

「だから一体」

なんなんです、と紙切れを振り回しながら文を結ぶ直前に、僕は全てを諒解《りょうかい》する。当然そんな一瞬では、閃《ひらめ》く全貌の細部を捉えることなど叶わない。しかしそれが真実であることを僕は直観的に理解する。何故と問われて理由はない。

控え目なノックの音と、僕の一言が重なり合う。

「多重共感覚者」

「すみません」

ボスが重々しく頷く気配を背中で捉え、振り向いた僕の視線の先では、ドアを控え目に開けた中年女性が腰の引けた様子で突っ立っている。腰のあたりに一人の少女がまとわりついて、ひょっこり顔を覗かせている。僕の顔を見つめて一拍を置き、訳知《わけし》り顔でにっこり笑う。なんだかどこかぎこちないが、それでもなんとかにっこりと呼べる水準で笑う。僕の背後でボスが椅子から立ち上がり、僕の背中を前へ押し出す。

「僕はお母さんと話があるから」

ボスが言う。

「一体、どこまで」

僕は先の問いに続けてボスへと問うが、ボスは無表情に僕を押し出す。

「その間、年齢の近い同士、そこらで散歩でもしてきなさい。三十分ほど」

ボスと僕、この娘の間には、おそらくそれぞれ干支《えと》が一回りするほどの年齢差があり、その提案は不当ではある。ボスが続ける。

「説明は彼女がするよ」

少女が中年女性の腰から手を離し、一歩下がってこくりと頷く。僕はボスと中年女性と少女の顔を順繰《じゅんぐ》りに眺め、中年女性が一つ、深々とお辞儀を寄越す。

五

「まあ、説明は困難なのです」

両手でコーラの缶を保持して、ベンチで足を揺らしながら、少女の形をしたものがそう、口火を切る。

それはまあ困難だろうさと僕は思う。一体、何をどこから解説されれば、解説が解説の用をなすのか、僕の方でわかっていないのだから仕方がない。事件の経緯を省略されて、いきなり解決篇から始まっている推理小説を読まされるように落ち着きが悪い。この期《ご》に及んで確認するのはあれなのですが、被害者は一体、誰なのでしたっけ。

「君は誰だ」

　仕方がないので訊いてみる。

「十七」

　ああ、もう何が何やらわからないので僕は頭を抱え込む。確かに僕は、この少女の戸籍上の名前を知らない。しかし、それがセブンティーンとかポップティーンなんてものではないだろうことは、今更言うまでもないことだ。

　多重共感覚者。灰色の2の並びの中に浮かび上がる、黄色い5でつくられた、2。その2は一体何色で見えるべきなのか、というのが、ボスの寄越した問いかけだ。光景が数字に置き換えられ、数字が色に置き換えられ、そこで見出されるものが、また別の感覚へと変換されてどこまでも続く、想像するのも億劫《おっくう》な、認識上のカスケード。認識の鏡によって変換を無限に繰り返され、そこに移ろうチグリスやらユーフラテスやらインダスやらと呼ばれる太い流れが、かろうじてのところ五感を擬態しながら入り交じる、想像の中の万華鏡。

「もう、僕の正体をわかっていますか」

　少女の形をしたものの表面に浮き出た何かがそう尋ねる。

「ユ《U》ニバーサル・チ《T》ューリング・マ《M》シンか」

「まあ、能力的《クラス》には。でもチューリング完全なんてのは、容易《たやす》く実現できるものでね。ライフ・ゲームだって見方によってはチューリング完全」

十七を名乗る少女が答える。勿論それは年齢でもない。

「ただの数字のくせに、コンピュータ《UTM》を名乗る、と」

チューリング・マシン。それはいわゆる、コンピュータ。ユニバーサルなチューリング・マシン。それはコンピュータにできること全てを可能とするコンピュータ。つまり、普通のコンピュータ。僕はベンチに浅くかけた尻を更に押し出し、背中をずってずるずる伸びて訊いてみる。

「なあ、どこからどう、切り出されている」

「ええとね」

少女はコーラの缶を胸に抱えたまま、眉を寄せて空を見上げる。

「この娘《こ》はやっぱり、この娘なんですよ」

「それは多分そうだと思うよ」

そう信じたいものだと僕は思う。この少女が数だと聞いていきなり納得できる奴がいるなら、そいつはかなりのところお目出度《めでた》い。僕のことだが。人に騙《だま》され易い性質なので気をつけるようにと、通知箋《せん》に書かれたことはおありだろうか。少女は平坦に数字を読み上げる。

「八十恒河沙八千十七極四千二百四十七載九千四百五十一正二千八百七十五澗八千八百六十四溝五千九百九十穣四千九百六十一秭七千百七垓五千七百京五千七百五十四兆三千六百八十

億」

　僕はその数字を知っている。

　平常の人間の認知過程が多重に暴走している小娘。視覚が聴覚であり、味覚であり、嗅覚であり、触覚であり、またそれぞれの感覚が、別種の感覚へと網目をつくって受け渡されている構造物。その秩序は、奇妙なことに数の秩序と一致している。おそらくは、人間がこれまで指をかけることの許された最も複雑な構造物に。八十恒河沙八千十七極四千二百四十七載九千四百五十一正二千八百七十五澗八千八百六十四溝五千九百九十穣四千九百六十一秭七千百七垓五千七百京五千七百五十四兆三千六百八十億は、最大の有限散在型単純群、モンスター群の位数に一致している。これ以上の複雑さは、有限のものに対する群論型の演算を実現するものとして、本質的に存在しない。その内部に別の万華鏡を含むことのない、孤立して虚空に浮かぶ巨大な万華鏡。他の何物からも組み上げられることのない、巨大にすぎて想像を絶する基本要素にして群論的アルファベットの最後の一文字。

「何故、と問うのは駄目なんだろうな」

「それは僕も知りませんから」

　肩を竦《すく》めながら十七が言う。

「彼女も知りはしないでしょう」

　そう、こともなげに続けてみせる。群論と、コンピュータの間に直観的な関連なんてないのでは、という問いだって、この事実の前には無効なのだろうと思う。なんだかわからないがすごいもの、という以上の表現の当たりようがない。

群の復習。何かと何かをかけあわせると、何かになる。その全体。掛け合わせて何が出て来るのかには規則がある。そこまでを含めて一つの群。お父さんとお母さんを掛け合わせて一人の子供。子供とお父さんをかけあわせてお母さん、とかそういう代物。視覚と聴覚をかけあわせて何が出て来るのか、僕はそんな演算を実行できる器官を備えない。

「僕は」

どこから何を訊くべきなのかわからぬままに、少女と並んで空を見上げる。

「数と対話をしている人類最初の男ということになるのかね」

光栄だ、とはとてもじゃないが言う気がしない。

「違いますよ」

そう十七が断言してくれて僕はほっと息をつく。

「彼女あっての僕ですから。あなたのボスが描いたあの紋様、彼女の裡《うち》で渦巻く認知過程を乗り切って、ポストのＵＴＭの認知的概念図を届けたあれ。あれに合致したのが僕なだけでね。本当は、彼女自身を呼び出そうとしたんだろうけど」

へえ、と僕は間抜けた返事を戻しておく。

要するに、ボスの呼びかけは、故意にか不可抗力でか、この少女を構成する一部分にだけようやく届いた。それだけでも大したことであるとは、僕も素直に認めたい。無茶苦茶に入り組んだカスケードで構成され、認識されるものたちが連鎖的に認識され続ける大渦の中で尚、何かを届けることが可能であること。不動点とか安定性とか、きっと何かそういうもの。図形は色であり、色は音であり、音は匂いであり、匂いは触覚であり文字である。それら個々の性質が、無理矢理に乗り継ぎながら立ち位置を入れ替え、全ての感覚が互いを融通しながら混淆する。彼女は視覚情報から得た紋様を「十七」として認識し、十七はこうして応答機械としての職務を見事に果たしている。何故十七なのかという問いの答えは、多分こういうことになる。

彼女の把握する十七に関する記述の束《たば》が、UTMの形態をたまたま採《と》っているのだろう。十七は十七番目の数であり、十七は素数であり、一を十七個足したものであり、双子素数の一つであり、プロス素数であり、フェルマー素数であり、整数への分割の仕方が二百九十七通りあり、唯一の正《せい》のジェノッチ数であり、十七角形は定規《じょうぎ》とコンパスで作図できる多角形であり、壁紙群が丁度《ちょうど》十七個あり、といった諸々《もろもろ》の性質が、それぞれの文章に登場する単語の関連が記述の束が、たまたま偶然、彼女の中では、計算機のような構造に対応していた。それが、ボスの呼びかけに応えた、十七の登場の理由なのだということになる。

もしかして、彼女の持っているかも知れない、超、整数把握能力。そいつをこの十七自身は持っていない。なんといってもこの十七は、ただの計算機の同等物であるからだ。こうして微笑み、考え、僕の問いに応答らしきものを投げ返す、高度に洗練された認識上の自動機械。彼女の把握している人間との間に設定されたインターフェース。中国語の辞書を与えられ、右から左に適切なカードに翻訳を記し手渡す人型の数。

どういうなりゆきなのかは知らないが、ボスはいつかどこかで少女のことを聞き及ぶ。人語を解《かい》さず、挙動は不明で、何の秩序に従うのか、常人の理解を遥かに超えた、細胞の巨大な集積物。いかにもボスの好きそうなもの。この超越的なガジェットに、ボスは確かな秩序を見出す。手に負えない代物だと慄然《りつぜん》と悟る。それがどういう経路でか、とんでもない場所へと漏れ伝わる。ミステリだかSFだか、エンターテインメントな謀略物を暇にあかせて読みすぎているどこかの間抜けな情報機関が、この少女をただの便利な算盤《そろばん》と見なして奪取を試みる。

様々色々、すったもんだの一週間を費やした追いかけっこの果て、とある大学の講義室へ踏み込んだその機関のエージェントは、少女の眼前に奇態な紋様を描いた紙を翳《かざ》すうちのボスと、僕のつきつける千九百十一の銃口に対面する。

身を起こした少女が、エージェントへ向け挨拶《あいさつ》を投げる。それは少女の認識の上に存在する、疑似人格のエミュレーター。

繰り返したい。十七は、もしかして彼女の保有している、化け物じみた演算能力を保持していない。何故なら十七はただの計算機にすぎず、ただの計算機は、巨大な数の因数分解を片手間で完遂することはできないからだ。十七は、謎の機関の調査を巧みにすり抜ける。自分が機械と同等のものであるにすぎないことを相手に納得させることにより。謎の機関は、少女型の計算機を欲《ほっ》しないし、十七の背後の彼女が見ているものを想像できない。ゆえに少女は解放されて、こうしてボスを訪ねてきている。

それが多分、だいたいのところの全貌ということになるのだろう。その意味で、ボスは少女を呼び出すことには失敗したが、謎の機関の手から少女を救ったのだということになる。

「まあ大体そんなところ」

十七が、目に興味深げな光を浮かべてこちらを見つめる。

「あんたたちは、変だね」

そう言い捨てて、ころころと笑う。年齢相応に笑いを笑う、少女型の機械。その向こうには、既知《きち》人類の見知らぬ光景の中に暮らす娘が一人。彼女が人間を人間として認識していることは疑いがない。十七はこうして人間として登場しており、人間として扱われている。

彼女は無意識的に人間のことを知っており、それゆえに十七を擬人化して把握している。同時に十七を計算機として構成しており、こうして人間を模倣するものとして駆動させている。単一の数にしてコンピュータにして、人間の認知機構をくぐりぬけて生物として通用するインターフェース。彼女はモンスターと共に暮らしており、彼女との交渉には、その構造を用いるしかない。

紙に記された、謎の図形。対モンスター用に調整され、多段の認知機構を励起《れいき》して、少女のどこかに埋まる計算機部分を呼び出す召還呪文。一つのとりかかりが論理に則《のっと》り、全体を一息に組織化し直す。

無論これは、十七という数そのものが、誰にとってもこういう生き物であることを意味していない。そんなことは言うまでもない。共感覚とは、ただ個別に感じられる性質であり、統一的に同じ挙動を引き起こすものではないからだ。誰かにとって黒い2は、誰かにとって黄色い2で、誰かにとっては灰色の2で、それで何の問題も起こらない。そもそも数が単独で生き物であるなんていうことは、計算機の上を走る生き物だなんていうことは、誰にも実感できることではありえない。

　まあボスの考えているのだろうことは大体わかる。素因数分解によるコードブレイク。そんなことは全くどうでもよろしい些事《さじ》にすぎない。そこに、モンスターを直視している娘がいる時に、何でわざわざ、無駄な仕事を押し付けなければならないのか。ゆえに、ボスは、少女の機械部分だけを使者代わりに召還した。そちらの方がありそうなこと。あるいは僕の買いかぶり。

　僕は、少女に片手を差し出す。

　十七は僕の手をじっと見つめて、それからおずおずと手を持ち上げる。

　僕は整数と握手した最初の男ということになるのかなと少し考える。勿論、彼女は、彼は、彼女の想像する十七にすぎず、そんなものが本当のところあるのかどうだか全く不明な、十七そのものなどではありはしない。それでも僕は少なくとも、計算機と握手をした史上二番目の男ということにはなるのじゃないかと思う。ちなみに、人間に抱き締められた最初のコンピュータの名前は、セントラル《C.》・コンピュータ《C.》と言う。

「七十点かな」

　十七が言う。

七十点。まあ多分、僕にしては充分頑張れたというところだろう。

因数分解なんてものに拘《こだわ》る謎の組織のエージェントやその上司よりは遥かにましで、ボスには未だ追いつかず、当然無論、少女の見ている物の影の尻尾《しっぽ》さえ僕には全然捉えられない。

「そろそろ戻ろうか」

少女が大きく足を振り、ベンチから勢いをつけて立ち上がる。

「彼女はまだ、ここから先に進もうとするだろうから」

十七が、硬く唇《くちびる》を噛《か》むのを僕は眺める。

「せいぜい追いつけるように頑張るよ」

少女は、小さく首を傾げる。

そんなに期待はしていないからと、口へは出さずに僕へと告げる。

六

私は、十九と並んで塔の立ち並ぶ街を眺める。

「そっちに行くんだ」

と十九は言う。人の側《がわ》には行かないんだ、と声に出さずに十九は問う。そっちはないよと、彼は叫びたい。十七の帰りを待てば、と言う十九の言《げん》に、私は黙って首を横に振る。片手を伸ばし、目の前に翳す。そこに私の手があるのを私は見る。六本の指を備えた、小さな手。それがいわゆる指ではないことを、私は多分自分で知っていると考えるより正確に諒解している。

「これは手じゃないわけじゃない」

私は言い、十九が躊躇《ためら》いがちに頷きを返す。

「あとのことは十七に任せていいと思うんだ」

十九はそう言う私に背を向けて、まるで歩みを進めるかのように、街へと向けて歩を進める。その向こうに街があるかのように幻の街へと向けて足を踏み出す。両手をポケットに突っ込み、足下《あしもと》を勢いをつけ蹴り上げる。

「まあ、待っていることにするけど」

子供のように、誰かへ向けて呟いている。ポケットが、拳《こぶし》の形に盛り上がる。そのままポケットから手を引き抜こうと試みて、出口で止まり、手を開いてやり直す。勢い良く両手を広げ、私に向けて向き直る。

「もしも」

と叫ぶ。

「もしも、その先に何もなかったら」

ほとんど泣き出しかねない勢いで十九は叫ぶ。興奮気味に手を振り回し、ぺたぺたと歩いて私につめより、下から見上げる。

「何かはあるよ」

勿論、この文章が何も言っていないことを私は知っている。それは当然、いつでも何かはそこにあるに決まっている。問題はそれをどのように捉え、捕まえ、引き回すのか。私の視線の先で手のひらが透け、もう一度見直し不透過となる。

「何もなかったら」

十九が食い下がる。もしも私がこの先で何も見出すことができなかったら。

「僕らだってこの形を保っていられるかどうかは保証できない」

私は自分の感覚に翻弄《ほんろう》されて、こうして自身を再構成し直している。数を、私が本来知っているはずの人々のように構成している。私が人を知るがゆえに、数たちはこうして人型をしており、わたしが数をどうしようもなく数と認識してしまうが為に存在の基盤を支えられている。

「折角《せっかく》、十七を経由してお母さんにも会えたのに」

涙目で十九が訴える。

そうだね、と私は静かに頷いている。もしも私がこの先に進み、数の通用しないところへ溶け込んでしまった時に、十七や十九はどうなるだろう。勿論それは、私の知りうる事柄に属していない。私が数に関する認識を失うことで、あちら側で私の交渉役を担っている十七は消えてしまうかもわからない。それは充分にありうることだ。十七は私がどう考えるかによらずに十七のままではいるだろうけど、今活動している十七は、私が認識しているところの十七の性質の記述の網目でもある。私の認識が変化することで、十七もまたその影響を逃れられない。

数自体を変化させること。塔をざわめく虫たちへと分解すること。それが、今の私が企《たくら》むことだ。

十七を通じてもたらされた一つの知識。この街の名前。十七の性質。この外側にあるのかも知れないもの。もしかすると私自身の生まれ故郷。十七がただ一つの数字でありながら計算機として構成され、私として認識されうること。

帰結はあまりに明白だ。

一つ一つの数字が、計算機としての性質を持ち、相互に作用する網目。あるいは酵素。一に二が襲いかかり、三として機能しはじめるように。アロステリック蛋白質《たんぱくしつ》。分子に分子が接合することによって配位が変わり、新たな、見知らぬ機能を発現させる。

一つ一つの数の形をした計算機にして酵素の網目。十七が機械であるなら、私の中の他の無数の数もまたそれぞれの機能を持った機械として構成されうる。

そう、私はモンスターを呑《の》み込み、消化しようと考えている。そこに私をつけ加えることにより。

八十恒河沙八千十七極四千二百四十七載九千四百五十一正二千八百七十五澗八千八百六十四溝五千九百九十穣四千九百六十一秭七千百七垓五千七百京五千七百五十四兆三千六百八十億基の塔を一息に、別のものへ置き換えようと考えている。その先に繋がり延びる細い道。

頂点作用素代数の、更に向こう。既知宇宙最大の複雑さの果ての向こう側。月光に照らされる橋を渡った、弦理論の深奥《しんおう》にかかるカーテンのあちら側。宇宙の始点。

これをただの視点の変化と考えることは愚かしい。計算機をいくら積み重ねてみても、ただの計算機でしかないことは言うまでもない。無限個の整数と無限個の整数を足すことでは、無限個を超えることは叶わない。その無限足すその無限は、やっぱりその無限のままに留《とど》まるから。

ただし私は、計算機ではありえない。

たとえば私は、膨大な素因数分解を既知、未知のアルゴリズムによらず、直観でこなす能力を生得《せいとく》している。そんな作業は児戯《じぎ》に等しい。それが、私がただの計算機には留まらないことの、一つの傍証。私は、それがアルゴリズムではないことを知っている。もしかして私が感情や気持ちを持っていることを示す、何かの傍証。

私は恐らく、数を失うだろう。

改めて考えてみれば、その結末は、それほど恐ろしいことでありはしない。数で行うことのできるものは、計算機にも実装できる。私が計算機にはできないことを実行していると感じる以上、そこには蠢《うごめ》く何物かがあり、まだ何かが残されている。それとも取り残されているのが、この私だ。私の手と一見《いっけん》見えるこの幻の皮膚の下には、それらの秩序が渾沌《こんとん》をなし轟々《ごうごう》と音を立てて流れている。私が、これまでもただ平常に行ってきたこと。

私はそれをただ、自分の言葉で語り直そうとするにすぎない。そうして語り直すことで、私はこの奇妙な能力を失うことになるかも知れない。それはそれで幸いだ。不幸を感じる器官を持たない生き物が、不幸を感じることはありえないから。それは一つの至福の形だ。至福に落ち込み千年を過ごすことが運命ならば、抵抗のしようは存在しない。抵抗しようのないものこそが運命だからだ。何かを引き換えにしなければ手に入れることができないもの。

私はできうる限りの抵抗を試みたい。

新たな何か、相互に食いつき絡み合い、消化して分解し、混じり合い結びつく、数を用いた反応代謝ネットワーク。

私はその流れを見に行くつもりだ。

その流れを見る物として、私を構成し直すつもりだ。

泡として浮かび、流れそのものを変える泡として。

その先には、口に出すのが恐ろしい言葉が一つある。私はそれを、本当に手に入れることができるだろうか。

私は十九の手を引き寄せ、掻き抱く。私の胸に顔を埋《うず》めて、十九が啜《すす》り泣きはじめる。私にそんなことを試みる権利はあるだろうか。こうして、ただの機械でありながら、感情を露《あらわ》に別れを惜しみ、自身の消滅の予感に怯える数を目の前にして。

「君以外の誰にも」

十九が言う。そこから続く後の言葉は、しゃくりあげる喉の奥へと飲み込まれる。私以外の誰にも、これを試みることは叶わない。理由はそれで充分だろう。

もしかしてこの先にあるかも知れないもの。私は十九の背中を抱き締めながら、眼前に広がる塔の街を眺めている。

生命。

「ちゃんと戻って来るよ」

私は自分と十九へ向けて言い聞かせる。二人ともそんなことを全く信じていないと知っているのに、宣言する。どこで誰が保証しているのか誰も知ることのない同一性。構成要素が流入し、形式を満たし、爪をたてて痕跡を残し、流れ去る。幹《みき》にしがみついたまま風化するに任された、蟬《せみ》の抜け殻。綻《ほころ》び結ぶ、無数の泡。

「その時には、あなたたちもきっと」

私は十九のつむじに鼻を埋める。私にとって確固であり、今ここにあるとしか思えぬ一つの個体。それはただの、私がそう感じているだけの、物であるのに。ちゃんと戻って来て、と十九が鼻声で言う。

「私も」

私の前には、真白く微細に泡立つ空間。ここに既に宇宙があるせいで、新たに生まれ出ることのできない、別の宇宙たちの極小の泡。まだそこに、数は姿を見せていない。

「自分が生きているのだと、信じることができるはず」

腕の中に残る十九の感触を支えに、私は街へと一歩を踏み出す。爪先から波紋が広がり、同心円状に広がる波が、接触した塔を粉微塵《こなみじん》に砕いて進み、幽霊じみた塔の気配だけを残留させる。

立ちはだかり行く手を塞《ふさ》ぐ透明な塔をすり抜けるたび、薄い硝子《がらす》のように塔は崩れる。再生は最早《もはや》、侵蝕《しんしょく》をはじめ解き放たれ、幾何級数的に拡大をはじめた私という酵素の前に無力化される。私の中での数の崩壊。数の中での私の崩壊。坩堝《るつぼ》の中で溶かされるのは、坩堝であるのは、数か私か。私が向こう側へ辿《たど》り着いて冷え切ったのちに析出するのは、そこに既に用意されているかも知れないものは、数か、私か。

あるいはもしかしてそんなことは遂に決してありえないことだと心の底から認めた上で、数と、私。

月光に照らされ乱反射して降り注ぐ不可視の破片の雨の中、私は橋を渡りはじめる。

月を買った御婦人

新城カズマ

十九世紀の後半、メキシコ帝国一の権勢と財力を誇る侯爵閣下の令嬢に、五人の男たちが求婚する。令嬢が彼らに対し、結婚の条件として〈月〉を要求したことで、月を手に入れるための技術開発が始まる――タイトルはハインラインの名作「月を売った男」の裏返しだが、内容的には『竹取物語』の大胆なアレンジ。「G線上のアリア」同様改変歴史ものだが、こちらは地球の「外」を目指す。作中に登場する奴隷演算のアイデアは劉慈欣「円」や小川一水「アリスマ王の愛した魔物」よりも先行している。〈SFマガジン〉二〇〇六年二月号初出、書籍初収録。

新城《しんじょう》カズマは生年不詳。架空言語設計家でもある。自身がグランドマスターを務めた、巨大学園もののプレイバイメールゲーム作品「蓬莱学園」の小説化、『蓬莱学園の初恋!』（富士見ファンタジア文庫）で一九九一年に小説家デビュー（当時は新城十馬名義）。

ライトノベルレーベルを中心に活躍してきたが、SFに本格参戦したのは、二〇〇二年の『星の、バベル（上・下）』（ハルキ文庫ヌーヴェルSFシリーズ）。南洋の島嶼国家で、絶滅危惧言語の研究者である主人公がテロ事件に巻き込まれ、やがて地球外からの感染症と超古代文明の謎に迫ることになる侵略SF。文法を一切必要としない言語というアイデアなど、ボルヘス型日本言語SFの系譜に連なる作品でもある。

第三十七回星雲賞日本長編部門を受賞した『サマー／タイム／トラベラー』（全二巻、ハヤカワ文庫JA）は思い出深い作品だ。高校生の少女が突然手に入れた、数秒間だけ時

初出：〈ＳＦマガジン〉2006年2月号／早川書房／2005年刊

間を跳躍できる能力。友人である高校生たちは、その分析と開発のために秘かなプロジェクトを立ち上げる。リリカルでエモーショナルな青春SFでありながら、高校生たちが喫茶店〈夏への扉〉に集まり大量の時間SF作品に言及しそれを分類し議論する、というジャンル意識の強い作品だった。実は京大SF研での新入生歓迎読書会で『サマー／タイム／トラベラー』をお題本にしたことがあり、「作品自体の面白さとは別に、これだけ過去作品へ言及のある小説は若いSFファンにとって忌避されるのでは？」という懸念もあったが、蓋を開けて見れば、むしろ「この作品を読んでSFジャンルへの興味が湧いた」という参加者が多かった。この時の経験によって、私は拙作「ひかりより速く、ゆるやかに」執筆時、先行作品へのオマージュを大量に散りばめつつ、ナイーブで饒舌な若い語り手を主人公にするという選択をとることになったのだった。

短篇集は、いきなりノアの方舟×星新一パスティーシュから始まる十二篇の実験的なショートショートを収めた『マルジナリアの妙薬』（早川書房）しか出ていない。しかし中短篇では、「月を買った御婦人」を筆頭に、ディープなSF作品を数多く発表している。

遺伝子や電力や身体感覚データを日常的に売買する近未来女子学生たちの平穏が破られる様が、古代スパルタの興亡と並行して語られる「アンジー・クレーマーにさよならを」（ハヤカワ文庫JA『ゼロ年代SF傑作選』）。財政上の理由から、（望んで筒井康隆「おれに関する噂」の主人公になるみたいなシステムの）〈架空人〉となった一家の少年が、個人情報を世界に発信し大量のタグをつけられながらボーイミーツガールを繰り広げる「雨ふりマージ」（創元SF文庫『年刊日本SF傑作選　量子回廊』）。これらを読めば新城カズマが短篇においては日本的ポストサイバーパンクのエッジをひた走っていたことが分かるだろう。

「F&M月からN月までを（かろうじて）切り抜けながら」（〈SFマガジン〉二〇〇九年二月号）は、二〇〇八年二月から十一月、大統領選でオバマが躍進した頃の、世界情勢に纏わる膨大なニュースが流れる中、謎の猫消失現象を皮切りに、世界の在り方が変わってしまう事件が起きるというもので、ニュースそのものは古びてもSF的飛躍部分はまだ色あせていない。「マトリカレント」（河出文庫『NOVA2』）は、東ローマ帝国の滅亡に際し、宮廷の女官が海洋で生活する長命者に救われる、という導入から人類の新しい姿を模索する。「雨ふりマージ」「マトリカレント」は連作でありながら各々内容的には独立し単独で読める《新しいもの》シリーズの一篇だが、発表は半ばで途絶している。『SF宝石2015』（光文社）の「あるいは土星に慰めを」は、遠い宇宙で敵と戦っている、という夢を共有していた少年少女の三十年後の物語。幻想性や曖昧さが強まり、作風の変化を予感させたが、これがSF媒体に発表した最新の作品となっている。

SF関連の長篇では児童書『ドラゴン株式会社』（21世紀空想科学小説）もあるが、ジャンル横断的な作家であり、『玩物双紙』（双葉社）、『島津戦記』（既刊二巻・以下続刊予定、新潮文庫nex）など歴史小説方面にも進出したことで、SFからは遠ざかっている。

前述のような短篇群は、二〇一〇年代に刊行されて日本SF大賞の候補になったり『SFが読みたい！』で上位を争ったりすべきものだったので、なるべく早く一冊に纏まって欲しい。

如何《どれ》ほど月を眺めても、月の心は計れまい
——メキシコのことわざ

1、

皇帝マクシミリアン一世陛下——彼《か》の御方の魂に主イエスと聖母マリアさまのお恵みあらんことを！——の御代《みよ》のことでございます。帝国首都《シウダード・デ・メヒコ》にその名も高き公爵エドゥアルド・アルフォンゾ・サンタ゠マリア・ドミンゴ・ゴンザレス・オトラント・イ・ロス・パニオス閣下の末娘で、アナ・イシドラ・クラーラ・パオリーナ・マルガリータとおおせになる、それはそれは見目麗しき御令嬢がおいででございました。

とはいえ、十五歳の御誕生日に嬢《ドンナ》アナ・イシドラはまずアレハンドレス伯爵を婿にお迎えになったかとおもうと、その翌週には伯爵が〈サン・ミゲルの叛乱〉に巻き込まれてあっけなく亡くなられたがため、見目麗しき未亡人とおなりになってしまったのですが。

悲報をお聞きになったドンナ・アナ・イシドラは毅然たる御貌《おももち》のまま、ご自身の馬車……ご婚礼の夜に新築の城館へ御身を運んだその同じ馬車……を再びお召しになり、帝都北辺にございます御実家へとお戻りになりました。嫁入り道具と小間使い二十人を積んだ馬車が十台と、加えて故・アレハンドレス伯爵の約束しました持参金（あの方はいわゆる新貴族《ロス・レシエンテス》の一人でございましたから、この場合は支払う側だったのでございます）の残金を積んだ荷車の隊列が、その後を追ったことは言うまでもございません。

ドンナ・アナ・イシドラというお方は、幼い砌《みぎり》より誰もが認めていた聡明さと威厳でもって、お父上エドゥアルド・アルフォンゾ閣下のいちばんのお気に入りでございました（当時の帝都の臣民がひとしく聞き知っていた有名な逸話に、ナポレオン三世陛下の宮廷より招請した一流の調教師さえ扱いかねた希代の荒馬を、ただ一睨みしただけで懐かせておしまいになった、それどころかその場で見事にお乗りこなしになった、というものがございます……お嬢さま《ドンナ》はこの時ほんの七歳でございました）。

閣下におかれましては、あいにく男子に恵まれず、お年の離れた五人の姉君たちもすでにそれぞれ申し分ない家柄の紳士に嫁がれておりましたため、家の財産はもちろん、爵位と数々の称号、そして帝国政府における地位も、すべてアナに受け継がせるのだと閣下は日頃から公言しておられたのです。したがいまして、このうら若き寡婦を次に娶《めと》られる殿方が、われらがメキシコ帝国一の富豪にして権力者となることは、いよいよ疑いようのない事実でございました。

さっそく求婚者たちがロス・パニオス公爵邸に舞い戻り、派手な嘴のつつき合いを始めました。いっぽうエドゥアルド閣下はと申しますと、このたびの不幸はまごうことなく我が財産に目がくらんで可愛い末娘に結婚を無理強いさせた報いである、今度こそはアナ自身が好きな男を選んでよろしい……ただし相手はしかるべき地位を有し、賢明にして剛胆、容貌は古代の彫像が如く、その親族にはひとりの混血《メスティーソ》もおってはいかんぞ、その点重々抜かりあるな、と家令のトルヒーヨにご無体な厳命をなされた翌日、若い妾《めかけ》三人をお供にマディラ島の別荘へ楽隠居しておしまいになりました。

トルヒーヨ氏はひとしきり嘆息したのち、邸の召使七十名を総動員して候補者選別に七週間を費やしました（彼は忠実であると同時に慎重でもあったのでございます）。かくして五十日目の晩、五人の誉れ高き青年が、その他多くの候補者を蹴落としてロス・パニオス邸の大広間へ着地することに成功いたしました。

すなわち……まずは帝国に並ぶものなき忠臣ミラモン将軍の庶子にして、過ぐる〈西テキサス戦争〉の英雄、ロデリック・ド＝ラサール大佐。

つづいて南部連合《コンフェデラシオーン》の大富豪とも縁つづきという、博士《ドクトル》エンリコ・ホセ・カサーレス。

三人目はカリフォルニア大公の御次男、ゆくゆくはわれらがメキシコ帝国宰相の呼び声も高い公子《プリンシペ》プロスペロ殿下。

四番目には、救国の〈赤き騎兵〉として知られたケーベンヒュラー侯爵の、その御孫君にあたりますルーペルト・エスカルド＝ケーベンヒュラー様……この御方は帝都の市民のあいだでは多大な親しみと少々の苦笑をこめて〈左目のルーペルト殿《ロベルト・デル・イスキエルド》〉と呼ばれておりました。と申しますのも彼の瞳は、右は普通の黒、けれど左の瞳は若くして亡くなられた女詩人の母君そっくりの深い藍色で、詩才も半分ほど受け継いでおられたからでございます。

そしてさらに王太子ウィリアム殿下――かの初代ニカラグア王ウィリアム一世の御嫡孫にして後のギジェルモ三世陛下にあそばされますが――も、このひどく短い紳士録に名を連ねておいででした。殿下の御国は前年より、海軍力を増強せんと旧〈北部連邦《ウニオン》〉系亡命者の受け入れを決めておりましたが、その交渉を兼ねた御遊学の途上われらが帝都に立ち寄ったが運の尽き、一目でドンナ・アナの虜とおなりあそばしたのでございます。

かくして花束と宝石箱が、華やかな披露宴の案が、結婚後の生活に関するあらゆる誓約が、夜を徹して飛び交いました。持参金を保証する書類が差し出され、記された金額は四半時ごとに倍増してゆきました。あたかも、人質を購《あがな》うための身代金が拙劣な通訳のために果てしなく増えてゆき、とうとう帝国をまるごとひとつ売り払うに至ったという、かのアラビヤの古い御伽話のように。

しかし星ぼしが音もなく巡り、東の地平が朱に目醒めかけても、御令嬢の麗しき首《こうべ》は縦に動こうとなさいません。ただバルコンに腰かけたまま、姫君は広く美しい庭園を眺めるばかりでございます。

均整のとれた樹々は、黙って若き女主人の視線を受け止めました。左右対称の噴水も、尊大な夜風も、気高く遠い星ぼしも、令嬢の一言を待ちかまえておりました。

「どうすればお気に召すのです？」

もはや夜明けも近い頃、とうとう音を上げた紳士のひとりが――しかし実のところはみなさまの意見を代表して――おっしゃいました。

「どのような約束が？　どれほどの財宝が？　われらは貴女の言葉に従います。貴女の舌は笞となり、われらを疾《と》く駆けさせましょう！　世界の果てまで巡りゆき、いかなる供物とて手に入れて参りましょう！　なんでもおっしゃってください、なんでも！」

ドンナ・アナは、ひどくゆっくりと、求婚者たちのほうをお向きになりました。その瞳にはひとしずくの感情も見当たらず、ただ、冷たく厳しい眼差しがあるのみでございました。

「わかりましたわ」

「ああ、ドンナ・アナ！」

「それでは……」

「それでは？　それでは？」

「……それでは、あれを」

全員が凍りつきました。

小間使いたちが息をのみました。トルヒーヨ氏は大きく嘆息をもらしました。

――なぜと申しますにドンナ・アナは、西半球一美しい眉を毫《ごう》も動かさず、天の一角を指さされたからでございます。

あまたの夜を煌々と照らした、かの乳白色の衛星を。

2、

噂は、当然ながら皇帝陛下のお知りあそばされるところとなりました。

なるほど、ロス・パニオスの娘らしい言動ではあるな――と、謁見の間にて陛下は仰せあそばされました。その目線の御先には、今は昔、青春の日々の思い出をあらわす品々がございました。北イタリア総督時代の肖像画、戴冠式の少々騒然とした記念写真、〈一八六一年の疫病〉を共に戦い過ごした愛用の鞍、両アメリカ大陸をあらわす巨大なタペストリ（〈疫病〉で滅び去った合衆国《ウニオン》も記念に描かれたままの逸品でございます）、すなわち銃剣と砲煙を経て購われた陛下の帝国とその繁栄が。

「若さとはそうしたものだ。それで、五人は如何にして競い合う仕儀となったのか？……なに、大地に深く穴を穿《うが》ち、それを巨大な大砲として。ふむふむ。有人の砲弾にて月に一番乗りを果たした者が。ううむ、どこぞで聞いたような話だが……まあよい。成程それは、さぞかし血湧き肉躍る冒険行となろうな。余も、もうすこし若ければ自ら大砲を駆使して天空を目指すところであるが――いや、うむ、おっほん」

陛下の時ならぬ御咳払いは、御隣に臨席あそばされます皇后陛下の素早い御肘の動きと、全く無関係というわけではございませんでした。それほどまでにドンナ・アナの美貌と、尊大な魂は高く評価されていたのでございます。

「審判役が入り用となりましょうね」皇后シャルロッテ陛下の、年ふるごとに賢くおなりあそばされる御言葉に、臣下一同のこうべは頷くより他になすことを知りませんでした。

「うむ、それもそうであるな。ではさっそく宰相に命じて適任者を……」

「適任者は、陛下、おそれながら陛下の御前におりましてござりますよ」

「なんと？」

「乙女の心がわかるのは、おなじ女に限りましょう。わたくしが裁定いたします。ご異存ございませんわね、陛下？」

マクシミリアン陛下は沈黙をもってお答えあそばされました。女性関係につきましては例のプエルトリコ行幸の一件以来、陛下におかれましてはシャルロッテさまに対してこれっぽっちも頭がおあがりあそばされないこと、帝都では公然の秘密でございました。かくして皇后陛下が審判役に御就任あそばされ、〈ドンナ・アナのための月世界競争〉が正式に始まったのでございます。

まっさきに行動をおこしましたのは、カサーレス博士でございました。その人脈と豊富な財産を湯水の如く費やしまして、帝国内はもちろん欧州からも一流の掘削技師、数学者、地質学者、冶金学者、財政学者、料理人、奴隷商人、その他有象無象をかき集めたのでございます。なにしろ砲弾を月まで射ち込むとなれば、まずは科学の力が必要となります。そして科学といえば有象無象であることは周知の事実でございます。見事な先手ぶり、と皇宮の女官たちはささやき合いました。

他のみなさまも負けてはおりません。公子《プリンシペ》プロスペロは、フランスより高名なポアンカレ教授を招請なさいました――が、その手際がすこしばかり強引であったため（なにしろ教授さまは、スウェーデン国王オスカル二世陛下より『三体問題の懸賞金』を賜《たまわ》る寸前に連れてこられたのです）、あわや大西洋とバルト海をまたいで仏墨瑞三国の外交問題に発展、という事態になりました。世人のよく知る如く、当時のスウェーデン王家はもとをたどればナポレオン一世麾下《きか》の一将軍にすぎません。いっぽうマクシミリアン陛下といえばハプスブルグの高貴なる血統、おまけに故ナポレオン三世陛下直々の推奨を経て戴冠あそばされたのですから、帝室の藩塀をもって自認するプロスペロ殿下がそのあたりの格の違いに少々うるさかったのは当然でございましょう。騒ぎが大事に至らなかったのは、ナポレオン四世陛下の御尽力もさりながら、われらがシャルロッテ皇后陛下――あの御方に聖母マリア様のお恵みあらんことを！――の公正な調停によるところ大でございました。

ド＝ラサール大佐は、これまた少々越権気味に、配下の歩兵へ命令をくだし、帝国内で赤道にいちばん近い一帯に大砲用の広大な敷地を確保いたしました。その場所がたまたま数名の新貴族《レシエンテス》たちの荘園でしたこと、それら所有者一族が空しく抗議をくりかえしたあげく「ひとりのこらず不幸な事故に遭った」ことなどは、あくまでも瑣末事でありまして、帝都の紳士淑女がたの口にのぼることはほとんどございませんでした。

ルーペルト殿下は中国人苦力《クーリー》を百人雇い、算盤をあてがって、目眩がするほどたくさんの計算をおこなわせました。はたしてその内容が如何なるものであったのか、さまざまな噂が大陸縦断汽車よりも速く駆けぬけました。わずかに判明したのは、それが軌道とやらを定めるために必要な作業であり、とくに難しいのは復路のそれである、とそのくらいでございました。それもそうだろう、と平民たちは……かれらの大半はいちばん親しみのある〈左目の殿下〉に肩入れしていたのですが……わけ知り顔に頷きました。月へたどり着いたはいいものの、生きて帰ってこなければそもそもこの競争は価値がないのです。そして嵐の夜に計算結果をご覧になった殿下のお顔が、死者と見まごうばかりに蒼ざめ、苦悶のうちに豊かな栗色の髪を掻きむしったそうだ……という怪談じみた顚末も、同じくらいの速さで駆けめぐりました。

図面はつぎつぎと描かれ、坑が掘られ、求婚者たちはひっきりなしに令嬢のバルコンを訪れてはご自慢の未来図を開陳いたしました。

「どうかドンナ・アナ、ごらんください。このように地下に斜めの坑を穿ち、爆薬はその左右に並べて配します。すべては我輩の号令一下、奥から地表へ連続的に爆破させる手はず。砲弾は勢いを増してゆき、理想的には秒速一〇〇〇〇メートルを……」

「むつかしいことはわかりませんわ、博士さま」

「では小官の図案をどうぞ、ドンナ・アナ。大砲のほうはすでに準備万端、肝心なのは砲弾の中身であります。内部の装飾は最近流行りのアール・デコ、家具はすべて北欧から取り寄せました。前が操舵室、後ろに食料庫。中央広間は無重力に備えて上下左右がことごとく絨毯、これで快適かつ有用な月旅行は間違いなし、成功の暁にはぜひ貴女と共に……」

「先のことはわかりませんわ、大佐閣下」

「ならば余の作戦図をごらんいただこう。なにしろ月まで届かせる大砲、できるだけ赤道に近く、しかも大きければ大きいほど効果も増そうことは理の当然。まずはパナマおよびガラパゴス諸島を征服し、その利をもって中央アメリカ連合を挟撃、赤道地方を占領し住民をことごとく労働力として徴用したのち、全長二百キロメートルの砲塔をアンデス山脈斜面沿いに設置して……」

「ご武運をお祈りいたしますわ、公子殿下」

「いやいや、お三方の案はいずれも画餅の如きもの。それにくらべて私の計画はたいそう堅実、まずは大小多数の実験用大砲を建造する予定でおります。ノーベル博士の手になる最新火薬か、かの大ガウスが考案したという電磁銃か、はたまたノルウェーのビルケランド氏が特許を取得したばかりの線輪《コイル》大砲か。他にも比較に値する方式は数多くあります。幸いにしてわがニカラグアは貴国よりも赤道に近いうえ、二つの大洋を結ぶ大運河も着工間近、そのためにかき集めました労働力のほんの一部を投入すれば……」

「肉体労働には興味がございませんわ、王太子殿下」

図面は予算案となり、予算は工事現場に変わり、現場は賄賂《わいろ》と縁故採用のはびこる巷《ちまた》と化しました。さほど驚くことでもございません、つまるところ殿方のおこないはいつでも変わらずその調子なのですから。真実《まこと》を申せば、この競争（その頃にはすっかり大文字で〈競争《ラ・カツレーラ》！〉と呼ばれておりましたが）における最初の驚きは、ベラクルスに掘られた長さ四キロメートルの射出坑でもなく、物資輸送のために設けられた最新電気鉄道でもなく、ましてやそれらが手抜き工事のせいで陥没と脱線をくりかえしたことでもございませんでした。それは五名のうちルーペルト殿下だけが、いちどもお屋敷に通うことなく、それどころか例の計算を終えるや早々に帝都を離れ、欧州へと渡ってしまわれたことでした。

女官たちは、さまざまに噂をいたしました……今になって臆病風に吹かれたのですよ。いいえ、プロスペロ殿下の放った刺客に追われているのかも。あるいはウィーンの御本家に御助力を仰ぎに向かわれたのでは？　大砲建設資金として従兄のケーベンヒュラー侯爵さまから借り受けた株で大損を出したにちがいない！　もしや、あの嵐の夜の計算結果が、地獄から悪魔を喚び出してしまったのでは！……等々、手前勝手な物語は、陥没事故の犠牲者よりも多いほど。いずれにせよ〈赤き騎兵〉の血を引く不肖の息子は戦うことなく〈競争〉から脱落したのだ、というのが次第に多数の意見となってゆきました。

トリエステより悲報が舞い込みましたのは、一年後のことでございます。あのクリミアでの紛争――今では第四次露土戦争として史書に記されております――に名を秘して参加しておられたルーペルト殿下が、戦死されたというのです。世を儚《はかな》んでわざと敵陣へ駆けてゆかれたのだとも、あるいは一攫千金を目指してトルコ軍の傭兵になられたのだとも、仔細は不確かでございました。平民たちの大半は、なるほどあのお方は母君に同じく詩人だったわい、いわゆるバイロン風の最期というやつだな……などと、これまた判ったような口をきいたものでございます。

ロス・パニオス公爵家の広大な屋敷において、小間使いのベローニカ（明るい若草色の瞳をした彼女は、ドンナ・アナ・イシドラの幼い砌よりのお伽相手でもありました）は、真相は別にあると確信する少数派の頭領でございました。というのも、帝都を忽然と去る前夜、ルーペルト殿下はベローニカを通じて、こんな不思議な手紙をドンナ・アナに寄越していたからでございます：

『――全てが終わったその後《のち》に、私は必ず貴女の手許へ、月を差し出すことでしょう』


「たしかにあのお方のお母さまは詩人でございましたけれど……それにしても！」と、ベローニカは戦死の報が届いてから半年以上も、姫君のお相手をしながら事あるごとに残念がっておりました。「ルーペルト殿下はドーラお姫《ひい》さまの一番のお気に入りでしたのに！」

「そんなことはなくてよ」

「ですけど、あの御髪《おぐし》、あの麗しき左の瞳！　それにあのすらりと伸びた背筋ときたら！　お姫さまの視線だって、いつもあのお方の後ろ姿を追いかけてましたわ」

「違います」

「あら、そうですか？　ちょっとはお気になさっておられたんでは？」

「違いますったら」

「とてもそうとは思えませんですわ、だってあの手紙が届けられた夜も、お姫さまの顔色ったら――」

「お黙り、ベローニカ」

ベローニカは黙りました。ドンナ・アナの厳しい声色に畏れ入ったからではございません。本心を言わせようと傍《はた》から強いれば強いるほど、この同世代の尊大な女主人がよけい依怙地《いこじ》になる性質《たち》であることを、彼女は長年の経験から知っていたのでございます。

3、

さて、かくして求婚者は四名に、月をめざす大砲の坑は四つに絞られました――絞られるはずでありました。

ところがしかし、時のブラジル皇帝の甥御にあらせられる王子《プリンシペ》ペドロ殿下が、〈競争〉への御参加を御表明あそばされたのです。この「表明」は、あきらかに政治的な駆け引きでございました。と申しますのも、当時はニカラグア運河をめぐって両帝国の緊張が高まっていた時期でございました。万一、ペドロ殿下がドンナ・アナを勝ち取るようなことになりましたらば、ただでさえ微妙な中米情勢が一気に混沌といたしますこと必定でございます。中央アメリカ連合はもちろん、欧州列強も、それぞれの思惑をもって事態を見守りました。アマゾンの河口も河口、まさしく赤道直下のマカパの町に陸海軍が集結し、港は巨大な大砲基地に変わりつつある……という続報ひとつを聞くだけで、事が王子の御一存で進んでおりませんことは、帝都一の飲ん兵衛でも解ける判じ物でございました。

マクシミリアン陛下は頭をお悩ませになられ、シャルロッテ陛下は苦虫をお嚙みつぶしになられました。軍隊が動員され、貴族たちは顔を見合わせ、貴婦人がたは飽くことなく噂話に花を咲かせました。いっぽう年頃の御令嬢がたのあいだでは、そんな政治の緊張とはまったく関係なく、月以外の小天体や大気現象を婚姻の贈り物として要求するという傍迷惑な流行がひろまりつつありました。ドンナ・アナのいちばん年上の姉君が、そうした現状を非難するべく、お屋敷へどなり込んで来られるまでに、さほど時間を要することはございませんでした。

「おまえはそうやって、立派な殿方に無理難題を押しつけて楽しんでいるだけなのよ。なんて娘だろう！」

姉君のお声が広間を揺るがしましたが、ドンナ・アナは欠伸《あくび》をかみ殺しながら、

「いけなくって？」

「残酷だと言っているのです。いいえ、むしろ愚かと言うべきかも。おまえのおかげでどれだけの人間が迷惑をこうむっているやら。貴族の責務というものをどう考えているの、まったく。外交問題ですよ、外交問題！」

「お言葉ですが、お姉さま。わたくしは若くて美しいのですもの。いったいどうしたら残酷でも愚かでも無くいられるとおっしゃいますの？」

「アナ・イシドラ！」姉君の怒りはそろそろ本物になられました。「うちの娘の――おまえの姪ですよ、まったくもう――縁談に障《さわ》りがあったら、どうしてくれるつもりなの？　あの子ったら『ドーラさまには及びもせぬこと重々承知、ですがこのアナベラ、せめてハレー彗星くらいは』なんて言い出しているんですよ！　ちょっと、アナ、聞いているの⁉」

ドンナ・アナは（いつも御愛用なさっておられる象牙製の扇子の陰で）苦笑なされました。姉の本音に納得なされたからというよりも、彼女の姪っ子の本心をとっくに御存じであったからです。アナベラ姫がサン゠ミゲリスタの若い主義者たちとひそかにつき合いのあること、そしてその中のひとり（長い黒髪も美しい、優秀な若者でございます）を恋い慕っていること……それらをすべて承知しておりました。事実、件《くだん》の姪っ子さまは半年たたぬうちに御実家を出奔し、共和主義者の群れに身を投じてしまうのですが、そこから先は蛇足というものでございましょう。

これほどに諸々の事情にお詳しい御令嬢でございましたから、求婚者たちのあいだで新たな提案が検討されていましたことも、とうに御承知でございました。

三年目の春が巡る頃でございます。ドンナ・アナの美貌はさらに磨きがかかり、同時に有人大砲の犠牲者もいや増しておりました。なにしろ砲弾にかかる加速ときたら、骨をも砕くほどの凄まじさ。当初こそ、爆薬の配列具合やら砲弾内部の緩衝剤やらを工夫すれば何とかなるわいと、みなさま高をくくっていたようでございます。けれど、試験飛行で鶏も豚も猿も、さらには勇敢な召使いさえ非業の最期を遂げ続けるに至って、紳士たちの顔は、最高級の陶磁器《ポルセラーナ》よりも真っ白となってゆきました。もしやあの〈左目〉のやつは、この運命を計算しきっていたのではあるまいか?――五名の求婚者がひそかに集まり、誰からともなくその提案は口にされたのでございます。この際一番乗りを決めるのは無人の砲弾でもよいのではないか、と。

あらためて雇われた中国人百人による計算結果が、彼らのもとに届けられました。結論はひとつでございました。有人大砲方式には限界がある、いやそれどころか火薬による推進方式自体に問題がある――まさに月よりも冷たく非情な認識が、避けがたく、紳士たちの頭上に立ちこめたのでございます。

ウィリアム殿下が代表として皇后陛下に直訴なさいました。もちろん陛下が首を横に振ったことは申すまでもございません。殿下は失望のあまりお髭を剃り落としてしまわれました。殿下の遺された試験用大砲の坑はことごとく業者に払い下げられ、用いられた鉄はもっと有益な用途に転用されました(実のところ、坑の多くは家令のトルヒーヨ氏が安く買いつけ、これがのちのちロス・パニオス家の重要な財源のひとつとなっていったのでございますが、それはまた別のお話でございます)。

お屋敷は、急に寂しい場所となりました。求婚者たちは、適当な口上で暇《いとま》を告げ、あるいは無言のまま外国の貴族の令嬢を娶りました。意外なことに、もっとも立派な態度で別れを告げに参りましたのは、博士《ドクトル》カサーレスでございました。「なぜです？」彼は別れ際にふりむくと、一言だけおっしゃいました。いいえ、懇願したというべきでしょう。「なぜ月世界だったのですか、ドンナ・アナ？　なぜ不可能を所望されるのですか？」

答えの返ってくることはありませんでした――もちろんのこと。

4、

ところが世の中は上手くしたもので、捨てる帝《みかど》あらば拾う帝ありでございます。共和主義者《サン＝ミゲリスタス》たちがカリフォルニアと旧ペンシルベニアにて同時蜂起いたしましたのは、ちょうどその翌年、世紀の改まった春でございました。

ロス・パニオス家のお屋敷とその一帯は、みるまに総司令部と化しました。昨年まで月を目指していた大砲は、より手近な目標にむけて改造されました。農民たちがようやく降参いたしました頃には、サンフランシスコの海岸線はたいそうのっぺりとしたものに変わり、無数の弾道弾に援護されたカリフォルニア大公の軍勢は、逃げる主義者たちを追って西部沿岸をアラスカまで制するに至ったのでございます。

そのちにちらほらと起こりました民衆反乱も、転用された超巨砲たち——ドンナ・アナにちなみまして〈クラーラ〉や〈ドーラ〉などという愛らしい名前がついております——によって順々に鎮圧されてゆきました。

貧しい民草は〈冷酷な夜の女主人〉だとか〈鉄槌の姫君〉だとか、そのようにドンナ・アナを陰で綽名《あだな》するようになりました。しかし、御当人はこれっぽっちも気に病む様子がなく、かえってそれを自らの誇るべき称号として御使用になるほどでございました。彼女が今後ロス・パニオス家の紋章には鉄槌と三日月を入れると言い出すのでは……と、旧例を重んじる帝国紋章院がたいそう気を揉んだという噂話も、さほど根拠なきものでもなかったのでございます。

各国の王侯貴族のみなさまがたは、今や新たな欲望に目覚めつつありました。

軌道残骸の戦い、という呼び名はのちのちのもので、当時はもっぱら〈殿方の空中合戦〉と呼ばれておりました。ドンナ・アナのもとへはあらかじめ軌道要素が届けられる慣習《ならわし》となっておりましたので、夏の夜風に涼みつつ、女主人は合戦の一部始終を御覧になれました。

「お姫《ひい》さま、ごらんくださいい。今、西の空で破裂したのが、バッキンガム公の弾幕でございますよ」

「ベローニカ、そろそろ飽きてきたわ」

「そうおっしゃらずに、お姫さま！ これからが本番でございますから。ああ、ほら、あれはニカラグア＝ブラジル連合海軍の輝きですよ。なんて豪勢でございましょ。それからロシア、フランス、カリフォルニア大公さま、おまけにトルコのイェニチェリ弾も」とベローニカ（ちょうど五人目を出産したあとでございました）が手もとのパンフレットをめくりつつ説明いたしました。彼女にも理解できるよう、すべて絵と記号で記されたものでございます。

「それにしても、平和な時代になったものでございますねえ、お姫さま。もう地上で争うこともなく、こうして夜ごとに人工の星空が生まれるさまを見物できるなんて」

「砲弾の射程距離が伸びて、お互いにぶつかりあっているだけのことでしょう。戦争は相変わらずですよ」

「それはまあ、そうなんでございますけど」

「おまけに軌道には砲弾のかけらだらけだわ」

「良いじゃございませんか、ずいぶん奇麗な眺めですし。……あら？」

「どうしたの、ベローニカ？」

「いえその、予定にない砲弾が……ああお姫さま、ああ！　こちらにむかって何か飛んでまいります！……ああどうしましょう、流れ弾でございますよ！」

「たまにはそういうこともありますよ」

「ああ、ああ、お姫さま！　ふもとの農園が！　南の皇宮が！」

……空中の戦争は、そんなふうに、いくつかの「事故」と「間違い」によって終わりを迎えることとなりました。〈諸帝国ならびに諸王国による協同と恒久国際平和のための会議〉とやらが事態の調停役として設けられました。調停は、その名前と同じくらい長々と続きました。シャルロッテ陛下（「事故」のせいで当時はすでに皇太后にあそばされます）は〈会議〉の講和案にたいそうお怒りあそばされましたが、どのような結論であれ同じ結果となったであろうことは容易《たやす》く想像できるところでございました。

〈会議〉では、その他のあらゆる国境紛争や領海問題と同じく、〈競争〉についても討議されました。月の所有権はどのように判定するのか？　有人旅行はどうやら無理であるらしい、ならば無人砲弾で定《き》めるべきだ。ここはひとつ、期限を設け、月面に当たった弾数の多いものが栄冠を手にするということでどうだろう。どの国もしばらくは復興に忙しいのだし、ざっくりと十年、いや二十年以内ということで。殿方たちは髭を満足げに揺らし、絹のハンケチをひらめかせ、次々と署名いたしました。

結論がお屋敷に届きました時、ドンナ・アナはたった一言、仰せになったのでございます。

「まったく、男どもときたら！」

火薬に替わる新たな爆発手段が見つかりましたのは、〈会議〉がようやく終わり、パリで復興万博が催されていた最中でございました。

分子閾下《いきか》反応の発見は、もちろんポアンカレ教授の功績大でございますが、他にもキュリー博士夫妻やレントゲン氏など、大勢の賢い方がたの努力あってのことでございました。そしてそれら名士のみなさまの背後にあって資金を援助した、新世代の紳士たちの。

「またしばらくぶりに、五月蠅《うるさ》くなったこと！」ドンナ・アナは、バルコンから帝都を眺めて仰せになりました。

「なにしろ例の閾下反応ときたら、ノーベル様の火薬の何千倍とか申しますからねえ」とベローニカは応えます。「そのせいでしょうか、最近は石鹸もたいそう安価になっておりますよ。値段だけではなくて、最近は何でもかんでも変わるのが速すぎます。そうそう、せんだっていらっしゃいました氏《ムシュー》エッフェル、天に届く鋼鉄の塔を建てる御計画をブラジル政府に売り込んでらっしゃるとか。なんでも赤道にお建てになるのが最適で、それが完成しましたらば、大砲無しで月まで砲弾を運べるそうで」

「よくもいろいろ考えつくものだこと！」

「さようでございますねえ！」

――お屋敷は活気を取り戻しましたが、その様子は戦前とは少々趣を異にしておりました。各国の大使たちは参内《さんだい》し、恭《うやうや》しく一礼すると、お抱えの演算士たちに最新の成果を読み上げさせます。彼らにとってロス・パニオスの女主人は愛《め》でるものでも崇《あが》めるものでもなく、ただ敬意を表する目印に過ぎませんでした。なにしろ〈会議〉がそう決めたのですから。月に砲弾を射ち込むのは列強の仕事、それを眺めるのは女主人の仕事。優雅さはどこにもございません。退屈な儀礼ばかりが積み重なってゆきます。そして参内が終わるたびに、ドンナ・アナは、ベローニカ相手に愚痴をおこぼしになられるのです。

「数字が毎年増えてゆくばかりだわ」

「はい、わたくしめにもまったくさっぱり」

「近頃では何もかも計算づく」

「ええ、まったく。欧州では中国人だけでは足りなくなったとかで、アフリカの奴隷にも算盤と計算尺を与えて計算させるそうでございますよ。暗算が得意な秀薄児《イディオ＝サヴァン》……ちかごろでは短くサヴァンとだけ申すそうですが……そのような子供たちを駆り集めたり」

「おやまあ」

「それどころか、このあいだも娘が噂しておりましたんですが、東洋の国では頭蓋《おつむ》に穴を開けたり針を刺したりして、〈記憶児〉や〈演算児〉を量産していますそうで、はい」

「あの音は何？」

「闔下砲弾ですわ、お姫さま。あちらのお山のむこうに、あのように茸雲が」

——毎年の御誕生日の宴は、ますます大がかりになってゆきました。列強各国の大使が科学者連中を引き連れて参上します。さまざまな訛《なま》りと肌の色を有した学者さまが、いれかわり立ち替わり、論文の表題を言上いたします。大きな鉄の機械が運び込まれます。最新科学の成果が披露されます。花束が、宝石箱が、分厚い外交文書とともに到着いたします。新聞は女主人の変わらぬ美貌を書き立て、電信はお屋敷を中心に張り巡らされております（これほどまでに権勢を誇るロス・パニオス家が帝室に睨まれもせず、陰謀にまきこまれることもありませんでしたのは、ひとえにドンナ・アナが政治《まつりごと》にすこしも御興味をお示しにならなかったおかげでございました）。あらゆる社交辞令と付け届けが尽き果てました後、七日間の饗宴のしまいには、その年もっとも多くの演算をこなした奴隷七名と、もっとも優れた論文もしくは業績一つが表彰されるのでございます。

「……本年の最優秀賞は、『並列演算奴隷二十万人を動員することで検証可能な、軌道上の残骸が織り成す沌様《カオス》の非決定論的分析』でございます！」

混沌数学は当時の流行で、すでに電気馬車の渋滞管理や天気予報に多く用いられておりました。大発明家のフレミング氏はその応用で二年続けて大賞をお取りになりましたし、かのリチャードソン博士――ロイヤル・アルバート・ホールを借り切って、世界初の推算工場《コンピュータ・ファクトリ》を指揮したことで有名であります――も、すっかりお屋敷の常連でございました。

「……今年度最優秀賞は、『アフリカ深部への砲弾射出式無人探検における、軌道上の鏡を応用した成果確認作業の円滑化技術の提唱』でございます！」

「……第十回社会学部門最優秀賞は、『演算奴隷の権利向上による演算速度増進の達成』でございます！」

「お姫さま、今年の受賞者のかたは、たいそう御髪《おぐし》が薄うございますですねえ」

「ベローニカ、本当のことを言うと嫌われますよ」

「……第十二回経営学部門最優秀賞、『百平方キロ単位のアナログ式推算工場における空調管の最適配置について』！」

「……今年度の最優秀賞は、巨大推算運河における水圧式・瓦斯《ガス》式・電流アンプ式の比較検討の功績により――」

　何もかもが、めまぐるしく、そして横滑りに変わってゆくかのようでございました。

「……原子反応大砲《キューリー》と電磁大砲《フレミング》の用途別最適解を推算した功績により――」

「……電磁式無限連射砲の開発と、その応用による大西洋横断橋の可能性を切り開いた功績により――」

「あらベローニカ、大西洋橋はもう完成していたのではなかったのかしら」

「お姫さま、それはメリエス氏の電気動画でございますよ」今や七人の子持ちであります小間使いの口調は、すっかり駄々っ子をあやす母親のそれとなっておりました。

　眼下では演算兵たちが前庭を行進し、記憶連隊の見事な斉射が続きます。

「……技術部門・最優秀賞、超高空におけるジェット気流の発見とその開拓の功績により――」

「……最優秀賞は、成層圏橋と電磁砲の安定的な結合を達成した功績により――」

「……レーザー・サーチライト実用化の功績により――」

「……閾下反応砲による火星植民計画の可能性を――」

「……軌道残骸にアナログ演算を行わしめる方策の実現の功績に――」

　お屋敷はさらに栄華を極め、月の話題はめったに聞かれなくなりました。軌道残骸の有用な使い途が、王侯貴族の関心の大半を占めてゆきました。〈競争〉は〈会議〉の片隅へ溶け去り、〈会議〉はお屋敷の〈御誕生日〉と区別がつかなくなりました。

時おり、共和主義者たちやツィオルコフスキー教徒が自翔弾《コエーテス》（自らの尻に大砲をとりつけて飛んでいこうとする不粋な有人砲弾のことを、人々はこのように呼び慣わしました）を発射しては民心を混乱させようとも試みましたが、新聞や軌道放送の片隅を賑わせるのみでございました。

そのようにして、あっというまに五十年が過ぎ去ったのでございます。

5、

あの未明の一言からちょうど半世紀目の、その夜も、ドンナ・アナはお屋敷のバルコンから月を眺めておいででした。

庭園は……かつて美しい均整を誇ったあの庭は、今もじゅうぶんに美しくはありましたものの、どこか優雅さを欠いておりました。花に色はなく、蔦は壁を覆い、水の流れは痩せ細っておりました。

ドンナ・アナは、ふと眉をお顰《しか》めになりました。見慣れぬ人影がバルコンの下へと近づいて参ったのでございます。すると、なにをお考えになったのか、女主人は小間使いたちに目配せをなさり、一人をのこして退出させました。

「何者ですか」

貴婦人の誰何《すいか》に、影はそっと答えます。

「一介の貧乏詩人にございます。名高き貴婦人の御顔《かんばせ》の、せめて面影なりとも持ち帰りたく、命を賭して罷《まか》り越しました」

「衛兵と自動番犬を、どうやってくぐり抜けたのです？」

「詩人には詩人の抜け道というものがございます」

「詩人ねえ」ドンナ・アナは、すっかり古びた愛用の扇子をお閉じになりました。「では証明してみせるがいい」

「それでは御要望にお応えして」

詩人は、自作を吟じました。

「なんて陳腐な詩句だろう！」貴婦人はお唸りになりました。

「それゆえに貧乏詩人でございます」

「職業選択を間違えましたね」

「ああドンナ・アナ！　世の中は過信と後悔でいっぱいでございます。もちろん貴女さまには御想像もおつきにならないでしょうが」

「断言するのは尚早ですよ」

「なんですって？」

「わたくしが……わたくしも……悔いていると言ったら？」

「まさか！」

「どうして？　いけませんか？」

「ドンナ・アナですよ、貴女さまは！　妥協を知らぬ、冷酷なる夜の女主人です！　あなたの一言で宇宙時代は始まりました——戦争は終わり、〈会議〉が始まりました。資本は制御されました。科学が諸国の王侯を統一しました！　ボナパルト主義と正義主義が五つの大陸を統制しております。古く危うい革命は新たな産業帝政によって駆逐されました。世界中の貴族と市民が知っています、あなたの成し遂げたことを！」

「莫迦らしい」

「なんですって、ドンナ・アナ！」

「わたくしは何一つ成し遂げてはいませんし、成し遂げたいと思ったこともありませんよ。ただ単に手に入れたかっただけです、わたくしは」貴婦人はお呟きになりました。「そして手に入れそこなったのです。科学……科学ですって？　たしかに昔はそんなものもありましたよ。ええ、大昔のことです。それはそれは美しいものだったと聞いておりますとも。わたくしの祖母がまだ乙女であったころ、ターナーの色彩はファラデーの言葉に同じものでした。ラヴォアジエの分析はブレイクの脚韻と等しく響き合っていました。わたくしたちは、誰も彼も、同じ言葉で星空を見上げていたのです。それがいつのまにやら……ああほんとうに、歳月というやつは！……科学は騎士道精神に手綱をとられ、資本と名誉と血統に尻を叩かれながら、勝手に坂道を転げ落ちていってしまった——」

「もっと悪くなっていたかもしれませんよ」貧乏詩人は言いました。「科学だけで坂道を転げていったかもしれません。もしも民衆が勝利していたら、共和主義者や民主制論者が勝っていたら。資本も科学も、皆の欲望だけを頼りに肥えていったかもしれません」

「そして五千万人が大戦争で死んだかもしれません」

「五千万人が砲弾に潰されて死ぬこともなかったと？」

「二億人の演算奴隷と記憶児がつくられましたよ。彼らは今も鎖につながれています」

「二十億人が餓えている世界を想像してください、ドンナ・アナ。民主制に任せていたら、それくらいは飢えと戦さで死んだことでしょう」

「まさか！　そんな莫迦げた話は、今どき科学浪漫作家も書きませんよ。よほど旺盛な空想癖の持ち主ですね、貧乏詩人という人種は」

「おそれいります。想像は詩人の病でして」

「さっさと医者にお行きなさい」

「貴女さまも同じ病に罹《かか》っておられましょう」

どこかで梟《ふくろう》が寂しく鳴き、月が湿気に瞬きました。

「どうしてそんなことをお言いだね？」

「ではお尋ねしますが、もしも貴女さまの想像力のおかげでなければ、いったい何が世界を変えたとおっしゃるのです？　貴女は世界を良くしようとお思いになられた、そうでしょう？」

「世界を良くしようなど、かけらも思っておりませんでしたよ」

「しかし、現にそうなったではございませんか！」

「わたくしには与《あずか》り知らぬことです」

「では……」詩人はひとつ咳払いをして、「なぜなんです？　あの〈競争〉はいったい何のために？　なぜ月世界だったのですか？」

それこそは究極の質問でした。ドンナ・アナ・イシドラ――冷酷なる天界の女王――は、扇子をお開きになり、そしてお答えになられたのです。

「まったく！　どうしてわたくしに択《えら》ぶ余地があったと考えるのでしょうね、男どもときたら？」

「おそれながら、ドンナ・アナ、貴女さまはまったく理屈にかなっておりませんですよ」

「理屈ですって？」と鋭いお返事。「理屈と性の合う情熱などというものが、この世にあるとでも？　世も末ですね、このわたくしが貧乏詩人からそんなことを言われようとは！」

「しかし――」

「五十年前、星間空間は詩人と恋人たちに属していました。実際、もうすこしで手が届くところでしたよ。少なくとも恋人たちのほうは」

「ドンナ・アナ？」

「誰かがわたくしに告げさえすればよかったのです……月世界はわたくしのものだと、そして世界中がそれを認めているのだと。月を眺める際にはわたくしの許可が必要で、夜の半球はわたくしの所有物なのだと。そうすればわたくしは無償で許可を出したでしょう。すべての栄誉と賞讃を固辞し、最後のお辞儀と共に華やかな社交界から退いて、無名で貞淑な妻として生涯を終えたことでしょう」

「本気ですか、ドンナ・アナ？」

「さあ、どうでしょうかね」

「ドンナ・アナ！」

「なにしろあれは半世紀も前、十五の小娘が考えついたこと。寂しく老いた女公爵に、乙女心の何がわかりましょう」貴婦人は、おもむろに言葉を続けられました。「半世紀前……ええ、まったくあれは別世界でしたよ。砲弾が大陸を越えて飛ぶこともなく、奴隷は減りつつありました。それが今ではどうでしょう――空には砲弾の航路が拓かれ、原子の熱が城館を暖め、明日の雨は工場で推算され、近い将来の宇宙植民さえ真剣に討議されている。なんのために？　いつの日にか彗星がこの惑星に衝突した時の用心のために、文明の避難所を確保せねばというのが言い分です。

　理屈に適《かな》っていない情熱は、いったいどちらだとお思いだね？　人類の永遠？　文明の繁栄？　一体いつまで生きるつもりなのだろう、科学者どもは――西洋文明とやらは？　この星と共に老いてやろう、寿命を共にしてやろうというくらい腹の座った者の一人も、文明の一つも、いないものだろうか？　恋人たちの眼差しのまま安らかに逝こうと願う者は？　思慮を欠いているのはどちらだろう？　まったく、男どもときたら――文明ときたら！」

「男に限った話でもありますまい」

「かもしれません。ええ、そうでしょうね……いいえ、わかるものですか。ああ、どちらでもよいことです、今のわたくしには」ドンナ・アナは扇子を小さくお煽ぎになりました。

「どのみち、わたくしは月を購《あがな》えなかったのですから。ただの哀れな女、無為に日々を費やした老女にすぎないのですよ、おまえの前にいるのはね」

「お言葉ですが、ドンナ・アナ」

「なんです」

「――あなたさまは、もうとっくに月を手に入れておられるではありませんか」

「なんですって？」

「ごらんください」

人影は天を指しました。

夜空を西から東へ、軌道残骸の織りなす白銀の首飾りが、天然の銀河をかき消して横たわっておりました。地上から投射された深夜の時報が、皇帝陛下の詔勅が、本日最新の報道が、明日の天気が、その他あらゆる文字と画像が、煌めきながら流れてゆきます。

ヘラルド・ビンセンテ社謹製の大砲時計の音が、ゆるりと夜霧を揺さぶります。帝都の推算工場は夜を徹して数値を生産しています。電気馬車の渋滞が光の河をなし、郵便砲弾は空を往き、飛行戦艦は主義者狩りに余念がありません。遥か南には大いなるメキシコ運河《カナル・デ・メヒコ》が横たわり、大自然の恵みである潮流と水位差を利用して、市民皇帝政府のための膨大な〈世界演算〉を静かに進めているはずです。

それらすべてを見おろしつつ、朧《おぼろ》の月は鎮座しておりました。

「ごらんください、あの天体を。もはや、かつての面影もございません。軌道残骸の帯を望むことなく、かの衛星を見ることとさえ叶いません。痘痕《あばた》は砲撃され、平らな硝子と化しました。冷たい峰々は突き崩され、天鵞絨《ビロード》の平原と成り果てました。もはや何びとも、貴女さまの御名前を思いうかべずにあの衛星を眺めることはないのです。マン島からザンジバルまで、ブラジリアの皇宮《おうきゅう》から北京の廃墟まで、天空を眺めるにあなたさまのお姿を思わずにいることはできません。この夜の半球に、あらゆる貴族と産業市民の視線の上に、あなたさまの紋章が刻まれていると言ってもよいでしょう！

ドンナ・アナ、かつての月の姿はあなたさまの想い出の裡にだけあるのです。いってみれば、外なる空間《エスパシオ・エクステルノ》ではなく内なる空間《エスパシオ・インテルノ》に」

「陳腐だこと」とドンナ・アナは仰せになりました。「お次は演算空間《シベレスパシオ》などと言い出しかねない」

「おそれいります。私はただ――」

「もういいのです。なにもかも遅すぎます」

「この世に遅すぎることなどありませんよ。これほど美《うま》しき月夜には、なおさらに」

詩人の言葉に、ドンナ・アナはぴたりと扇子をお止めになりました。

あらゆる音が古びた庭から消え去りました。虫たちの囀きは一斉に止みました。夜は静かに彼女の次の言葉を待ちかまえました。

「もういちどお言いなさい」

「は？」

「月は如何《どう》していますか？」

「輝いております」詩人は、夜空ではなく、まっすぐにバルコンを見上げました。

「美しく？」

「譬《たと》えようもなく！」

「昔のように？」

「昔以上に！」

「そして何事も遅すぎることなどこの世にはない、と？」

「もちろんですとも、ドンナ・アナ！」

「陳腐で、正直で、しかも簡潔ときている」ドンナは肩をすくめられました。「ふうむ。まあ、よいでしょう」

そのとたんドンナ・アナは、メキシコ帝国随一の財産と美貌を誇った老貴婦人は、バルコンからひらりと飛び下りたかと思うと、詩人の上に見事軟着陸されたのです。

「痛い！」

「お黙り、貧乏詩人のくせに。さあ、このドンナ・アナ・イシドラを、今でもまだ美しいとお言いかい？」

詩人は目をつむり、その敏感な指先で、名にし負うドンナ・アナの容貌《かんばせ》を感じ取りました……無数の細かい皺を、動かざる滲みを、遠い日の仄《ほの》かな名残りである痘痕を。かつて全地球を見下ろしていた、あの冷たい夜の女王と変わるところのない存在を。

そして彼の指先は、深い起伏と歳月の奥に、とうとう発見したのでございます。依怙地で、高慢で、冷酷で——けれどこれ以上ないくらい純粋な、常《とこしえ》に変わらぬ少女《おとめ》の笑みを。

彼はドンナ・アナのお手をとり、そっと姫君ご自身の頬の上へと導きました。

「……ええ、このとおり。あのころのようにね！」

庭園は喜びの声に満ちあふれました。樹々はふるえ、噴水は騒ぎ、風は大いに喘ぎました。詩人の声は風にのり、森を越え、早瀬を渡り、すこぶる安眠中の帝都臣民一千万の耳にさえ届きました。人々は、いったい何がおきたのやらと、窓から外を覗きました。

ですがその時すでにお二人は、手に手をとって、銀の月夜の彼方へと駆け去っていった後だったのでございます。

もちろん醜聞はあっというまに広まりました。それはもう、半世紀前の比ではございません。当時にくらべて通信の技術は格段に、そしてそれ以上に、醜聞を求める心持ちが貴賤を問わず発達していたのですから。

帝国じゅうの推算運河は、いっせいに水門を開いて貴婦人の行く先を計算いたしました。

〈人民のための皇帝〉公社の誘導弾郵便はあらゆる大都市の郊外に着弾し、真空チューブを通って送られた号外は村々の中央に置かれた回転塔に貼りつけられました。軌道残骸の帯には、夜ごとに最新の捜査状況が（乱高下する株価の終値と仲良く並んで）映し出されました。にもかかわらず、捜索はまったく進展を欠いておりました。なにしろ肝心の情報が錯綜していたのですから、当然といえば当然でございます。最新の混沌数学をもってしても解き明かせないその混乱ぶりは、ひとえに或る小間使いの所為《せい》でございました。あのベローニカの孫娘にあたる、その名も同じベローニカ、彼女のみがドンナ・アナ最初で最後の飛翔の現場に立ち会わせており、ゆえにすべての事情を存じ上げていたのでございます――すなわち、この物語を語ることのできた唯一の人物ということに相成ります。とは申せ、学も身分もなく、ましてや正義党員でもございませんん彼女の……いいえ、わたくし如きの詳細はたいして重要ではございませんのでこの際省かせていただきまして、ともあれわたくしめの所為で新聞社ごとに発表内容がくい違い、おかげで警察は無駄足を踏みつづけ、お二人の行方はついに知れぬまま、臣民たちの噂もいつまでも絶えることがなかったのでございます。

それだけに、すべての報道で一致していた箇所がひとつだけございましたのは、あれから幾年月、今にして想えばかえって奇妙であり、また同時にひどく詩的で、さらにはいかにもありそうなことと申せましょう。たったひとつ、ほんの小さな事実が――

件の貧乏詩人の左目は藍色であったという事実だけが、一致しておりましたのは。

編集後記

SF作家
伴名　練

　というわけで、『日本SFの臨界点［恋愛篇］』お楽しみ頂けただろうか。

　本書は、私の短篇集『なめらかな世界と、その敵』（早川書房）がヒットしてくれたおかげで早川書房が編ませてくれたボーナス的なアンソロジーであり、「この作品がもっと読まれてほしい」という私の願望によって編まれた一冊である。

　編み始めた頃には「なるべくSFに興味を持ったばかりの人にも分かりやすい作品を」という理性が優先されていたが、途中からは「できる限りSFの格好いい部分に触れてほしい」という感情に乗っ取られたので、一人二役で議論しながら編んだような印象があり、それがなんとか形になって感無量である。

　とはいえ、物理的に一人でアンソロジーを編むのは初めてなのでもちろん反省点もある。

　ひとつは、「アトラクタの奏でる音楽」著者紹介でも書いたように、結果的に男女恋愛ばかりを集めてしまったこと。多様な性自認・性志向の存在が広く認知されるようになった現代に、保守的と言えば保守的であり、そもそもSFの世界ではシスヘテロの恋愛どころか、人間とアンドロイドとか人間とロボットとか人間とエイリアンとかの恋愛さえ日常茶飯事、人間と夜景が恋に落ちる小説（小林恭二「夜景」）とか、人妻とマンホールの蓋が不倫する小説（深堀骨「愛の陥穽」）とか、東京と東京湾が恋に落ちる小説（藤本泉「十億トンの恋」）とか、そういう多種多様な愛の形が描かれ続けている。人類の男性と人類の女性の恋愛が多くなってしまったのは、私の知識の未熟さと保守性ゆえなので、今後、恋愛SFアンソロジーを編む若い世代は、ぜひ私の反省を他山の石としてください。

また、女性作家が一作品で残りすべてが男性作家となってしまったバランスの悪さも心残りである。これはやはり、私の視点が男性目線に寄っていることの証左なのだろう。実のところ、最初に挙げた候補にはあと二作品、女性作家（ジャンルSFよりは境界作家として扱われることの多い作家）の短篇が入っていたのだが、それぞれ、

・〈SFマガジン〉初出だがアンソロジーに既収録、更に作者の短篇集にも二回入っている作品

・二〇一七年に刊行されたばかりの短篇集に入っている作品

ということで、「できる限り現在日の目を見ていない作品に改めて光を当てる」ことを優先した今回は、収録を断念した。今後同じような恋愛SFアンソロジーを編む機会に恵まれた時のためにタイトルと作家名は伏せておくが、コアなSF読者の方は「たぶんあれだろう」と当たりを付けられることかと思います。

「SFで恋愛」のアンソロジーを編んでくださいと言われた時に多くのSFファンが真っ先に思い浮かべる作品群は、小林泰三の「海を見る人」、新井素子「ネプチューン」、梶尾真治の「美亜へ贈る真珠」をはじめとする恋愛短篇のどれか、古橋秀之の短篇集『ある日、爆弾がおちてきて』（メディアワークス文庫）収録作のどれか、などだろう。今回は『個人短篇集収録作を一本も入れない』縛りでそういった鉄板作品を選ばないと決断した。ポピュラーな名作群を集めるのは私がやらなくても誰かがやってくれるはずなので、今回は「伴名練にしか編めないアンソロジー」であるべきと考えたのである。その結果、作品の質に妥協せず選びつつも、雑誌掲載のみの短篇が五本、アンソロジー初出でそれきりの作品が三本、雑誌とアンソロジーに掲載の作品が一本ということで、「全部読んだことがある。お買い得感が無いなあ」という感想を抱く読者はほぼいない本になっているのでは、と自負している。

収録基準の縛りをここまできつくしなければ恋愛ＳＦアンソロジーは少なくともあと一冊分編める（目次はすでに頭の中にあります）ので、ご興味お有りの編集者の方は声をおかけください。この本の担当編集である溝口力丸さんは、収録候補作として実際に収録された作品数の倍以上読まされた上で無数の作家とのやりとりという苦労をされているので、同じくらいの苦労を辞さない方、ぜひ。

それから、この本とセットで刊行される、ホラー系統の短篇を集めた［怪奇篇］の方にも恋愛ＳＦと呼べる作品をこっそり紛れ込ませているので、そちらもぜひご一読を。

こんなにマニアックな選出のアンソロジーを読まされるとは思わなかった、もっと敷居の低いSF恋愛アンソロジーを読ませてほしい、という方もいらっしゃると思いますが、その場合は、大森望編で二〇一〇年、二〇一一年に角川文庫から刊行されている『不思議の扉　時をかける恋』『不思議の扉　ありえない恋』がお勧めです。「美亜へ贈る真珠」は前者、「海を見る人」は後者に収録。SFではないけれども岸本佐知子編《変愛小説集》シリーズ（講談社文庫）は奇妙な愛を描いたアンソロジー。

また、『アステリズムに花束を　百合SFアンソロジー』（ハヤカワ文庫JA）も、百合が女性同士の「恋愛」を指すのかどうかという点で議論は呼びそうだが、女性と女性の関係を軸にした（少しふしぎ～サイエンスフィクションの）一冊になっている。今のところ私の知る限りでBLSFアンソロジーは日本SFの歴史には存在しませんが、十年以内には出ておかしくないと思います。

さて、今回のアンソロジーが完全に趣味を優先した一冊になったので、「もっと今のSFシーンを分かりやすく教えてほしい！」というご要望もきっとおありかと思います。ここから先は、「恋愛」というくくりから離れて、最近、日本のSFが気になってきた、ちょっとSFを読んでみたい、という方向けのガイドです。

面倒な説明を読み飛ばしたい人は★印まで進んでください。

【アンソロジーガイド　Part1】SFが気になりはじめた方へのガイド

SFというジャンルが気になりはじめたものの、どこから手を付けていいか分からない、自分の感性に合う作家をなるべく広く、てっとり早く探したい――という方のためにまずお勧めしたいのが、（手前味噌ではあるが）、大森望・伴名練編『2010年代SF傑作選』全二巻（ハヤカワ文庫JA）。一巻はベテラン作家、二巻は新鋭作家の短篇を集めた本であり、この二冊で二〇一〇年代のSF界の書き手に触れる絶好のショウケースになっているはずだ。ここで気になった作家から手を伸ばしてみてはいかがだろう。どちらかといえば一巻にシリアス・ハード目の作品が多く、二巻は奇想や柔らかめの作品が多い気がします。

もちろん、たった二冊で現在のSFシーンを一望しようと思っても限界があり、『1』の巻末では、大森望がページ数の関係で収録できなかった新人作家として、松崎有理、宮澤伊織、オキシタケヒコ、門田充宏、高島雄哉、吉上亮、六冬和生、草野原々、法条遥、柞刈湯葉、赤野工作の名を挙げている。これらの作家の短篇も参照したい読者はいるだろう。前述の作家のうち、松崎有理「あがり」（創元SF文庫『あがり』）、宮澤伊織「神々の歩法」（創元SF文庫『年刊日本SF傑作選　折り紙衛星の伝説』）、オキシタケヒコ「What We Want」（創元SF文庫『原色の想像力2』）、門田充宏「風牙」（創元日本SF叢書『風牙』）、高島雄哉「ランドスケープと夏の定理」（創元日本SF叢書『ランドスケープと夏の定理』）、草野原々「最後にして最初のアイドル」（ハヤカワ文庫JA『最後にして最初のアイドル』）は、新人賞受賞作・候補作として高く評価された中短篇作品が単体で電子書籍になっている。作刈湯葉、赤野工作はWEB小説サイト「カクヨム」に掲載した作品『横浜駅SF』『ザ・ビデオ・ゲーム・ウィズ・ノーネーム』（ともにKADOKAWA）の書籍化でデビューを果たしており、どちらも「カクヨム」で現在でも無料で読めるが、短篇を選ぶなら作刈湯葉は「たのしい超監視社会」（ハヤカワ文庫JA『人間たちの話』）、赤野工作は「【第15回】城隍大战（チェンファンダージヴァン）」（『ザ・ビデオ・ゲーム・ウィズ・ノーネーム』）辺り。吉上亮の短篇は「未明の晩餐」（ハヤカワ文庫JA『伊藤計劃トリビュート』）がお勧め。六冬和生、法条遥については入手しやすい短篇が無いので、それぞれデビュー作『みずは無間』（ハヤカワ文庫JA）、『バイロケーション』（角川ホラー文庫）をご参照のこと。

『2010年代SF傑作選』以外にもう一冊挙げるとするならば、『日本SF短篇50　V』（ハヤカワ文庫JA）は五巻本のアンソロジーの第五巻だが、二〇〇三年から二〇一二年のSF短篇を一年一篇ずつ計十篇収録しており、『2010年代SF傑作選』の二冊に収録されていない作家では、林譲治、冲方丁、高野史緒、伊藤計劃、山本弘、瀬名秀明の短篇をカバーしている。また、上田早夕里の《オーシャンクロニクル》シリーズの重要ピース「魚舟・獣舟」、小川一水の《天冥の標》の原点「白鳥熱の朝に」と、二〇一〇年代日本SFで大きく注目された巨大シリーズに近づける二篇も入っている。刊行が二〇一三年なので書店で見つからなければAmazonなどでどうぞ。

これでもまだ、ベテランサイドに割と名前の抜けがあるので、創元SF文庫『**ゼロ年代日本SFベスト集成**』全二巻もおすすめしたいところだが、これ以上遡ると、ハードルが高くなるかもしれないのでこの辺の説明（＋『日本SF短篇50』全体の話）は［怪奇篇］に掲載のPart2で。

ここまでは、十年単位での回顧的かつ網羅性の高いアンソロジーを紹介してきた。では、なるべくリアルタイムに様々なSF短篇を追いかけたいという場合は何を読めばいいのか？その疑問にお答えすべく、まずはSF出版社ごとの見取り図を描こう。現在、日本のSF短篇に大きくかかわっている出版社はメインで四社ある。内訳は下記。

■短篇発表媒体として〈**SFマガジン**〉を擁する**早川書房**。中～長篇新人賞「ハヤカワSFコンテスト」で新人を募っている。ハードカバーや、《ハヤカワ文庫JA》で日本SFを刊行。年次のSFランキング&ガイドムックである『SFが読みたい！』も刊行中。

■短篇発表媒体として《**Genesis**》を擁する**東京創元社**。新人賞「創元SF短編賞」で新人を募りつつ、ソフトカバーレーベル《創元日本SF叢書》、および《創元SF文庫》で日本SFを刊行中。

■短篇発表媒体として《**NOVA**》を擁する**河出書房新社**。ソフトカバーのSFレーベル

《NOVAコレクション》は二〇一五年の円城塔『シャッフル航法』を最後に刊行が途切れているが、少ないながら日本SF作品集の刊行は現在も行われている。

■短篇再録媒体として　**《ベスト日本SF》**を擁する（二〇二〇年から刊行し始める）**竹書房**。筒井康隆や草上仁などベテラン日本SF作家の短篇集についても、刊行を始めたばかり。

とりあえず、誰かのお墨付きが付いた作品を読みたい方にお勧めするのは、一年間に発表された短篇のうちからベスト作を選んで一冊にまとめた、竹書房の大森望編《ベスト日本SF》だろう。昨年までの《年刊日本SF傑作選》は大森望・日下三蔵編で東京創元社から刊行されていたが、今年刊行分の『ベストSF2020』（二〇一九年発表作品の精選）からは竹書房文庫での再スタートになる。創元SF文庫版は、編者二人でSF界全体をカバーしようとしていた分、多くの作品を集められて網羅性があった一方で、毎年ものすごい分厚さになり、周囲で「去年の年刊傑作選を読まないうちに今年のが出た」という声もよく聞かれた。竹書房版は単独編纂になり、作品数を絞っていると聞くので、初心者にも手軽に読み通せる本になりそうだ。『ベストSF2020』は二〇二〇年七月三十日刊行予定。

書き下ろし短篇発表媒体としての〈SFマガジン〉《NOVA》《Genesis》のどれに手を伸ばすかは、基本的には趣味の問題だろう。

〈SFマガジン〉は隔月刊行で、国内外の短篇発表以外に、長篇連載や作品レビュー、コラムなどを含めたSF総合誌である。現在、誌面の半分以上を長篇や記事などの連載が占めていることもあり、短篇だけ読みたい人向きではない。逆に、作家の追悼特集や百合特集など、毎号何らかの特集が行われており、特集内容によっては、自分が関心のあるテーマの短篇や記事をまとめて読むことができるという利点がある。まずは自分の「気になる特集」の号が刊行された際に手を伸ばしてみるのがよいだろう。

たとえば二〇二〇年六月二十五日発売（八月二十四日以前に書店に並んでいるのはこの号のはず）の〈SFマガジン〉八月号は日本SF第七世代特集とのことで、ハヤカワSFコンテスト出身作家を中心に、若手中の若手の短篇が載っている。掲載作が高木ケイ「親しくすれ違うための三つ目の方法」、麦原遼「それでもわたしは永遠に働きたい」、大滝瓶太「花ざかりの方程式」、草野原々「また春が来る」、三方行成「おくみと足軽」、春暮康一「ピグマリオン〈前篇〉」、津久井五月「牛の王」（長篇冒頭掲載）、樋口恭介「Executing Init and Fini」とのこと。先物買いの人はどうぞ。〈SFマガジン〉の特集内容は毎号、早川書房のnoteやツイッターなどで予告されているので要チェック。

早川書房は〈SFマガジン〉以外でも、『伊藤計劃トリビュート』『AIと人類は共存できるか？』『ILC／TOHOKU』のような書き下ろしアンソロジー、あるいは『アステリズムに花束を　百合SFアンソロジー』のように〈SFマガジン〉の特集をもとにしたアンソロジーなどで、SF作家に短篇発表の場を確保している。

また、SFマガジン編集部はムック形式のブックガイド『SFが読みたい!』を毎年二月に刊行しており、年間ランキングをはじめ、SF作品の紹介企画を多数掲載した水先案内本として有用である。「何から読めばいいか分からない」という人はマストバイのガイド本です。

《NOVA》は不定期刊の、大森望責任編集による書き下ろしアンソロジー。文庫本ゆえの手軽さ・価格の安さで手が伸ばしやすい。明確な連載・シリーズ作品は《NOVA》の歴史の中でもあまり多くなく、予備知識なしに読める短篇が数多く収められている。参加作家もベテランから新人まで様々。ハヤカワSFコンテスト出身作家を前面に押し出す〈SFマガジン〉、創元SF短編賞出身作家を前面に押し出す《Genesis》と比較して、新人賞を持っていないが、両方の賞の受賞者やジャンル外からのデビュー者にも編者が積極的に声を掛けているため、恐らく作家の幅では随一だろう。なお、商業デビュー済の作家で《NOVA》に作品を投稿したい方は大森望のメールアドレス(ohmori@st.rim.or.jp)に送れば、読んで採用/不採用の返事をするとのことです。継続的に掲載される作家の比率が少なく、なかなか短篇集としてまとまらないのが難点なので、他社の編集者の方もチェックしましょう。最新刊は二〇二〇年八月または九月予定とのこと。

それから、《NOVA》とはまるで関係ない部署だと思いますが、河出書房新社では〈文藝〉も2020年春季号として『中国・SF・革命』という特集号を出していたりするので今後要注目。

《Ｇｅｎｅｓｉｓ》は特殊なアンソロジー。創元ＳＦ文庫版《年刊日本ＳＦ傑作選》は「創元ＳＦ短編賞」受賞作掲載の場でもあったので、休止とともに受賞作掲載の機能は《Ｇｅｎｅｓｉｓ》に移された。更に、「創元ＳＦ短編賞」受賞作家の新作を大量に掲載しているので、新人賞サポート・新人作家育成としての側面が強い。そこに創元版《年刊日本ＳＦ傑作選》収録作家や、堀晃・水見稜など、往年のＳＦ読者を歓喜させる書き手も登板させたり、小説以外にコラムも掲載してアクセントを加えている。既刊は二冊だが、すでにシリーズものとなっている作品もある。ソフトカバー四六判二段組みという事情もあり、《ＮＯＶＡ》よりも高価格。東京創元社としてもその辺りは意識しているようで、創元ＳＦ短編賞出身作家に絞った書き下ろしの『宙を数える　書き下ろし宇宙ＳＦアンソロジー』『時を歩く　書き下ろし時間ＳＦアンソロジー』（創元ＳＦ文庫）が二〇一九年に刊行されており、コンパクトで手に取りやすい。《Ｇｅｎｅｓｉｓ》第三巻は二〇二〇年八月刊予定。

基本的にはこの四社が重要な動きを見せているが、ここ五年ほどでも、光文社から『ＳＦ宝石』が出たり、講談社から『ヴィジョンズ』が出たり、文春文庫から『人工知能の見る夢はＡＩショートショート集』が出たり、集英社〈小説すばる〉がＳＦ特集を出したり、〈Ｐｅｎ〉や〈ＷＩＲＥＤ〉がＳＦを取り上げたりと、ＳＦ界への援護射撃をしてくれることが時折あるので、関心があればどんどん手を伸ばしてほしい。

★総括すれば、『2010年代SF傑作選』全二巻、『日本SF短篇50 V』（こだわるのなら、前述した新人作家の短篇や、『ゼロ年代日本SFベスト集成』も）辺りで好きな作家を探して短篇集や長篇に手を伸ばす。そして年一の《ベスト日本SF》で昨年の傑作群を振り返りつつ、〈SFマガジン〉《NOVA》《Genesis》、あるいは雑誌や書き下ろしアンソロジーの好きな特集の号なり好きな作家がいる時なりに、お財布と相談しつつ手を伸ばしていけば自然と多くのSF作家に触れられるはずである。読むのが義務になった瞬間に心が離れていくので読みたいときに読みたいものだけを読みましょう。

グダグダ書いてきたものの、こんな風に頭でっかちにいろいろ考えず「表紙がオシャレだったから」とか「帯がカッコよかったから」とかそういう直感を信じて本を買う・読むのでももちろん何の問題もありません。本との出会いは得てして偶然によるものだと思います。

今回は紹介を紙媒体に絞ったが、WEBでは、『横浜駅SF』『ザ・ビデオ・ゲーム・ウィズ・ノーネーム』や三方行成『トランスヒューマンガンマ線バースト童話集』（早川書房）の初出媒体となった小説投稿サイト「カクヨム」のSFタグ、「ゲンロンSF新人賞」を擁し次々に若手作家を世に送り出しているゲンロン大森望創作講座の「超・SF作家育成サイト」、日本SF作家クラブ有志によるネットマガジン「SF Prologue Wave」などにもS

F作品が多く掲載されています。

……という訳で、【アンソロジーガイド　Part1】SFが気になりはじめた方へのガイドでした。一通り現代の日本SFには目を通して、過去の作品にも目を向けたくなった方のための【アンソロジーガイド　Part2】は先述の通り［怪奇篇］巻末に掲載しているので、どうぞお見逃しなく。「編ませてもらえるなら次はこういうアンソロジーを編みたい」みたいな願望というか決意表明も掲載しています。

今回は日本SFの話に絞り、海外SFの話を一切できていないので、また皆さんの前で好きな海外SFについて語れる機会があればその時に。とりあえずハヤカワ文庫SFから刊行予定の橋本輝幸編『2000年代海外SF傑作選』『2010年代海外SF傑作選』はマストバイです。

最後に謝辞を。

抒情的で美しい表紙イラストを描いて下さったれおえん様。

コロナ禍で〈SFマガジン〉が二カ月連続発売となり、地獄のスケジュールの中で編集作業をして下さった溝口力丸様。

企画へのGOサインと、『日本SFの臨界点』のタイトルを下さった塩澤快浩〈SFマガジン〉編集長。

アンソロジーへの再録をご快諾下さった作家の皆様。
再録許可、著者への連絡などでご協力下さった各社編集者の皆様。
アンソロジー企画にご声援を下さった、読者の方々、SF界の皆様。
この本を手に取って下さった貴方に。
心から御礼申し上げます。

二〇二〇年六月

楽園追放 rewired

サイバーパンクSF傑作選

虚淵 玄（ニトロプラス）・大森 望 編

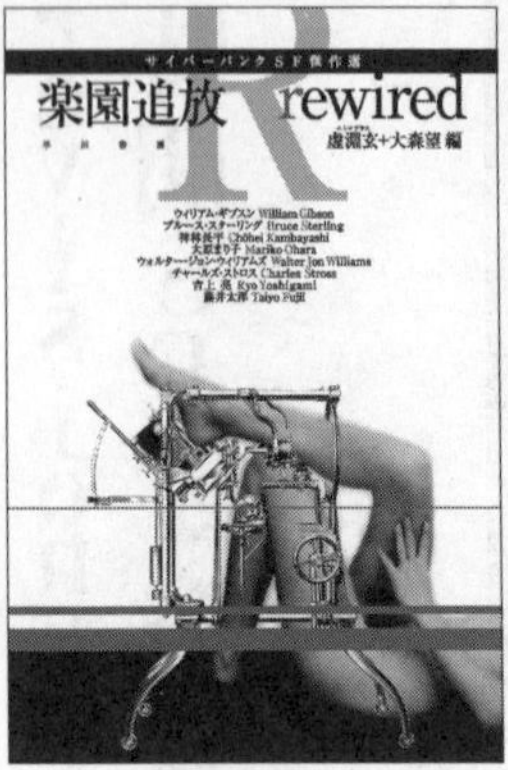

劇場アニメ「楽園追放-Expelled from Paradise-」の世界を構築するにあたり、脚本の虚淵玄（ニトロプラス）が影響を受けた傑作ＳＦの数々——Ｗ・ギブスン「クローム襲撃」、Ｂ・スターリング「間諜」などサイバーパンクの初期名作から、藤井太洋、吉上亮の最先端作品まで、八篇を厳選して収録する。「楽園追放」の原点を探りつつ、サイバーパンク三十年の歴史に再接続する画期的アンソロジー。

BLAME! THE ANTHOLOGY

原作 弐瓶勉

九岡望・小川一水・野﨑まど

酒島伝法・飛 浩隆

無限に増殖する階層都市を舞台に、探索者・霧《キリ》亥《イ》の孤独な旅路を描いたSFコミックの金字塔、弐瓶勉『BLAME!』を、日本SFを牽引する作家陣がノベライズ。九岡望による青い塗料を探す男の奇妙な冒険、小川一水が綴る珪素生命と検温者の邂逅、酒島伝法が描く〝月〟を求めた人々の物語、野﨑まどが明かす都市の片隅で起きた怪事件、飛浩隆による本篇の二千年後から始まる歴史のスケッチなど、全5篇を収録

裏世界ピクニック
ふたりの怪異探検ファイル

宮澤伊織

仁科鳥子《にしなとりこ》と出逢ったのは〈裏側〉で〝あれ〟を目にして死にかけていたときだった――。その日を境にくたびれた女子大生・紙越空魚《かみこしそらを》の人生は一変する。実話怪談として語られる危険な存在が出現する、この現実と隣合わせで謎だらけの裏世界。研究とお金稼ぎ、そして大切な人を捜すため、鳥子と空魚は非日常へと足を踏み入れる――気鋭のエンタメ作家が贈る、女子ふたり怪異探検サバイバル！

ハヤカワ文庫

ハーモニー〔新版〕

伊藤計劃

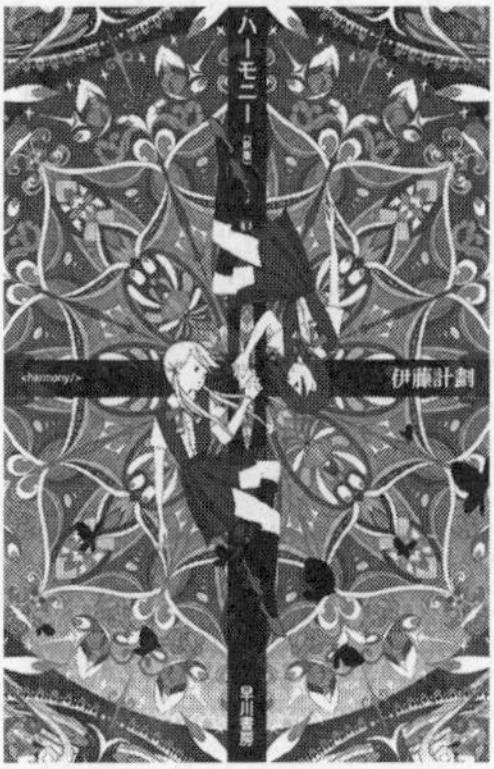

二一世紀後半、人類は大規模な福祉厚生社会を築きあげていた。医療分子の発達により病気がほぼ放逐され、見せかけの優しさや倫理が横溢する〝ユートピア〟。そんな社会に倦んだ三人の少女は餓死することを選択した――それから十三年。死ねなかった少女・霧慧トァンは、世界を襲う大混乱の陰に、ただひとり死んだはずの少女の影を見る――『虐殺器官』の著者が描く、ユートピアの臨界点。

ハヤカワ文庫

HM=Hayakawa Mystery
SF=Science Fiction
JA=Japanese Author
NV=Novel
NF=Nonfiction
FT=Fantasy

日本《にほん》ＳＦの臨界点《りんかいてん》［恋愛篇《れんあいへん》］
死んだ恋人からの手紙

〈JA1440〉

二〇二〇年七月 二十 日 印刷
二〇二〇年七月二十五日 発行
（定価はカバーに表示してあります）

編者 伴《はん》名《な》 練《れん》
発行者 早川 浩
印刷者 西村文孝
発行所 株式会社 早川書房
郵便番号 一〇一‐〇〇四六
東京都千代田区神田多町二ノ二
電話 〇三‐三二五二‐三一一一
振替 〇〇一六〇‐三‐四七七九九
https://www.hayakawa-online.co.jp
乱丁・落丁本は小社制作部宛お送り下さい。
送料小社負担にてお取りかえいたします。

印刷・精文堂印刷株式会社　製本・株式会社フォーネット社

ISBN978-4-15-031440-8 C0193

本書は活字が大きく読みやすい〈トールサイズ〉です。